随园诗话译注

（清）袁枚 著

唐婷 译注

北京联合出版公司
Beijing United Publishing Co.,Ltd.

目录

前　言……………………………………………………… 1

卷　一

一　英雄未遇无大志………………………………………… 1
三一　香诗艳调莫轻看……………………………………… 4

卷　二

五三　顾东山之女…………………………………………… 6
六九　诗谶…………………………………………………… 7

卷　三

九　东坡近体诗……………………………………………… 9
一一　贫士妙诗…………………………………………… 10
一八　假亦真来，真亦假………………………………… 12
二三　落水愿逢李太白…………………………………… 13

三四　诗如言…………………………………………………… 13
六二　闺怨………………………………………………………… 14
七四　不当效法…………………………………………………… 15

卷　四

三八　闺秀能诗…………………………………………………… 19

卷　五

一四　凿土而居…………………………………………………… 22
三一　诗之寄托…………………………………………………… 23

卷　六

四三　写景与言情………………………………………………… 25
七九　诗乃人之性情……………………………………………… 26
一〇一　作诗用虚字……………………………………………… 28

卷　七

五八　恰是此诗…………………………………………………… 29
五九　古刺水……………………………………………………… 30
六六　诗贵真雅…………………………………………………… 32
六七　谈用典……………………………………………………… 33
六八　今人描诗…………………………………………………… 34
七〇　老学究论诗………………………………………………… 37

八二　寄语陈明善…………………………………………… 38
八八　论诗……………………………………………………… 39
九七　论学韩、杜…………………………………………… 40

卷　八

二　诗话作而诗亡………………………………………… 43
一一　熟旧书………………………………………………… 45
一五　只觅爱卿……………………………………………… 46
二一　新诗作旧……………………………………………… 48
四一　对联解颐……………………………………………… 49
四二　论遭际………………………………………………… 50
四六　诗妙得蕊仙…………………………………………… 52
四八　诗人多穷……………………………………………… 53
五〇　论博览………………………………………………… 54
五二　数字妙诗……………………………………………… 55
六六　精深与平淡…………………………………………… 56
六九　诗似诚斋……………………………………………… 57
七三　随园咏菊……………………………………………… 58
八〇　爱管闲事……………………………………………… 60
八六　天籁…………………………………………………… 60
八七　咏红豆………………………………………………… 61
九四　不及伪者……………………………………………… 64

卷　九

一　白下朱草衣…………………………………… 66
二　我谓古人，实获我心……………………… 67
四　雅堂之诗…………………………………… 68
一一　吴门顾星桥……………………………… 70
一三　春台赋诗………………………………… 71
一四　诗扇……………………………………… 72
一五　公卿雅事………………………………… 74
一六　记史先生诗……………………………… 75
一七　知遇盛隆………………………………… 76
一九　佳句有本………………………………… 78
二三　许子逊尊唐……………………………… 79
二四　祖庚之恨………………………………… 81
三〇　妙诗避祸………………………………… 82
三四　笑倒曹操………………………………… 83
三九　故作姿态………………………………… 84
四〇　品“误”………………………………… 85
四二　自命不凡李竹溪………………………… 87
四六　论心虚…………………………………… 88
五一　杭州柴南屏……………………………… 89
五二　口头俗语………………………………… 90
五四　金娘寄诗………………………………… 92
五五　学子博学………………………………… 93

五八　平圃吟竹…………………………………………………… 94
六一　笠翁诗……………………………………………………… 95
六二　新年百咏…………………………………………………… 97
六三　世风不古…………………………………………………… 98
六五　僧人默默…………………………………………………… 100
六七　深于诗者…………………………………………………… 102
七三　记《关山月》……………………………………………… 102
七四　板桥误抛泪………………………………………………… 104
七八　道士佳句…………………………………………………… 105
七九　如梅之诗…………………………………………………… 106
八五　穆堂少作…………………………………………………… 107
八六　声应气求…………………………………………………… 108
九〇　彭廷梅之通达……………………………………………… 109
九二　送别诗……………………………………………………… 111
九四　椋亭和诗…………………………………………………… 112
九九　吴鲁斋遗诗………………………………………………… 113
一〇〇　某人某诗………………………………………………… 114

卷　十

五　六安秀才……………………………………………………… 116
六　苏州顾禄百…………………………………………………… 117
八　香山壮语……………………………………………………… 119
一二　大白于诗…………………………………………………… 120

一四　诗中有画…………………………………………… 121
一五　诗意暗合…………………………………………… 122
一六　布衣茅商隐………………………………………… 123
一七　王又曾之诗………………………………………… 124
一八　古乐府遗音………………………………………… 125
一九　金江声观察………………………………………… 126
二〇　精选斯文…………………………………………… 127
二一　人名不以官位传…………………………………… 128
二四　梦善之诗…………………………………………… 130
二五　瑶英佳句…………………………………………… 132
二六　激将邀诗…………………………………………… 133
二七　风趣周青原………………………………………… 134
三〇　“杨柳青青”非晚唐 ……………………………… 136
三一　《秦淮偶兴》……………………………………… 137
三二　以诗衡人…………………………………………… 139
三三　诗有健笔…………………………………………… 140
三六　素文………………………………………………… 142
三七　静宜………………………………………………… 144
三八　秋卿………………………………………………… 145
三九　四妹哭儿…………………………………………… 147
四〇　诗有情至语………………………………………… 149
四一　昔日筵席…………………………………………… 150
四三　咏古镜……………………………………………… 151

四四　赵仁圃公…………………………………… 152
四五　邹学士爱猫………………………………… 153
四六　薛宁庭泛舟秦淮…………………………… 155
四七　诗传籍位分………………………………… 156
四八　和《落花》诗……………………………… 157
五〇　王贡南之诗………………………………… 158
五一　海宁许铁山………………………………… 159
五五　爱才惜物…………………………………… 160
六〇　方夔诗……………………………………… 162
六二　看云山人…………………………………… 164
六六　好句一传五十春…………………………… 165
六八　少司马吴小眉……………………………… 166
六九　贾、张风味………………………………… 168
七〇　邑宰袁镜伊………………………………… 169
七一　海客先生遗诗……………………………… 170
七二　古心清丽诗………………………………… 172
七四　诗功第一…………………………………… 173
七五　锡山李君…………………………………… 175
七六　侯君能诗…………………………………… 176
七八　昼忆儿时…………………………………… 177
八一　得赠金花…………………………………… 178
八五　翩翩少年郎………………………………… 179
八六　厉子大先生………………………………… 180

八七　刻意为诗…… 182
八八　诗胜于文…… 183
九〇　诗弟子龚元超…… 184
九一　杭州吴飞池…… 185
九二　抱铛图…… 187
九三　诗文之道…… 189

卷十一

三　娄东诗学…… 192
六　尝鼎一脔…… 193
一〇　隐僻之典…… 194
一三　胡云坡诗…… 197
一四　茅庵老叟…… 200
一七　气局与气力…… 202
一九　料事如神…… 203
二〇　巧对…… 206
二二　何有不恭…… 207
二四　痴情杨大姑…… 208
二七　诗以消魂…… 209
二九　我负卿卿…… 211
三一　诗备各体…… 212
三二　题诗静逸园…… 214
三三　名士佳句…… 216

三五　戏比王嫱……………………………………………… 217
三六　下笔有神……………………………………………… 218
三七　《上元灯词》………………………………………… 219
三八　闺阁诗………………………………………………… 221
三九　委怀任运作好诗……………………………………… 222
四〇　张止原居士…………………………………………… 225

卷十二

二　人人共有之意…………………………………………… 226
五　无心之巧………………………………………………… 227
六　葛筠亭作诗……………………………………………… 228
一〇　亦梦亦幻……………………………………………… 230
一六　最妙题画诗…………………………………………… 232
二〇　诗改一字……………………………………………… 233
二三　命数…………………………………………………… 234
二九　风骚无主……………………………………………… 235
三二　陶西圃得婢…………………………………………… 236
三三　山东曾南村…………………………………………… 239
三四　漕帅杨锡绂…………………………………………… 241
三六　渔洋山人……………………………………………… 242
四〇　诗之通韵……………………………………………… 245
四一　诗趣…………………………………………………… 246
四四　记姑母………………………………………………… 247

四五　相见恨晚…………………………………………………… 249
四六　似是而非…………………………………………………… 251
四八　至交王复旦………………………………………………… 252
五〇　吴江布衣徐灵胎…………………………………………… 254
五六　青楼………………………………………………………… 256
五八　自题甲子…………………………………………………… 257
六五　秀才顾驹…………………………………………………… 258
六七　最是风情…………………………………………………… 259
七一　父慈子孝…………………………………………………… 260
七二　《覆舟诗》…………………………………………………… 261
七三　风水之险…………………………………………………… 263
七四　老眼昏花…………………………………………………… 264
七六　妙在起句…………………………………………………… 265
七七　乡人陆莹若………………………………………………… 266
七八　读诗与读史………………………………………………… 267
八〇　雅谑自佳…………………………………………………… 268
八五　以禁体咏梅………………………………………………… 269
八六　一片性灵…………………………………………………… 271
八七　言者心声…………………………………………………… 272
八八　重赴鹿鸣…………………………………………………… 274
八九　得力于时文………………………………………………… 276
九〇　公然宿桃源………………………………………………… 278
九一　斑竹胜境…………………………………………………… 279

九三　温州风俗…… 281
九四　雁宕观音洞…… 283
九五　手录佳句…… 284

卷十三

三　乌程凌云…… 286
四　表弟章艭斋…… 287
五　高东井赠诗…… 289
六　昆山徐柱臣…… 291
七　徐徵园遗诗…… 293
十二　常州储学坡…… 295
十三　《随园小集》…… 297
一四　许朝佳句…… 299
一五　周钰赠诗…… 300
一七　梧冈喜佛…… 302
一八　闽人刘南庐…… 303
二二　布衣俞楚江…… 305
二八　追骑唤王孙…… 306
二九　考据与论诗…… 308
三四　尹似村佳句…… 309
三七　舅氏佳诗…… 310
四二　吕守曾之乐府…… 312
四三　洞庭山人…… 313

四四　豪兴夏培叔…………………………………………………… 314
四五　几有遗珠……………………………………………………… 315
四六　商宝意之弟…………………………………………………… 317
四七　方言入诗……………………………………………………… 318
四八　以解诗惑……………………………………………………… 319
五三　独爱南塘……………………………………………………… 320
五五　咏险峻山川…………………………………………………… 322
五八　才女许燕珍…………………………………………………… 324
五九　浣青诗………………………………………………………… 325
六一　回头似梦……………………………………………………… 327
六二　梁仙来太史…………………………………………………… 328
六三　扬州江宾谷…………………………………………………… 330
七二　读破万卷……………………………………………………… 331

卷十四

二七　写景之句……………………………………………………… 333
三九　近人怀古诗…………………………………………………… 334
四八　莫轻作七古…………………………………………………… 335
五一　王次回诗……………………………………………………… 337
五四　才人之病……………………………………………………… 338
七三　富贵好诗……………………………………………………… 339
八三　诗以进一步为佳……………………………………………… 341
八八　不忘断句……………………………………………………… 342

卷十五

一〇　莺迁………………………………………………………… 344
一二　萱草………………………………………………………… 345
一六　花旦………………………………………………………… 346
一九　结发与敛衽………………………………………………… 347
二三　红绫喜帖…………………………………………………… 348
三九　何谓佳诗…………………………………………………… 349
五三　进士之荣…………………………………………………… 350

卷十六

四八　钱注杜诗…………………………………………………… 352
六三　珠娘之丽…………………………………………………… 353

前　言

袁枚，字子才，号简斋，钱塘（今浙江杭州）人。乾隆四年进士，历任沭阳、江宁等地知县。父亡后，袁枚乞归养母，在江宁小仓山购置随园，故世称“随园先生”。其论诗主张“性灵”，是乾嘉诗坛性灵派的核心人物。著有《小仓山房集》《随园诗话》《随园诗话补遗》《新齐谐》及《续新齐谐》等。集中反映其诗论主张的，便是《随园诗话》。

“诗话”是以品评诗歌、记录诗人琐事轶闻为主的一类著作。据《历代诗话》考，最早要属南朝钟嵘的《诗品》。至宋代欧阳修《六一诗话》的出现，才算臻备。之后“诗话”大兴，较著名的有：严羽《沧浪诗话》、王世贞《艺苑卮言》、胡应麟《诗薮》、王士禛《带经堂诗话》、袁枚《随园诗话》、赵翼《瓯北诗话》等。其中《随园诗话》部头较大，加《补遗》共二十六卷。此书本是兴尽落笔、随时采录，因此并无一定的章法体例。它围绕品诗、论诗、作诗、录诗，记述诗风沿革、诗歌本事、人情风貌等。虽旨在论诗，而不全是诗论。如“曹学士洛禋言”（卷二·六九），记梦中诗谶；“王阮亭尚书未遇时”（卷九·八六），记诗人“声应气求，后先推挽”；“温州风俗”（卷十二·九三），记“新婚有坐筵之礼”，等等。因此读《随园诗话》即可窥见乾隆朝民情风俗之一斑。正如《诗话》所引：作此诗就只是此诗，便算不得好诗。因此，“诗话”也绝不该只是诗话而已。

袁枚主张“性灵”，而“性灵”说并不起源于袁枚。所谓“抄到钟嵘《诗品》日，该他知道性灵时”。（袁枚《仿元遗忘论诗》）则南朝钟嵘时性灵说就已萌芽，但未具规模。到明代公安派、竟陵派开始宣扬“性灵”，这才波澜壮阔。公安派以“三袁”为代表，认为“性灵”即性情，主张作诗行文要自然流露个性，语言不雕琢，通篇清灵干净。不强调诗文的“学问”“深意”“理趣”等。竟陵派以钟惺、谭元春为代表，认为“性灵”是向古人借“精神”，而古人的精神乃是“幽情单绪”“孤行”“孤诣”，因此提倡一种“幽深孤峭”的诗文风格〔见游国恩《中国文学史（四）》〕。到袁枚，则认为性灵是“赤子之心”，它融合了性情与诗才。不刻意反对深意理趣，也不刻意造就幽深孤峭。言为心声，讲求真情动人。所以，他说：“自《三百篇》至今日，凡诗之传者，都是性灵，不关堆垛。”（卷五·三三）“圣人称诗‘可以兴’，以其最易感人也。”（卷十二·二四）“人必先有芬芳悱恻之怀，而后有沉郁顿挫之作。”（卷十四·八九）都强调真情、性灵对诗歌创作的重要性。“诗难其真也，有性情而后真，否则敷衍成文矣。诗难其雅也，有学问而后雅，否则俚鄙率意矣。”所以，他倡导以性情作真诗，作雅诗。并自勉：“专写性情，不得已而适逢典故；不分门户，无心而自合唐音。”（卷七·六七）

袁枚作诗如此，论诗也是如此：“诗分唐、宋，至今人犹恪守。不知诗者，人之性情。唐、宋者，帝王之国号。”（卷六·七九）可见，袁枚论诗以性情见高低，不以时限分天地。又“无题之诗，天籁也；有题之诗，人籁也。天籁易工，人籁难工。《三百篇》《古诗十九首》，皆无题之作，后人取其诗中首面之一二字为题，遂独绝千古。汉、魏以下，有题方有诗，性情渐漓。至唐人有五言八韵之试帖，限以格律，而性情愈远。”认为无题则直写性情、直抒胸臆，便是“天籁”；有题则捆绑才情、亦步亦趋，只是“人籁”罢了。于是，随园先生忘情大呼“余最爱言情之作”（卷·八二）。这一点在录诗上也有体现。如：“偶见晚唐人辞某节度七律一首”（卷九·一〇〇），虽不能记全整首诗，也不能记得姓名，但觉诗中一往情深、至情至性，便当即录下所记得的前四句，更恨不能“友其人于千载以上”。又“戊寅二月，过僧寺，见壁上小幅诗云”（卷十二·八六），众人都笑壁上诗浅率，唯随园先生认为“一片性灵，恐是名手”，便即刻录下诗稿，遍寻作者。此例繁多，不再枚举。可见，“性灵说”贯穿于袁枚作诗、论诗、品诗、录诗的整个过程中。

袁枚所标举的“性灵”是集性情、才情于一体，追求清妙真雅的诗文风格。游国恩先生曾总结:“清中叶的诗歌领域中，王士禛的‘神韵’说的影响仍然很大。主张‘温柔敦厚’的沈德潜，更是典型的台阁体诗人。稍后，翁方纲的‘肌理’说，表现了考据学对诗歌的影响。只有袁枚反对复古、主张性灵的理论，继承了明末公安派的传统而有所发展，他的‘性灵’说不像公安派那样玄虚抽象，而是从实际出发，在当时比较有进步意义。”正是如此。袁枚的“性灵”主张抒发性情，这是“继承”。而追求诗风高雅，讲求适宜地、自然地用学问作诗，便是“发展”。

本书为选译本，不包括《补遗》。由原文、注释、译文三部分构成。原文以顾学颉先生校点的《随园诗话》（人民文学出版社，1982 年）为底本。注释中，凡重复出现的字词，意思相同则不再另注；相同的人名、官职名，皆不再另注。译文多采取直译，考虑到“诗话”的特殊性，对涉及的诗文不作翻译。因才疏学浅，书中难免错讹疏漏，恳请方家指正。

唐　婷

2014 年 1 月

卷一

一 英雄未遇无大志

古英雄未遇时，都无大志，非止邓禹希文学[①]，马武望督邮也[②]。晋文公有妻有马，不肯去齐。光武贫时，与李通讼逋租于严尤[③]。尤奇而目之。光武归谓李通曰："严公宁目君耶[④]？"窥其意，以得严君一盼为荣。韩蕲王为小卒时[⑤]，相士言其日后封王。韩大怒，以为侮己，奋拳殴之。都是一般见解。鄂西林相公《辛丑元日》云[⑥]："揽镜人将老，开门草未生。"《咏怀》云："看来四十犹如此，便到百年已可知。"皆作郎中时诗也。玩其词，若不料此后之出将入相者。及其为七省经略[⑦]，《在金中丞席上》云："问心都是酬恩客，屈指谁为济世材？"《登甲秀楼》绝句云："炊烟卓午散轻丝，十万人家饭熟时。问讯何年招济火？斜阳满树武乡祠。"居然以武侯自命，皆与未得志时气象迥异。张桐城相公则自翰林至作首相，诗皆一格。最清妙者："柳荫春水曲，花外暮山多。”“叶底花开人不见，一双蝴蝶已先知。”“临水种花知有意，一枝化作两枝看。”《扈跸》云：“谁怜七十龙钟叟，骑马踏冰星满天。”《和皇上风筝》云：“九霄日近增华色，四野风多仗宝绳。”押“绳”字韵，寄托遥深。

注释

①邓禹：字仲华，今河南新野人。东汉开国名将，“云台二十八将”之首。

②马武：字子张，今河南唐河人。曾随刘秀南征北战，东汉建立后，任捕虏将军，封杨虚侯，为“云台二十八将”之一。督邮：官名，是各郡的重要属吏。代表太守督察县乡，宣达政令等。

③李通：字次元，今河南南阳人。东汉开国功臣，“云台二十八将”之一。逋：拖欠。严尤：字伯石，曾与王莽共读于长安敦学坊，颇受王莽器重，曾担任大司马。

④宁：竟，乃。

⑤韩蕲王：即韩世忠，字良臣，陕西绥德人。南宋著名将领之一。

⑥鄂西林：即西林觉罗·鄂尔泰，字毅庵，清满洲镶蓝旗人。与田文镜、李卫同为雍正帝的心腹。

⑦ 经略：官名，明、清代有重要军事任务时特设经略，掌管一路或数路的军政事务，职位高于总督。

译文

古时英雄在没有得到重用前，都没有多大志向，这样的例子很多，如邓禹仰慕文学，马武期望做一名督邮。晋文公因得了妻子和马匹，就不愿离开齐国。东汉光武帝穷困时，因拖欠租税的事，和李通一起到严尤那里打官司。严尤感到奇怪就看了他几眼。光武帝回家后对李通说："严公竟然看了我！"他的言下之意是，以得严尤一看为荣。韩蕲王在当小兵时，看面相的人说他日后会封王。韩蕲王大怒，认为看相的人是在戏弄他，便抡起拳头殴打一通。以上都是一样的见解，都并未料到自己日后会大有作为。鄂西林相公《辛丑元日》说："揽镜人将老，开门草未生。"《咏怀》说："看来四十犹如此，便到百年已可知。"都是他做郎中时的诗。品味这些诗，他好像并未料到日后会成为宰相。等到他做了七省经略，《在金中丞席上》说："问心都是酬恩客，屈指谁为济世材？"《登甲秀楼》绝句说："炊烟卓午散轻丝，十万人家饭熟时。问讯何年招济火？斜阳满树武乡祠。"居然以武侯（诸葛亮）自比，与未得志时的气象大不相同。张桐城相公则从翰林做到首相，他的诗都是一种格调。最清妙的是："柳荫春水曲，花外暮山多。""叶底花开人不见，一双蝴蝶已先知。""临水种花知有意，一枝化作两枝看。"《扈跸》说："谁怜七十龙钟叟，骑马踏冰星满天。"《和皇上风筝》说："九霄日近增华色，四野风多仗宝绳。"此处押"绳"字韵，是寄托了深远的理想和抱负。

三一　香诗艳调莫轻看

本朝王次回《疑雨集》①，香奁绝调；惜其只成此一家数耳。沈归愚尚书选国朝诗②，摈而不录；何所见之狭也！尝作书难之云："《关雎》为《国风》之首，即言男女之情。孔子删诗，亦存《郑》《卫》；公何独不选次回诗？"沈亦无以答也。唐李飞讥元、白诗"纤艳不逞，为名教罪人③"。卒之千载而下，知有元、白，不知有李飞。或云：飞此言见于杜牧集中。牧祖佑，年老不致仕，香山有诗讥之：故牧假飞语以诋之耳。

注释

①王次回：即王彦泓，字次回，明末诗人。喜作艳

体小诗，著有《疑雨集》。

② 沈归愚：即沈德潜，清代诗人，论诗主格调，提倡温柔敦厚的诗教。著有《沈归愚诗文全集》等。

③ 名教罪人：指破坏封建名分礼教的人。

译文

本朝诗人王次回有《疑雨集》，写得香艳绝伦；可惜当时只有他一个人主张这种风格。尚书沈德潜在选本朝诗时，就摒弃次回的诗不录，他的见解是多么狭隘啊！我曾经写文章责难沈德潜说：“《关雎》是《国风》的第一篇，就是写男女之情的。孔子删诗，也保留了《郑风》《卫风》；您为什么唯独不选次回的诗呢？”沈德潜也无法回答。唐代李飞讥笑元稹、白居易的诗“纤巧香艳，是名教罪人”。在他死去千百年后，世人知道有元稹、白居易，而不知道有李飞。有人说：李飞这句话在杜牧的集子中看到过。杜牧的祖先杜佑，年老不退休，白居易有诗讥讽他：因此杜牧便假借李飞的话来骂白居易。

卷　二

五三　顾东山之女

顾东山有女，美而不嫁，好服坏色衣[①]，持念珠，作六时梵语[②]。其母哂之，曰："汝故是优婆夷耶[③]？"女微哂而已。行年三十，操修益坚。父母知其志，为筑即是庵处之，因号即是庵主人。许太夫人题其庵云："上界遭沦谪，人言萼绿华。十年贞不字[④]，一室语无哗。遣兴惟吟絮，逢春欲避花。结庵殊可羡，萱草傍兰芽。"

注释

① 坏色衣：指袈裟。袈裟避"青、黄、赤、白、黑"五正色，而以不正色染坏之，故名坏色。

② 六时：佛教语，指一昼夜。

③ 优婆夷：指在家信佛的女子，即"女居士"。

④ 字：旧时称女子出嫁。

译文

顾东山有一个女儿，生得很美却不愿嫁人，喜欢穿袈裟，手持念珠，昼夜诵经。她母亲揶揄她，说：“你原本就是优婆夷吗？”女儿只微笑罢了。到了三十岁，她的操持修行更加坚定。父母知道她的志向，就为她修建了即是庵让她居住，因此取号“即是庵主人”。许太夫人为此庵题诗，说：“上界遭沦谪，人言萼绿华。十年贞不字，一室语无哗。遣兴惟吟絮，逢春欲避花。结庵殊可羡，萱草傍兰芽。”

六九　诗谶

曹学士洛禋言：少时过市，买《椒山集》归，夜阅之，倦，掩卷卧，闻叩门声，启视，则同学迟友山也。携手登台连句云：“冉冉乘风一望迷。”（迟）“中天烟雨夕阳低。来时衣服多成雪，”（曹）“去后皮毛尽属泥。但见白云侵月冷，”（迟）“微闻黄鸟隔花啼。行行不是人间象，手挽蛟龙作杖藜。”（曹）吟罢，友山别去。学士归语其妻，妻不答，呼仆，仆不应。复坐北窗，取《椒山集》，掀数页，回顾，则身卧竹床上，大惊，始知梦也。少顷，友山讣至。

译文

曹洛禋学士说：年轻时有次经过集市，买了本《椒山集》回家，晚上拿出来翻看，困倦了，就合上书睡，听到敲门声，便起来去看，是同学迟友山。和友山携手登上高台联句，友山说："冉冉乘风一望迷。"曹学士说："中天烟雨夕阳低。来时衣服多成雪。"迟友山说："去后皮毛尽属泥。但见白云侵月冷。"曹学士说："微闻黄鸟隔花啼。行行不是人间象，手挽蛟龙作杖藜。"咏完，友山离去。学士回到家跟妻子说话，妻子不回答，唤仆人，仆人没回应。就又坐在北窗下，取出《椒山集》，翻了几页，转眼一看，自己躺卧在竹床上，大惊，才知道是一场梦。没过多久，友山的讣告就来了。

卷　三

九　东坡近体诗

东坡近体诗，少蕴酿烹炼之功，故言尽而意亦止，绝无弦外之音，味外之味；阮亭以为非其所长[①]，后人不可为法，此言是也。然毛西河诋之太过[②]。或引“春江水暖鸭先知”，以为是坡诗近体之佳者。西河云：“春江水暖，定该鸭知，鹅不知耶？”此言则太鹘突矣。若持此论诗，则《三百篇》句句不是：在河之洲者，斑鸠鸤鸠皆可在也；何必“雎鸠”耶[③]？止丘隅者，黑鸟白鸟皆可止也，何必“黄鸟”耶？

注释

①阮亭：即王士禛，字子真，号阮亭，又号渔洋山人。清初著名诗人，康熙时继钱谦益而主持诗坛。论诗主张神韵说。著有《带经堂集》。

②毛西河：即毛奇龄。因是西河的名门望族，故称

"西河先生"。著有《西河合集》。

③ 雎鸠：出自《诗经·关雎》："关关雎鸠，在河之洲。"

译文

苏东坡的近体诗，缺少些含蓄锤炼的功夫，因此言尽而意止，绝无弦外之音，味外之味；阮亭认为近体诗并不是东坡所擅长的，后人不可师法他，这话说得很对。而毛奇龄就说得太过了。有人引"春江水暖鸭先知"句，认为是东坡近体诗里的佳作。毛奇龄说："春江水暖，一定得鸭知，鹅不知道吗？"这就说得太抵触了。如果用这样的观点来讨论诗歌，那《三百篇》句句都不对：在河之洲的，斑鸠、鸤鸠都可以，何必一定是"雎鸠"呢？停息在山丘的，黑鸟、白鸟都可，何必一定是"黄鸟"呢？

一一　贫士妙诗

贫士诗有极妙者，如陈古渔："雨昏陋巷灯无焰，风过贫家壁有声。""偶闻诗累吟怀减，偏到荒年饭量加。"杨思立："家贫留客干妻恼[①]，身病闲游惹母愁。”朱草衣：“床烧夜每借僧榻，粮尽妻常寄母家。”徐兰圃：“可怜最是牵衣女，哭说邻家午饭香。”皆贫语也。常州赵某云：“太穷常恐人防贼，久病都疑犬亦仙。”“短气莫书赊酒券②，索逋先长叩门声③。”俱太穷，令人欲笑。

注释

①干：惹。

②书：写。

③索逋：催讨欠债。

译文

贫穷人的诗有写得极妙的，如陈古渔：“雨昏陋巷灯无焰，风过贫家壁有声。”“偶闻诗累吟怀减，偏到荒年饭量加。”杨思立：“家贫留客干妻恼，身病闲游惹母愁。”朱草衣：“床烧夜每借僧榻，粮尽妻常寄母家。”徐兰圃：“可怜最是牵衣女，哭说邻家午饭香。”都是写贫穷的句子。常州赵某说：“太穷常恐人防贼，久病都疑犬亦仙。”“短气莫书赊酒券，索逋先长叩门声。”都太穷，诗句妙到令人发笑。

一八　假亦真来，真亦假

诗有认假为真而妙者，唐人《宿华山》云："危栏倚遍都无寐，犹恐星河坠入楼。"宋人《咏梅花帐》云："呼童细扫潇湘簟[①]，犹恐残花落枕旁。"有认真为假而妙者，宋人《雪中观妓》云："恰似春风三月半，杨花飞处牡丹开。"元人《美人梳头》云："红雪忽生池上影，乌云半卷镜中天。"

注释

① 簟：竹席。

译文

诗有将假象写作真景而极妙的，唐人《宿华山》说："危栏倚遍都无寐，犹恐星河坠入楼。"宋人《咏梅花帐》说："呼童细扫潇湘簟，犹恐残花落枕旁。"有将真景写作假象而极妙的，宋人《雪中观妓》说："恰似春风三月半，杨花飞处牡丹开。"元人《美人梳头》说："红雪忽生池上影，乌云半卷镜中天。"

二三　落水愿逢李太白

钱香树先生为侍读时，出都，泊济宁，立船头，为霜所滑，失足入水，家人救以篙，得不死。笑谓宾客曰："吾闻坠水死者，必有鬼物凭之；倘昨夜遇李太白，便把臂去矣！"明日过李白楼，题云："昨夜未曾逢李白，今朝乘兴一登楼。楼中人已骑鲸去，楼影当空占上游。"

译文

钱香树先生做侍读时，一次出都城，船停泊在济宁，先生站立在船头，因为下霜的缘故而滑倒，失足掉入水中，家人用竹篙把他救起来，才得以不死。他笑着对宾客说："我听说落水淹死的人，必定有鬼一类的东西来拖拉他，如果昨夜遇到李太白，便挽着他的手臂跟他去了！"第二天经过李白楼，先生题了一诗："昨夜未曾逢李白，今朝乘兴一登楼。楼中人已骑鲸去，楼影当空占上游。"

三四　诗如言

诗、如言也，口齿不清，拉杂万语，愈多愈厌。

口齿清矣，又须言之有味，听之可爱，方妙。若村妇絮谈，武夫作闹，无名贵气，又何籍乎？其言有小涉风趣，而嚅嚅然若人病危，不能多语者，实由才薄。

译文

作诗就像说话，口齿不清，东拉西扯，这样说得越多越让人厌烦。口齿清楚，又须说得有趣味，听起来才可爱，才妙。像村妇啰啰嗦嗦，或像武夫打打闹闹，没有名贵气，又有什么可称赞的呢？说话稍微风趣一些，却又吞吞吐吐像病危的人，不能多说，其实是由于才华浅薄。

六二　闺怨

金陵女徐氏，适桐城张某，夫久客不归，寄诗云：“残漏已催明月尽[①]，五更如度五重关。”又有鲁月霞者，嫁徽邑程生而寡，有《扫花诗》云：“触我朱栏三日恨，费他青帝一春功[②]。”陈淑兰读两诗而慕之，题其集云：“吟来恍入班昭座[③]，恨我迟生二十年。”

注释

①漏：古代计时器，中有孔，可以滴水或漏沙，有刻度标志以计时。

②青帝：我国古代神话中的五天帝之一，是位于东方的司春之神，又称苍帝、木帝。

③班昭：班固妹，一名姬，字惠班，东汉女辞赋家。

译文

南京女徐氏，嫁给了桐城的张某，丈夫长久在外，便寄诗给丈夫说："残漏已催明月尽，五更如度五重关。"又有叫鲁月霞的人，嫁给安徽程氏却成了寡妇，其《扫花诗》一首说："触我朱栏三日恨，费他青帝一春功。"陈淑兰读过这两首诗而钦慕她们，就为诗集题诗说："吟来悔入班昭座，恨我迟生二十年。"

七四　不当效法

沈归愚选《明诗别裁》[①]，有刘永锡《行路难》一首[②]，云："云漫漫兮白日寒，天荆地棘行路难。"批云："只此数字，抵人千百。"予不觉大笑。"风萧萧兮白日寒"，是《国策》语。"行路难"三字是题目。此人所作，只“天荆地棘”四字而已。以此为佳，全无意义。须知《三百篇》如“采采芣苢”“薄言采之”之类，均非后人所当效法。圣人存之，采南国之风，尊文王之化；非如后人选读本，教人摹仿也。今人附会圣经，极力赞叹。章艧斋戏仿云：“点点蜡烛，薄言点之。点点蜡烛，薄言剪之。”注云：“剪，剪去其煤也。”闻者绝倒。余尝疑孔子删诗之说，本属附会。今不见于《三百篇》中，而见于他书者，如《左氏》之“翘翘车乘，招我以弓”，“虽有姬姜，无弃憔悴”；《表记》之“昔吾有先正，其言明且清”；古诗之“雨无其极，伤我稼穑”之类，皆无愧于《三百篇》，而何以全删？要知圣人述而不作，《三百篇》者，鲁国方策旧存之诗[3]，圣人正之，使《雅》《颂》各得其所而已，非删之也。后儒王鲁斋欲删《国风》淫词五十章[4]，陈少南欲删《鲁颂》[5]，何迂妄乃尔！

注释

①沈归愚：即沈德潜，字确士，号归愚，清代诗人。著有《古诗源》《唐诗别裁》等。

②刘永锡：字钦尔，号剩庵，明朝人。

③方策：即简册，指典籍，后也指史册。

④王鲁斋：即王柏，号鲁斋，南宋人。师从朱熹，著有《书疑》《诗疑》等。

⑤陈少南：即陈鹏飞，字少南，南宋人。著有《罗浮集》《管见集》等。

译文

沈德潜选诗作《明诗别裁》，收录刘永锡《行路难》一首，说："云漫漫兮白日寒，天荆地棘行路难。"批语是："仅此寥寥数字，已胜过他人千言万语。"我不禁大笑。"风萧萧兮白日寒"，是《战国策》里的话。"行路难"三个字是诗题。这个人所作，仅"天荆地棘"四字而已。认为此诗做得好，全无意义。须知《三百篇》中如"采采芣苢""薄言采之"之类，都不是后人作诗应该效仿的。孔子保存这些诗，是将它们视作采自南国的遗风，尊为文王的教化；并非如后人选读本那样，只为教人模仿。今人附会《三百篇》，大加赞叹。章艧齐调侃着仿照作诗，说："点点蜡烛，薄言点之。点点蜡烛，薄言剪之。"注释说："剪，是剪去它的煤引。"听闻此诗的人无不笑倒在地。我曾怀疑孔子删诗的说法，本是附会。今不见于《三百篇》中，而见于他书的诗，如《春秋左氏传》的"翘翘车乘，招我以弓"，"虽有姬姜，无弃憔悴"；《礼记·表记》的"昔吾有先正，其言明且清”；古诗的“雨无其极，伤我稼穑”之类，都不比《三百篇》的诗差，那为什么要全删？要知道孔子只是叙述和阐明前人的学说，自己不创作，《三百篇》是记载在鲁国竹简上的古老诗篇，孔子只是修订了它，使《雅》《颂》各得其所而已，并非删掉了某些诗。后儒王柏想要删去《国风》五十篇，他认为那些都是淫词秽语，陈少南又想要删去《鲁颂》，他们是多么迂腐狂妄啊！

卷　四

三八　闺秀能诗

古闺秀能诗者多，何至今而杳然？余宰江宁时[①]，有松江女张氏二人[②]，寓居尼庵，自言文敏公族也。姊名宛玉，嫁淮北程家，与夫不协，私行脱逃。山阳令行文关提[③]，余点解时，宛玉堂上献诗云："五湖深处素馨花，误入淮西估客家。得遇江州白司马[④]，敢将幽怨诉琵琶？"余疑倩人作，女请面试。予指庭前枯树为题，女曰："明府既许婢子吟诗[⑤]，诗人无跪礼，请假纸笔立吟，可乎？"余许之。乃倚几疾书曰："独立空庭久，朝朝向太阳。何人能手植，移作后庭芳？"未几，山阳冯令来，予问："张女事作何办？"曰："此事不应断离，然才女嫁俗商，不称，故释其背逃之罪，且放归矣。"问："何以知其才？"曰："渠献诗云[⑥]：'泣请神明宰，容奴返故乡。他时化蜀鸟，衔结到君旁[⑦]。'"冯故四川人也。

注释

①江宁：古县名。即今江苏南京江宁区。

②松江：古名华亭县，即今上海松江区。

③山阳：古县名。即今江苏淮安楚州区。关提：指发布文书逮捕罪犯。

④江州白司马：指白居易。下句“敢将幽怨诉琵琶”，指白居易于元和十年，在九江湓浦口听船中嫁作商人妇的歌妓倾诉幽怨之事。该诗借此典故，将袁枚比作白居易，将自己比作商人妇。

⑤明府：清朝尊称知府为“明府”。

⑥渠：第三人称代词，她。

⑦衔结：指“结草衔环”，比喻感恩的典故不忘。

译文

古时很多大家闺秀都能作诗，为什么到如今就寥寥无几了？我主管江宁时，有松江女子张氏二人，暂住在尼姑庵，自称是文敏公的同族。姐姐名叫宛玉，嫁给了淮北的程家，因与丈夫不和，便私下逃跑出来。山阳县令下令逮捕，我受理此案时，宛玉在堂上献诗说：“五湖深处素馨花，误入淮西估客家。得遇江州白司马，敢将幽怨诉琵琶？”我怀疑是他人所作，女子便请求当面作诗。我指着庭前的枯树作为题目，女子说：“明府既然允许奴婢吟诗，诗人无跪拜之礼，请借纸笔站立吟诗，可以吗？”我答应了。于是她依靠几案奋笔疾书道：“独立空庭久，朝朝向太阳。何人能手植，移作后庭芳？”不一会儿，山阳县的冯县令来了，我问：“张氏女子这件事你认为该怎么处理？”他说：“此事不应该判成离婚，但是才女嫁给俗商，不相称，所以宽恕她私自逃跑的罪行，姑且放她回去吧。”我问：“你怎么知道她的才华？”冯县令说：“她献诗说：‘泣请神明宰，容奴返故乡。他时化蜀鸟，衔结到君旁。’”冯县令原是四川人。

卷　五

一四　凿土而居

陕州巩、洛间，人多凿土而居，余自西秦归[①]，遇雨，住窑中三日，吟诗未成。后二十年，年家子沈孝廉琨有《过陕》一联云[②]："人家半凿山腰住，车马都从屋上过。"直是代予作也。又《过高淳湖》云："凉生宿鹭眠初稳[③]，风静游鱼听有声。"

注释

① 西秦：指陕西关中一带，秦国旧地。

② 年家子：科举时代称同年参加科举的人为"同年"，称其子为"年家子"。孝廉：明、清两代对举人的称呼。

③ 宿鹭：栖息的鹭。

译文

陕州巩县、洛阳间，人们多凿土住窑洞，我从关中回来，路上遇到下雨，在窑洞中住了三天，想吟诗却未成。过了二十年，年家子沈琨沈举人有《过陕》一联说："人家半凿山腰住，车马都从屋上过。"真可算是代替我而写的诗。又有《过高淳湖》说："凉生宿鹭眠初稳，风静游鱼听有声。"

三一　诗之寄托

咏古诗有寄托固妙，亦须读者知其所寄托之意，而后觉其诗之佳。卢雅雨先生长不满三尺，人呼"矮卢"，故《题李广庙》云："明禋自有千秋貌，不在封侯骨相中①。"薛皆三进士，门生甚少，《题桃源图》云："桃花不相拒，源路自家寻②。"余起病补官③，年未四十，《题邯郸庙》云："黄粱未熟天还早，此梦何妨再一回。④"

注释

① 明禋：指洁净诚敬的祭祀。千秋：指千年万年。不在封侯骨相中：指生来没有封侯的福相。此两句用"李广难封"的典故。

② 此两句化用了陶渊明《桃花源记》的典故。

③起病：病愈。补官：补授官职。

④此两句化用了“黄粱一梦”的故事。黄粱一梦，比喻荣华富贵如一场梦，短暂而虚幻。

译文

咏古诗有所寄托当然好，但也须让读者知道他所寄托的意思，这样才能体会出诗的妙处。卢雅雨先生身高不到三尺，人称“矮卢”，他作《题李广庙》说：“明禋自有千秋貌，不在封侯骨相中。”薛皆三是个进士，门生很少，作《题桃源图》说：“桃花不相拒，源路自家寻。”我病愈后补授官职，当时年龄还没到四十，于是作《题邯郸庙》说：“黄粱未熟天还早，此梦何妨再一回。”

卷　六

四三　写景与言情

凡作诗，写景易，言情难。何也？景从外来，目之所触，留心便得；情从心出，非有一种芬芳悱恻之怀，便不能哀感顽艳。然亦各人性之所近：杜甫长于言情，太白不能也。永叔长于言情[1]，子瞻不能也[2]。王介甫[3]、曾子固偶作小歌词[4]，读者笑倒，亦天性少情之故。

注释

① 永叔：欧阳修，字永叔，号醉翁，晚号“六一居士”，唐宋八大家之一。谥号文忠，世称欧阳文忠公。

② 子瞻：苏轼，字子瞻、和仲，号东坡居士。死后追谥文忠。著有《苏东坡全集》和《东坡乐府》等。

③ 王介甫：王安石，字介甫，号半山，封荆国公。世人称王荆公。著有《王临川集》《临川集拾遗》等。

④曾子固：曾巩，字子固，唐宋散文八大家之一，有《元丰类稿》传世。

译文

凡是作诗，写景容易，言情难。为何？景物从外而来，眼睛所看到的，留心观察便可写入诗中；情从心底而生，没有一种芬芳悱恻的情怀，便不能写得伤感艳丽。然而这也是不同人性格所决定的：杜甫长于言情，李白不能。欧阳修长于言情，苏东坡不能。王介甫、曾子固偶然作首小词，便令读的人笑倒，也是因为天性少情的缘故。

七九　诗乃人之性情

诗分唐、宋，至今人犹恪守。不知诗者，人之性情；唐、宋者，帝王之国号。人之性情，岂因国号而转移哉？亦犹道者，人人共由之路，而宋儒必以道统自居，谓宋以前直至孟子，此外无一人知道者。吾谁欺？欺天乎？七子以盛唐自命，谓唐以后无诗；即宋儒习气语。倘有好事者，学其附会，则宋、元、明三朝，亦何尝无初、盛、中、晚之可分乎？节外生枝，顷刻一波又起。庄子曰："辨生于末学[1]。"此之谓也。

注释

① 辨生于末学：今查，出自韩愈《读墨子》一文，并非《庄子》。指分立、分辨乃是学问之末的事。韩愈的原文指出墨家与儒家分立、相诘难，并非孔子、墨子的本意。

译文

诗分唐、宋，至今人们还遵从这一说法。殊不知诗乃是人的性情的抒发；唐、宋是帝王的国号。人的性情，难道会因国号而转移吗？就像"道"，是人人共同遵循的路，而宋儒必以道统自居，说宋以前直至孟子，其间没有一人知"道"。欺骗谁？欺骗天吗？明朝前后七子以盛唐自命，说唐以后无诗；正是宋儒一般的语气。倘有好事的人，学七子而附会，那么宋、元、明三朝，又何尝不可分作初、盛、中、晚呢？节外生枝，往往就会导致一场风波。庄子说："辨生于末学。"说的正是这种情况。

一〇一　作诗用虚字

《乐府解题》云:“《毛诗》之‘兮’，楚词之‘些’，曹操所不喜。”余颇以操为知音。盖诗有关咏叹者，不得不用虚字，以伸长其音。若直叙铺陈，一用虚字，便成敷衍。近有作七古者，排比未终，无端忽插“兮”字，以致调软气松，全无音节。

译文

《乐府解题》说:“曹操不喜欢《毛诗》中的‘兮’字，及楚辞中的‘些’字。”如此，曹操真是我的知音。大概有关咏叹的诗，不得不用虚字，来延长音节。若直叙铺陈，一用虚字，便成了敷衍。近来有作七言古诗的，排比没有结束，无端忽插个“兮”字，以致语调软弱、气势松散，音韵感全无。

卷　七

五八　恰是此诗

东坡云:“作诗必此诗，定知非诗人。”此言最妙。然须知作此诗而竟不是此诗，则尤非诗人矣。其妙处总在旁见侧出，吸取题神，不是此诗，恰是此诗。古梅花诗佳者多矣:冯钝吟云:“羡他清绝西溪水，才得冰开便照君。”真前人所未有。余《咏芦花》诗，颇刻划矣。刘霞裳云:“知否杨花翻羡汝，一生从不识春愁。”余不觉失色。金寿门画杏花一枝，题云:“香骢红雨上林街①，墙内枝从墙外开。惟有杏花真得意，三年又见状元来。”咏梅而思至于冰，咏芦花而思至于杨花，咏杏花而思至于状元:皆从天外落想，焉得不佳?

注释

①骢:指青白杂毛的马。红雨:比喻落花。

译文

苏东坡说："作一首诗就必定是这首诗，这样就知道这个人并非诗人。"这句话说得最妙。但也必须要知道作一首诗而竟不是这首诗的，就更不是诗人。诗的妙处总是在旁侧体现出来，充分吸取诗题的精华，看似不是这首诗，却恰恰正是这首诗。古时吟咏梅花的诗很多都写得很好：冯钝吟说："羡他清绝西溪水，才得冰开便照君。"这诗句真是前人所没有的。我的《咏芦花》诗，花了很多笔墨描摹芦花。而刘霞裳的诗云："知否杨花翻羡汝，一生从不识春愁。"我的诗不禁失色。金寿门画杏花一枝，题云："香骢红雨上林街，墙内枝从墙外开。惟有杏花真得意，三年又见状元来。"咏梅而想到冰，咏芦花而想到杨花，咏杏花而想到状元：都是从意想不到的地方落笔，怎么会不是好诗呢？

五九　古刺水

余家藏古刺水一罐[①]，上镌："永乐六年、古刺国熬造，重一斤十三两。"五十年来，分量如故。钻开试水，其臭香、色黄而浓，里面皆黄金包裹：方知水历数百年而分量不减者，金生水故也。《池北偶谈》[②]："左萝石《咏古刺水》云：'瓶中古刺水，制自文皇年。列皇饮祖泽，旨之如羹然。'又曰：'再拜尝此水，含之不忍咽。'"似乎古刺水可饮也。明人《宫词》云："闻道内人新浴罢，一杯古刺水横陈。"似乎宫人浴罢染体之水也。厉太鸿诗曰："一洒罗衣常不灭，氤氲愿与君恩终。"又似乎熏洒衣服之用矣。三君子者，不知何考耶？严分宜籍没时，其家有古刺水十三罐，人以为奇。则此水之贵重可知。

注释

①古刺水：一种由蔷薇花蒸馏而成的香水。古时由伊朗、阿拉伯等地传入中国。

②《池北偶谈》：王士禛著，共二十六卷，清代笔记小说集。

译文

我家藏有一罐古刺水，瓶子上刻有："永乐六年、古刺国熬制，重一斤十三两。"五十年来，重量没有改变。钻开瓶盖来试用，古刺水的气味很香，颜色呈深黄色，里面都用黄金包裹，才知道水经过数百年而重量不变，是金生水的缘故。《池北偶谈》："左萝石的《咏古刺水》说：‘瓶中古刺水，制自文皇年。列皇饮祖泽，旨之如羹然。’又说：‘再拜尝此水，含之不忍咽。’”似乎古刺水可以饮用。明人《宫词》说：“闻道内人新浴罢，一杯古刺水横陈。”似乎是宫人洗完澡后喷洒在身体上的水。厉太鸿诗说：“一洒罗衣常不灭，氤氲愿与君恩终。”又似乎是用来熏染衣服的。以上三位的话，不知道从何处考证？严分宜去世时，家有十三罐古刺水，大家都很惊奇。如此可知这水的贵重。

六六　诗贵真雅

诗难其真也，有性情而后真；否则敷衍成文矣。诗难其雅也，有学问而后雅；否则俚鄙率意矣。太白斗酒诗百篇，东坡嬉笑怒骂皆成文章：不过一时兴到语，不可以词害意。若认以为真，则两家之集，宜塞破屋子；而何以仅存若干？且可精选者，亦不过十之五六。人安得恃才而自放乎？惟穈惟芑[①]，美谷也，而必加舂揄扬簸之功；赤堇之铜[②]，良金也，而必加千辟万灌之铸。

注释

① 糜：不黏的黍，亦称“穄”。芑：粱、黍一类的农作物。

② 赤堇：地名，即赤堇山。

译文

作诗难的是真，有性情然后才能真；否则就是敷衍成文。作诗难的是雅，有学问然后才能雅；否则就是粗俗随意。李白喝一斗酒就能作诗百篇，苏东坡嬉笑怒骂的话都成文章，这些不过是一时兴头上的话，不能仅看字面上的意思。如果信以为真，那么两位大家的诗集，要塞破整间屋子，而为何仅存下来若干首？并且要精选的话，留下的不过其中的十之五六。人怎么能恃才而自负呢？那糜与芑，都是谷中的上品，也必须经过捣碎扬簸的工夫（才可食用）；那赤堇山的铜，都是金属中的上品，也必须经过千万次的开凿与灌铸（才可成器）。

六七　谈用典

用典一也，有宜近体者，有宜古体者，有近古体俱宜者，有近古体俱不宜者。用典如水中著盐，但知盐味，不见盐质。用僻典如请生客入座，必须问名探姓，令人生厌。宋乔子旷好用僻书，人称“孤穴诗人”，当以为戒。或称予诗云：“专写性情，不得已而适逢典故；不分门户，乃无心而自合唐音。”虽有不及，不敢不勉。

译文

用典是作好诗的因素之一，有的典故适合近体诗，有的典故适合古体诗，有的近体诗、古体诗都适合，有的近体诗、古体诗都不适合。用典就像往水中撒盐，只能品尝出盐味，却看不到盐的形质。用生僻的典故就像请陌生的客人入座，必须先问清楚姓名，这样简直令人生厌。宋代的乔子旷喜欢用生僻的典故，因此人称“孤穴诗人”，作诗的人应当从他身上吸取教训。有人谈论我的诗，说：“专写性情，不得已才适当地运用典故；没有门户之见，虽无心却自然地接近于唐诗。”我的诗固然没有他说的那么好，但不敢不以此自勉。

六八　今人描诗

高青丘笑古人作诗[①]，今人描诗。描诗者，像生花之类，所谓优孟衣冠[②]，诗中之乡愿也[③]。譬如学杜而竟如杜，学韩而竟如韩：人何不观真杜、真韩之诗，而肯观伪韩、伪杜之诗乎？孔子学周公，不如王莽之似也；孟子学孔子，不如王通之似也。唐义山、香山、牧之、昌黎，同学杜者；今其诗集，都是别树一旗。杜所伏膺者[④]，庾、鲍两家；而集中亦绝不相似。萧子显云[⑤]："若无新变，不能代雄。"陆放翁曰："文章切忌参死句。"黄山谷曰："文章切忌随人后。"皆金针度人语[⑥]。《渔隐丛话》笑欧公"如三馆画笔，专替古人传神"[⑦]，嫌其描也。五亭山人《嘲鹦鹉》云："齿牙余慧虽偷拾，那识雷同转可羞。"又曰："争似流莺当百啭，天真还是一家言。"

注释

①高青丘：即高启，明代诗人，字季迪，自号青丘子。著有《高太史大全集》。

②优孟衣冠：比喻假扮古人或模仿他人。

③乡愿：出自《论语·阳货》。原指伪君子，媚俗趋时的人。

④伏膺：倾心，钦慕。

⑤萧子显：字景阳，齐高帝萧道成之孙，梁朝著名的史学家、文学家。

⑥金针度人：比喻把高明的方法传授给别人。

⑦《渔隐丛话》：诗话集，南宋胡仔撰。共一百卷，五十余万字。三馆：宋朝以昭文馆、集贤院、史馆为三馆。另有广文、太学、律学三馆，是中央的教育机构，也称三馆。

译文

高青丘笑古人是作诗，今人是描摹诗。描摹诗的人，以好文章为榜样，正是所谓的优孟衣冠，诗人中的乡愿。譬如学杜甫的诗就竟然像杜诗，学韩愈的诗就竟然像韩诗：人为什么不看真的杜诗、韩诗，而肯看这伪造的韩诗、杜诗呢？孔子学周公，不如王莽更像周公；孟子学孔子，不如王通更像孔子。唐朝的李商隐、白居易、杜牧、韩愈，都学杜甫；而他们的诗集，都是别树一帜。杜甫生平最钦慕的，是庾信、鲍照两位诗人，而他诗集中的作品也绝不和庾诗、鲍诗相似。萧子显说："如果没有新变，就不能超越前人。"陆游说："写文章切忌参照死句。"黄庭坚说："写文章切忌跟随别人之后。"这都是金针度人般的话。《渔隐丛话》笑欧阳修"就像三馆里的画笔，专替古人传神"，是嫌他过于模仿古人。五亭山人《嘲鹦鹉》说："齿牙余慧虽偷拾，那识雷同转可羞。"又说："争似流莺当百啭，天真还是一家言。"

七〇　老学究论诗

老学究论诗，必有一副门面语：作文章，必曰有关系；论诗学，必曰须含蓄。此店铺招牌，无关货之美恶。《三百篇》中有关系者，“迩之事父，远之事君”是也。有无关系者，“多识于鸟兽草木之名”是也。有含蓄者，“棘心夭夭，母氏劬劳”是也[①]。有说尽者，“投畀豺虎”“投畀有昊”是也[②]。

注释

① 棘心夭夭，母氏劬 qú 劳：出自《诗经·凯风》。

②“投畀 bì 豺虎”“投畀有昊”：皆出自《诗经·巷伯》。

译文

老学究谈论诗，必然有一套冠冕堂皇的话：写文章，必定会说要有关系；论诗学，必定会说须含蓄。这些就如同商店的招牌，与商品的优劣无关。《三百篇》中有关系的，如“迩之事父，远之事君”。而没有关系的，如“多识于鸟兽草木之名”。有含蓄的，如“棘心夭夭，母氏劬劳”。也有说尽的，如“投畀豺虎”“投畀有昊”。

八二　寄语陈明善

常州陈明善，字亦园，乡居甚富，家有园亭，性好吟咏。《种蔬》云："闲种半畦蔬[1]，芳叶纷满目。天意答小勤，盘餐遂余欲。"亦清才也。锡山邵辰焕主其家，有《柳枝词》云："前溪烟雨后溪晴，桃叶桃根惯送迎。谁似小红桥畔柳，系侬画舫过清明[2]。"亦园忽有仕宦之志，尽卖其田，出仕远方，家业荡然，园归他姓。余为诵白傅诗曰："我有一言君应记，世间自取苦人多。"

注释

①畦：用作田地的量词。

②侬：我。画舫：装饰华丽的小船。

译文

常州的陈明善，字亦园，在同乡之中算富有的，家中自有亭园，并喜好吟咏诗文。其《种蔬》诗说："闲种半畦蔬，芳叶纷满目。天意答小勤，盘餐遂余欲。"也算有清朗俊逸的才华。锡山的邵辰焕也是一家之主，有《柳枝词》说："前溪烟雨后溪晴，桃叶桃根惯送迎。谁似小红桥畔柳，系侬画舫过清明。"陈明善忽然有了做官的志向，就把田产全卖了，去远方做官，家业荡然无存，亭园也归他人所有。我不禁为他吟诵起白居易的诗，说："我有一言君应记，世间自取苦人多。"

八八　论诗

论诗区别唐、宋，判分中、晚，余雅不喜[①]。尝举盛唐贺知章《咏柳》云："不知细叶谁裁出，二月春风似剪刀。"初唐张谓之《安乐公主山庄》诗："灵泉巧凿天孙锦，孝笋能抽帝女枝。"皆雕刻极矣，得不谓之中、晚乎？杜少陵之"影遭碧水潜勾引，风妒红花却倒吹"；"老妻画纸为棋局，稚子敲针作钓钩"：琐碎极矣，得不谓之宋诗乎？不特此也，施肩吾《古乐府》云："三更风作切梦刀，万转愁成绕肠线。"如此雕刻，恰在晚唐以前。耳食者不知出处[②]，必以为宋、元最后之诗。

注释

① 雅：颇，很。

② 耳食：比喻不假思索，轻信传闻。

译文

论诗要区别唐、宋，分别中唐、晚唐，这是我最不喜欢的。曾举例如盛唐贺知章的《咏柳》诗："不知细叶谁裁出，二月春风似剪刀。"初唐张谓之的《安乐公主山庄》诗："灵泉巧凿天孙锦，孝笋能抽帝女枝。"都太刻意雕琢，能不让人觉得像中、晚唐诗吗？杜甫的"影遭碧水潜勾引，风妒红花却倒吹"；"老妻画纸为棋局，稚子敲针作钓钩"：写得都极琐碎，能不让人觉得像宋诗吗？不仅如此，施肩吾的《古乐府》诗："三更风作切梦刀，万转愁成绕肠线。"这么雕刻，却恰好是在晚唐以前。不假思索的人不知道出处，必定会认为是宋、元末期的诗。

九七　论学韩、杜

余雅不喜杜少陵《秋兴》八首，而世间耳食者，往往赞叹，奉为标准。不知少陵海涵地负之才，其佳处未易窥测；此八首，不过一时兴到语耳，非其至者也。如曰"一系"，曰"两开"①，曰"还泛泛"，曰"故飞飞"②；习气大重，毫无意义。即如韩昌黎之"蔓涎角出缩，树啄头敲铿"；此与《一夕话》之

“蛙翻白出阔，蚓死紫之长”何殊[3]？今人将此学韩、杜，便入魔障。有学究言：“人能行《论语》一句，便是圣人。”有纨袴子笑曰：“我已力行三句，恐未是圣人。”问之，乃“食不厌精，脍不厌细”，“狐貉之厚以居”也。闻者大笑。

注释

①一系、两开：出自杜甫《秋兴》八首之第一首，原诗句为“丛菊两开他日泪，孤舟一系故园心”。

②还泛泛、故飞飞：出自《秋兴》八首之第三首，原诗句为“信宿渔人还泛泛，清秋燕子故飞飞”。

③《一夕话》：明代李贽著，也称《山中一夕话》。

译文

我很不喜欢杜甫的《秋兴》八首，但世间不动脑子的人，往往大加赞叹，奉为作诗的标准。岂不知杜甫有海涵地负般的才华，其诗的佳处是不易探究的；这八首，不过是一时兴起而作，并不是少陵诗中最妙的。比如说“一系”，说“两开”，说“还泛泛”，说“故飞飞”，因袭重叠之法的痕迹太严重，毫无意义。再如韩愈的“蔓涎角出缩，树啄头敲铿”，这与《一夕话》的“蛙翻白出阔，蚓死紫之长”有什么区别？今人从这些地方来学韩愈、杜甫，便入魔障。有学究说："谁能做到《论语》里的一句话，便是圣人。"有个纨袴子弟笑着说："我已经努力做到了三句，恐怕还不是圣人。"问是哪三句，便说"食不厌精（吃饭要吃精米做的)""脍不厌细（吃肉要吃切得精细的)""狐貉之厚以居（穿衣要穿温暖的狐貉皮做的)"。听的人不禁大笑。

卷　八

二　诗话作而诗亡

西崖先生云："诗话作而诗亡。"余尝不解其说，后读《渔隐丛话》，而叹宋人之诗可存，宋人之话可废也。皮光业诗云[①]："行人折柳和轻絮，飞燕含泥带落花。"诗佳矣。裴光约訾之曰[②]："柳当有絮，燕或无泥。"唐人："姑苏城外寒山寺，夜半钟声到客船。"诗佳矣。欧公讥其夜半无钟声。作诗话者，又历举其夜半之钟，以证实之。如此论诗，使人夭阏性灵[③]，塞断机括[④]；岂非"诗话作而诗亡"哉？或赞杜诗之妙。一经生曰："'浊醪谁造汝？一醉散千愁。'酒是杜康所造，而杜甫不知；安得谓之诗人哉？"痴人说梦，势必至此。

注释

① 皮光业：字文通，皮日休之子，五代时吴越诗人，著有《皮氏见闻录》等。

②呰：非议，诋毁。

③夭阏：即“夭遏”，指遏阻、阻拦。

④机括：弩上发矢的机件。

译文

西崖先生说：“诗话兴起之时就是诗歌消亡之日。”我曾不明白这句话的意思，后来读《渔隐丛话》，便感叹宋人的诗可存，而宋人的诗话可废。皮光业的诗说：“行人折柳和轻絮，飞燕含泥带落花。”这句诗写得很好。裴光约却非议他说：“柳树当然有絮，飞燕或许无泥。”唐人的诗：“姑苏城外寒山寺，夜半钟声到客船。”这句诗也写得很妙。欧阳修却讥讽说夜半并无钟声。作诗话的人，又列举夜半的钟声，来证实那句诗。这样来谈论诗歌，使人的性灵受到遏阻，如同射箭时因机括不通而使箭发射不出去，这难道不是“诗话兴起而诗消亡”吗？有人赞叹杜甫的诗很妙。一位专研经学的人说：“（杜甫说）‘浊醪谁造汝？一醉散千愁。’酒是杜康造的，而杜甫却不知道，怎么能说他是诗人呢？”经生谈论诗就如同痴人说梦，必然会如此。

一一 熟旧书

士大夫宦成之后，读破万卷，往往幼时所习之“四书”“五经”，都不省记。癸未召试时[①]，吴竹屿、程鱼门、严冬友诸公毕集随园。余偶言及“四书”有韵者，如《孟子》“师行而粮食”一段，五人背至“方命虐民”之下，都不省记。冬友自撰一句足之，彼此疑其不类，急翻书看，乃“饮食若流”四字也。一座大笑。外甥王家骏有句云：“因留僧话通吟偈[②]，为课儿功熟旧书[③]。”

甥多佳句。如：“乍见波微白，方知月骤明。”“一编如好友，宜近不宜疏。”“衣因乱叠痕常绉，书为频翻卷不齐。”“宿云似幕能遮月，细雨如烟不损花。”“停足恰逢曾识寺，入门先问旧交僧。”“曲引急流归远港，微删密叶显新花。”“伏枕苦吟无好句，描诗容易做诗难。”皆有放翁风味。

注释

①召试：即皇帝召来面试，是古时选拔官吏的一种特殊方式。

②偈：佛教术语。指佛经中的唱词。

③课：考试，考核。

译文

士大夫做官之后，读书破万卷，往往年幼时所学的“四书”“五经”，都记不清楚了。癸未年召试时，吴竹屿、程鱼门、严冬友等人都聚集在随园。我偶然谈及“四书”中有韵的文字，如《孟子》“师行而粮食”一段，五个人背到“方命虐民”之后，就都记不起来了。冬友自己写了一句补足，大家都怀疑不像原文，急忙翻书看，原来是“饮食若流”四个字。于是满堂大笑。外甥王家骏有诗说：“因留僧话通吟偈，为课儿功熟旧书。”

外甥写的诗中有很多佳句。如：“乍见波微白，方知月骤明。”“一编如好友，宜近不宜疏。”“衣因乱叠痕常绉，书为频翻卷不齐。”“宿云似幕能遮月，细雨如烟不损花。”“停足恰逢曾识寺，入门先问旧交僧。”“曲引急流归远港，微删密叶显新花。”“伏枕苦吟无好句，描诗容易做诗难。”都有陆游的风格。

一五　只觅爱卿

或问：“李师中将出兵①，在韩魏公席上赋诗云：‘归来不愿封侯印，只向君王觅爱卿。’不知所用何典。”余按：《宋史 · 王景传》：“景仕唐，归晋，高祖厚遇之，问其所欲。对：‘受恩已厚，无所欲。’固问之。乃曰：‘臣为小卒，常负胡床，从队长过官妓侯小师家弹唱，心颇慕之。今得小师为妻，足矣。’高祖大笑，即以赐之，封楚国夫人。”疑师中即指此事。后蔡攸出兵[③]，指帝座刘妃求赏，其事在后。或云：“爱卿者，即魏公席上之妓名。”

注释

①李师中：字诚之，北宋末年人。著有《珠溪诗集》，另有词《菩萨蛮》一首。

②高祖：即后晋建立者石敬瑭，沙陀部人。

③蔡攸：字居安，北宋末年人。宋徽宗、钦宗时宰相，曾编修《国朝会要》。后句中“帝”即指宋徽宗。

译文

有人问：“李师中将要出兵，在韩魏公的酒席上赋诗说：‘归来不愿封侯印，只向君王觅爱卿。’不知用的是什么典故。”我考察如下：《宋史·王景传》记载：“王景曾在后唐做官，后来归顺了后晋，晋高祖厚待他，问他想要什么赏赐。他说：‘受您的恩惠已经很多，再没有什么奢求。’晋高祖反复问他。于是才说：‘臣还是小兵时，常背着胡床，跟从队长经过官妓侯小师家，听到她弹唱，心里很喜欢。如今能娶小师为妻，就满足了。’高祖大笑，就把小师赐给他，封为楚国夫人。”我怀疑李师中诗中所说就指这件事。后来蔡攸出兵，指着徽宗座旁的刘妃求赏给他，这件事在李师中之后。也有人说：“爱卿，就是魏公席上的妓女的名字。”

二一　新诗作旧

诗虽新，似旧才佳。尹似村云：“看花好似寻良友，得句浑疑是旧诗。”古渔云：“得句浑疑先辈语，登筵初僭少年人。”偶过西湖，见陈庄题壁云：“一叶蜻蜓似缺瓜，年年荡桨水云涯。叉鱼射鸭娇无力，笑入南湖摘藕花。”“苏小楼头杨柳风，小姑斗草语芳丛。阿侬家住胭脂岭，怪底花枝映日红。”末署“竹屿”二字：苏州吴进士泰来也。新安江寺见题壁云：“昨与邻舟姊妹逢，香风暖处话从容。低头怕有渔郎至，不看莲花只看侬。”“滩头漠漠起炊烟，折罢莲花正暮天。却怪鸳鸯不解事，偏依侬艇并头眠。”末署“鲁凤藻”三字。

译文

诗虽新作，要像旧诗才妙。尹似村说：“赏花就像寻良友，作诗仿佛是旧诗。”古渔说：“看诗仿佛是前辈所作，登上酒席才知是少年辈。”我曾偶然经过西湖，见陈庄墙壁上有题诗，说：“一叶蜻蜓似缺瓜，年年荡桨水云涯。叉鱼射鸭娇无力，笑入南湖摘藕花。”“苏小楼头杨柳风，小姑斗草语芳丛。阿侬家住胭脂岭，怪底花枝映日红。”诗末署名“竹屿”二字：原来是苏州的进士吴泰来啊。在新安江寺也见题壁诗，说：“昨与邻舟姊妹逢，香风暖处话从容。低头怕有渔郎至，不看莲花只看侬。”“滩头漠漠起炊烟，折罢莲花正暮天。却怪鸳鸯不解事，偏依依艇并头眠。”诗末署名“鲁凤藻”三字。

四一　对联解颐

对联有解颐者。康熙时，广东诗僧石莲，住海珠寺，交通公卿。寺塑金刚与弥勒环坐，题对联云：“莫怪和尚们这般大样；请看护法者岂是小人。”杨兰坡《题倒坐观音像》云：“问大士缘何倒坐；恨世人不肯回头。”江西某《题养济院》云：“看诸君脑满肠肥，此日共餐常住饭；想一样钟鸣鼎食，前生都是宰官身。”

译文

对联有让人开怀一笑的。康熙时，广东有个诗僧叫石莲，住海珠寺，与公卿大夫们有交往。寺里塑金刚和弥勒围绕而坐，便题对联说：“莫怪和尚们这般大样；请看护法者岂是小人。”杨兰坡《题倒坐观音像》说：“问大士缘何倒坐；恨世人不肯回头。”江西某人《题养济院》说：“看诸君脑满肠肥，此日共餐常住饭；想一样钟鸣鼎食，前生都是宰官身。”

四二　论遭际

古诗人遭际，有幸不幸焉。唐宰相郑畋之女，爱读罗隐诗，后隔帘窥其貌寝，遂终身不复再诵。明谢茂秦眇一目，貌不扬，而赵穆王爱其诗。酒阑乐作，出所爱贾姬，光华夺目，奏琵琶，歌谢所作《竹枝词》，即以赠之。宋真宗时①，宋子京乘车②，路遇宫人，知为状元，呼曰：“小宋耶？”子京赋诗，有“更隔蓬山一万重”之句，流传禁中。真宗知之，赐以宫女，曰："蓬山不远。"正德南巡[3]，翰林谢政年少美貌，迎驾西江，见宫眷船，误为御舟，跪迎报名，适宫人开窗泼水，见之一笑。谢赋诗云："天上果然花绝代，人间竟有笑因缘。"亦复流传宫禁。武宗怒，削籍遣归。

注释

① 宋真宗：即赵恒，宋朝第三位皇帝，宋太宗第三子。

② 宋子京：即宋祁，字子京，北宋文学家。与欧阳修等合修《新唐书》。

③ 正德：即明武宗朱厚照，庙号武宗。

译文

古时诗人的遭遇，有幸也有不幸。唐代宰相郑畋的女儿，爱读罗隐的诗，后来隔着帘子看见罗隐相貌丑陋，便终身不再吟诵他的诗。明代的谢茂秦瞎了一只眼睛，长得也不出众，而赵穆王爱他的诗。赵穆王曾在酒席快要结束时，让心爱的贾姬演奏琵琶，歌唱谢茂秦所作的《竹枝词》，之后就把贾姬赐给了他。宋真宗时，宋子京乘车，路遇宫女，宫女知道他是状元，就招呼道："是小宋吗？"宋子京因此赋诗，有"更隔蓬山一万重"一句，流传到宫中。宋真宗听后，便把宫女赐给他，说：

"蓬山不远。"正德皇帝南巡，翰林学士谢政年轻俊美，在西江迎接圣驾，见到后妃船，误以为是皇帝的龙舟，便跪迎报名，恰逢宫女开窗泼水，见此情景不禁一笑。谢政赋诗说："天上果然花绝代，人间竟有笑因缘。"这句诗也流传到宫中。而正德皇帝知道后大怒，革了他的职还把他遣回原籍。

四六　诗妙得蕊仙

余泛舟横塘，有踏摇娘蕊仙者[①]。素矜身分，隔窗对语，不肯进舱侍饮，而颇知文墨。客许重赠缠头[②]，而拒不受。少顷，月出矣，蕊仙持扇求诗。余戏题云："横塘宵泛酒如淮，十里桃花四面开。只恨锦帆竿上月，夜深不肯下舱来。"蕊仙一笑进舱。

注释

①踏摇娘：是兴起于隋末的一种曲艺形式，通常和皮影戏一起表演。

②缠头：赠送给歌伎艺人的财物的通称。

译文

我泛舟横塘，遇到表演踏摇娘的蕊仙。她因为身份的原因，只隔着窗对话，不肯进舱来共饮，却颇通文墨。客人曾许诺厚赠财物，她也拒而不受。不多会儿，清月浮出，蕊仙持扇求诗。我戏谑地题了一首说："横塘宵泛酒如淮，十里桃花四面开。只恨锦帆竿上月，夜深不肯下舱来。"蕊仙听罢一笑，便进舱来。

四八　诗人多穷

诗人少达而多穷。汪可舟舸，自称客吟先生，诗笔清绝；而在扬州，竟无知者。己丑除夕，忽过白门[①]，意大不适，有汉江之行。余坚留之，不肯小住，遂成永诀。未十年，其子中也，家业大昌；买马氏玲珑山馆，造亭台，招延名士，而可舟不及见矣。其《听雨》诗云："檐外几声才淅沥，胸中何事不分明？"又曰："侧身已在江湖外，绕屋宁堪竹树多。但觉有声皆剑戟，不知何物是笙歌。"其纡郁可想。仲小海《听雨》云："明知关我心何事，只觉撩人梦不成。"宋人有小词云："薄暮投村急，风雨愁通夕。窗外芭蕉窗里人，分明叶上心头滴。"

注释

① 白门：旧时南京的别称。

译文

诗人很少显达而多穷苦。汪舸字可舟，自称是客吟先生，诗写得清妙绝伦；而在扬州，竟无人知晓。己丑年除夕，他忽然经过南京，心中很不惬意，想到汉江去。我执意留他，他却不肯小住，于是竟成了永别。不到十年，他的儿子金榜题名，家业昌盛；买了马氏的玲珑山馆，修造亭台，又宴请名士，而父亲可舟来不及看见当日情景。可舟的《听雨》诗说："檐外几声才淅沥，胸中何事不分明？"又说："侧身已在江湖外，绕屋宁堪竹树多。但觉有声皆剑戟，不知何物是笙歌。"可见他心中抑郁难解。仲小海的《听雨》诗说："明知关我心何事，只觉撩人梦不成。"宋人也有小词说："薄暮投村急，风雨愁通夕。窗外芭蕉窗里人，分明叶上心头滴。"

五〇　论博览

文尊韩，诗尊杜：犹登山者必上泰山，泛水者必朝东海也。然使空抱东海、泰山，而此外不知有天台、武夷之奇，潇湘、镜湖之胜；则亦泰山上之一樵夫，海船上之舵工而已矣。学者当以博览为工。

译文

作文的人尊奉韩愈，作诗的人尊奉杜甫：这就像登山的人必定要登上泰山，泛水的人必定要见到东海。然而如果只知道有东海、泰山，却不知道除此之外还有奇险的天台、武夷，绝美的潇湘、镜湖，那么也只能算是泰山上的一个樵夫，海船上的一个舵工而已。学者应当以博览为重。

五三　数字妙诗

东坡云："无事此静坐，一日如两日。若活七十年，便是百四十。"京口解李瀛善画。有人聘往写真，而主人久卧不出。解戏改苏诗赠云："无事此静卧，卧起日将午。若活七十年，只算三十五。"山阴人有三乳者，金上清进士调之，云："胸罗星宿素襟披，下字成文亦太奇。四乳曾闻男则百，君应七十五男儿。"

译文

苏东坡说："无事此静坐，一日如两日。若活七十年，便是百四十。"京口的解李瀛擅长作画。有人聘他去画像，而主人一直躺着不出来。解李瀛就改了苏东坡的诗，戏谑地说："无事此静卧，卧起日将午。若活七十年，只算三十五。"山阴县有个人长了三个乳房，金上清进士就戏弄他说："胸罗星宿素襟披，下字成文亦太奇。四乳曾闻男则百，君应七十五男儿。"

六六　精深与平淡

《漫斋语录》曰："诗用意要精深，下语要平淡。"余爱其言，每作一诗，往往改至三五日，或过时而又改。何也？求其精深，是一半工夫；求其平淡，又是一半工夫。非精深不能超超独先，非平淡不能人人领解。朱子曰："梅圣俞诗[①]，不是平淡，乃是枯槁。"何也？欠精深故也。郭功甫曰："黄山谷诗，费许多气力，为是甚底？"何也？欠平淡故也。有汪孝廉以诗投余。余不解其佳。汪曰："某诗须传五百年后，方有人知。"余笑曰："人人不解，五日难传；何由传到五百年耶？"

注释

① 梅圣俞：即梅尧臣，北宋诗人，参与编撰《新唐书》，著有《宛陵先生集》。

译文

《漫斋语录》说："作诗用意要精深，下语要平淡。"我很喜爱他的这句话，于是每作一首诗，往往要改三五天，有的过段时间又要拿来改。为什么如此呢？追求诗意的精深，是一半工夫；追求语词的平淡，又是一半工夫。只有精深才能超越众人而独自领先，只有平淡才能使人人都领会理解。朱熹说："梅尧臣的诗，不是平淡，而是枯槁。"为什么呢？正是欠精深的缘故。郭功甫说："黄庭坚的诗，费了许多气力，但到底要说什么？"为什么这样呢？正是欠平淡的缘故。汪孝廉把他的诗给我看。我看不出他的诗好在哪里。汪孝廉说："我的诗要传到五百年后，才有人知道。"我笑说："人人都不理解，五天都难传；还怎么会传到五百年呢？"

六九　诗似诚斋

汪大绅道余诗似杨诚斋[①]。范瘦生大不服，来告余。余惊曰："诚斋一代作手，谈何容易！后人嫌太雕刻，往往轻之。不知其天才清妙，绝类太白；瑕瑜不掩，正是此公真处。至其文章气节，本传具存；使我拟之，方且有愧。"

注释

①杨诚斋：即杨万里，字延秀，号诚斋。著有《诚斋集》。

译文

汪大绅说我的诗风像杨万里。范瘦生很不赞同，就跑来告诉我。我吃惊地说："诚斋能成为一代写手，这谈何容易！后人嫌他太雕琢，往往轻看他。是不知道他生来有清逸之才，绝对不输李白；好坏都不掩盖，这正是他的真性情。至于他的文章气节，诗集和传本都有记载；拿我和他相比，我实在惭愧。"

七三　随园咏菊

随园席间咏六月菊，储秀才润书云："秋士偶然轻出处[①]，高人原不解炎凉。"余叹为独绝。何南园一联云："隐士静宜荷作侣，东篱闲爱日如年[②]。"虽差逊，而心思自佳。何南园《望晴》诗云："风都有意收残暑，云尚多情恋太阳。莫怪人间无易事，一晴天且费商量。"春过随园，见游女，又云："送与名园助春色，水边来往丽人多。"

注释

①秋士：指迟暮不得志之士。此处也指菊花。

②东篱：出自陶渊明《饮酒》诗："采菊东篱下，悠然见南山。"后以"东篱"指种菊花的地方。此代指菊花。

译文

在随园的酒席间吟咏六月的菊花，储润书秀才说："秋士偶然轻出处，高人原不解炎凉。"我感叹此诗作得独绝。何南园又作一联说："隐士静宜荷作侣，东篱闲爱日如年。"虽稍逊色，而心思倒是很好。何南园《望晴》诗说："风都有意收残暑，云尚多情恋太阳。莫怪人间无易事，一晴天且费商量。"春天经过随园，看见游赏的女子，又说："送与名园助春色，水边来往丽人多。"

八〇　爱管闲事

诗人爱管闲事，越没要紧则愈佳；所谓“吹皱一池春水，干卿底事”也。陈方伯德荣《七夕》诗云[①]：“笑问牛郎与织女：是谁先过鹊桥来？”杨铁崖《柳花》诗云：“飞入画楼花几点，不知杨柳在谁家。”

注释

①方伯：明清时尊称布政使为方伯。

译文

诗人爱管闲事，越是不相关的事就越认为值得写。所谓“吹皱一池春水，干您什么事”就是这个意思。方伯陈德荣的《七夕》诗说：“笑问牛郎与织女，是谁先过鹊桥来？”杨铁崖的《柳花》诗说：“飞入画楼花几点，不知杨柳在谁家。”

八六　天籁

诗有极平浅，而意味深长者。桐城张征士若驹《五月九日舟中偶成》云[①]：“水窗晴掩日光高，河上风寒正长潮。忽忽梦回忆家事，女儿生日是今朝。”此诗真是天籁。然把“女”字换一“男”字，便不成诗。此中消息，口不能言。

注释

①征士：指不接受朝廷征召的士人。

译文

诗有写得极平淡，而意味深长的。桐城的张若驹征士作《五月九日舟中偶成》说：“水窗晴掩日光高，河上风寒正长潮。忽忽梦回忆家事，女儿生日是今朝。”这首诗真是天籁。然而把“女”字换成“男”字，便不成诗了。这其中的奥妙，用言语是不能表达的。

八七　咏红豆

许太监者，名坤，杭州人，在京师颇有气焰，而性爱文士。尝过杭太史堇浦家①，采野苋一束去②，报以人参一斤。欲交郑太史虎文③，郑不与通。人疑郑故孤峭者。然其《咏红豆》诗，颇有宋广平《赋梅花》之意④。词云：“记取灵芸别后身，玉壶清泪血痕新[⑤]。伤心略似燃于釜，绕宅何缘幻作人？一点红宜留玉臂，十分圆欲上樱唇。只嫌不及榴房子，空结团圆未了因。”梁瑶峰少宰和云[⑥]：“采绿何曾胜采蓝[⑦]？猩红端合摘江南。且看沉水星星活，得似灵犀点点含。秋汉可烦桥更驾，朝云应有梦同甘。石榴消息分明是，朱鸟窗前仔细探。”按：红豆生于广东。乾隆丙戌，郑督学其地[⑧]，梁为粮道[⑨]，故彼此分咏此题。

注释

①太史：官名。明清两朝翰林院掌管修史之事，因而称翰林为太史。

②野苋：又称野苋菜，为一年生草本植物。

③郑太史虎文：字炳也，号诚斋，浙江秀水人。著有《吞松阁集》《清史列传》等。

④宋广平：即唐朝的宋璟，因曾封广平郡公，故名。以刚正不阿著称。后世以宋广平赋梅花喻指铁石心肠也会情意温柔。

⑤灵芸：三国时文帝所爱的美人薛灵芸。相传灵芸被选入宫，在登车上路的时候，用玉唾壶承泪。等到了京师，壶中泪竟凝固如血。“玉壶清泪血痕清”即指此。

⑥少宰：官名。明清两朝吏部侍郎的别称。

⑦采绿、采蓝：出自《诗经·采绿》。

⑧督学：指视察、监督学校的工作。

⑨粮道：官名。即督粮道的简称，掌管督运漕粮。

译文

许太监，名坤，杭州人，在北京城很有势力，而喜爱结交文士。曾拜访太史杭堇浦家，走时采了一束野苋，而回报了一斤人参。他想结交太史郑虎文，而郑虎文不与他交好。人们怀疑郑虎文本是个孤高冷峻的人。而他的《咏红豆》诗，却颇有宋广平《赋梅花》的意思在。词云："记取灵芸别后身，玉壶清泪血痕新。伤心略似燃于釜，绕宅何缘幻作人？一点红宜留玉臂，十分圆欲上樱唇。只嫌不及榴房子，空结团圆未了因。"梁瑶峰少宰唱和说："采绿何曾胜采蓝？猩红端合摘江南。且看沉水星星活，得似灵犀点点含。秋汉可烦桥更驾，朝云应有梦同甘。石榴消息分明是，朱鸟窗前仔细探。"考察而知：红豆生于广东。乾隆朝丙戌年，郑虎文在这里督学，梁瑶峰是这里的督粮道，因此都吟咏了这个题目。

九四　不及伪者

王昆绳曰："诗有真者，有伪者，有不及伪者。真者尚矣，伪者不如真者；然优孟学孙叔敖[1]，终竟孙叔敖之衣冠尚存也。使不学孙叔敖之衣冠，而自着其衣冠，则不过蓝缕之优孟而已。譬人不得看真山水，则画中山水，亦足自娱。今人诋呵七子[2]，而言之无物，庸鄙粗哑；所谓不及伪者是矣。"

注释

①优孟：春秋时期楚国优伶，名孟，故称"优孟"。孙叔敖：楚国令尹，辅佐楚庄王，以贤能闻名于世。

②七子：即明代的前、后七子，"前七子"以李梦阳、何景明为代表，"后七子"以李攀龙、王世贞为代表，提倡复古，主张"文必秦汉，诗必盛唐"。

译文

王昆绳说："诗有写真情的，有写假情的，也有连假的都比不上的。写真情最好，写假情不如写真情；然而优孟学孙叔敖，终究让孙叔敖的衣冠犹存。

假使不学孙叔敖，而是穿戴着自己的衣冠，那么不过是衣衫褴褛的优孟而已。就如同人无法看见真的山水，那么画中的山水，也足以自娱。今人诋毁七子，而毫无真知，庸俗粗鄙，正是所谓的连作假诗的人都不如啊。”

卷　九

一　白下朱草衣

白下布衣朱草衣[1]，少时有“破楼僧打夕阳钟”之句，因之得名。晚年无子，卒后葬清凉山。余为书“清故诗人朱草衣先生之墓”，勒石坟前。余宰溧水[2]，蒙见赠云：“叠为花县一江分，来往惟携两袖云。待客酒从朝起设，告天香每夜来焚。自惭龙尾非名士，肯把猪肝累使君？却喜循良人说遍，填渠塞巷尽传闻。”《郊外》云：“乱鸦多在野，深树不藏村。”《与客夜集》云：“羁身同海国，归梦各家乡。”《大观亭》云：“长江围地白，老树隔朝青。”《晚行》云：“土人防虎门书字，水屋叉鱼树有灯。”《赠某侍御》云：“朝罢宫袍多质库[3]，时清谏纸尽抄书[4]。”

注释

① 白下：清代属江宁府（今南京）。

② 溧水：清代属江宁府（今南京）。

③ 质库：当铺。此指拿到当铺去典当，以形容官服很新。

④ 谏纸：书写谏章的纸张。

译文

白下的平民百姓朱草衣，年幼时写有“破楼僧打夕阳钟”一句，因此而出名。他晚年无子，死后葬在清凉山。我为他写了“清故诗人朱草衣先生之墓”，刻在坟前的墓碑上。我管理溧水时，曾蒙朱草衣赠诗说：“叠为花县一江分，来往惟携两袖云。待客酒从朝起设，告天香每夜来焚。自惭龙尾非名士，肯把猪肝累使君？却喜循良人说遍，填渠塞巷尽传闻。”《郊外》说：“乱鸦多在野，深树不藏村。”《与客夜集》说：“羁身同海国，归梦各家乡。”《大观亭》说：“长江围地白，老树隔朝青。”《晚行》说：“土人防虎门书字，水屋叉鱼树有灯。”《赠某侍御》说：“朝罢宫袍多质库，时清谏纸尽抄书。”

二　我谓古人，实获我心

随园地旷，多树木，夜中鸟啼甚异，家人多怖之。予读王葑亭进士《平沟早发》云：“怪禽声类鬼，暗树影疑人。”先得我心矣！其他佳句，如：“大星高出树，残月细流溪。”“月斜人影忽在水，风过秋声正满山。”“满帽黄花逢醉客，一肩红叶识归樵[①]。”皆妙。

注释

① 归樵：指归来的樵夫。

译文

随园很宽广，树木繁多，夜里鸟的啼叫声很诡异，家人都觉得很恐怖。我读王葑亭进士的《平沟早发》诗：“怪禽声类鬼，暗树影疑人。”真是说到我心里去了！其他佳句，如：“大星高出树，残月细流溪。”“月斜人影忽在水，风过秋声正满山。”“满帽黄花逢醉客，一肩红叶识归樵。”都写得妙。

四　雅堂之诗

鲍进士之钟，字雅堂，诗人步江之子。诗有父风，而清逸处，往往突过前人。《秋雨乍晴》云：“箬帽芒鞋准备秋[①]，稍晴便拟看山游。江潮入郭无三里，溪水到门容一舟。亭午白云开野径，夕阳黄叶下僧楼。闲身自笑如闲鹤，欲度前峰却又休。”五言如：“一鸟掠溪镜，四山明画帘。”“鱼跳重湖黑，蒲喧急雨来。”七言如：“道心静似山藏玉，书味清于水养鱼。”“翻书细检遗忘事，拨火闲寻未过香。”“岸柳带鸦明远照，塔铃和月语清宵。”皆可爱也。雅堂常言：“作七古诗，雅不喜一韵到底。”余深然其言。顾宁人云②：“诗转韵方活，《三百篇》无不转韵。”

注释

①箬帽：用箬竹的篾或叶子制成的帽子，用来遮挡雨和阳光。芒鞋：草鞋。

②顾宁人：即顾炎武，字宁人，又称“亭林先生”，著有《日知录》等。

译文

鲍之钟进士，字雅堂，是诗人步江的儿子。他的诗有父亲的风格，而清逸之处，往往胜过前人。《秋雨乍晴》说：“箬帽芒鞋准备秋，稍晴便拟看山游。江潮入郭无三里，溪水到门容一舟。亭午白云开野径，夕阳黄叶下僧楼。闲身自笑如闲鹤，欲度前峰却又休。”其五言诗如：“一鸟掠溪镜，四山明画帘。”“鱼跳重湖黑，蒲喧急雨来。”七言诗如：“道心静似山藏玉，书味清于水养鱼。”“翻书细检遗忘事，拨火闲寻未过香。”“岸柳带鸦明远照，塔铃和月语清宵。”都很可爱。雅堂常说：“作七古诗，很不喜欢一韵到底。”我很赞同他的这句话。顾宁人说：“诗要转韵才活，《三百篇》没有不转韵的。”

一一　吴门顾星桥

吴门顾星桥进士[1]，诗才清冠等夷[2]；家有月满楼，藏书万卷，海内知名之士，无不交投缟纻。予目为今之郑当时[3]。《龙潭》一律云：“微风缓缓送江声，最好龙潭道上行。碧树数丛堪作障，青山一半不知名。闲情转向尘中得，幽景偏宜客里生。晚觅茅斋投一宿，花前试看酒旗轻。”进士名宗泰。

注释

①吴门：即苏州或苏州一带。

②等夷：同辈或同等的人。

③郑当时：西汉人，字庄，以喜结交天下名士著名。

译文

吴门的顾星桥进士，诗才在同辈中是最清妙的；顾家有月满楼，藏书万卷，海内知名人士，都和他交情深厚。在我看来可算是今日的郑当时。他作有一首律诗《龙潭》说："微风缓缓送江声，最好龙潭道上行。碧树数丛堪作障，青山一半不知名。闲情转向尘中得，幽景偏宜客里生。晚觅茅斋投一宿；花前试看酒旗轻。"顾进士名叫宗泰。

一三　春台赋诗

余在都时，永之引见满洲学士春台。春自云："年二十时，目不识丁。从一禅师静坐三月，颇以为苦。一夕，提刀欲杀禅师。仰头见月，忽然有悟，赋诗便工。"《塞外》云："野水吞人面，青山瓮马声。浮云连帽起，残雪带鞭行。"殊雄伟。公爱永之与枚，以为两少年必贵；每至，必留饮、留宿，遣妾捧觞[①]。

注释

①觞：酒杯。也指向人敬酒。

译文

我在京城时，永之介绍满洲学士春台与我认识。春台自言："我三十岁时，还不识字。跟从一位禅师静坐了三个月，觉得很苦。一天傍晚，我提着刀想要杀禅师。抬头见明月当空，忽然有所领悟，从此赋诗便颇精巧。"其《塞外》诗说："野水吞人面，青山瓮马声。浮云连帽起，残雪带鞭行。"很是雄伟。春台公喜爱永之与我，认为这两个少年日后必定尊贵；每次到他家，一定留饮、留宿，安排美妾为我们敬酒。

一四　诗扇

桐城相公七十生辰，余与诸翰林祝寿[①]。宴罢，各赐诗扇一柄，诗写《田园杂兴》云："不识风尘劳扰，但知云水盘桓。买畚偶来城市[②]，祀神一著衣冠。""小桥流水村近，疏柳长堤路斜。车马不闻叩户，鸡豚自识还家。""烟生茅屋云白，雨过菱塘水新。今岁秋田大稔[③]，稻苗高过行人。""竹屋正临流水，槿篱曲绕闲亭。此是吾庐本色，被人偷作丹青。""作苦最怜田妇，布衣椎髻无华[④]。馌饷并携稚子[⑤]，采桑不摘闲花。"公终身富贵，而诗能淡雅若此。

注释

①翰林：指清代翰林院属官，如侍读学士、侍讲学士、修撰、编修等。

②畚 běn：用草绳或竹篾编织的盛物器具。

③稔 rěn：庄稼成熟。

④椎髻：指将头发结成椎形的髻，是我国古老的发式之一。

⑤馌 yè 饷：送食物到田头。

译文

桐城相公七十岁生日时，我同众翰林前去祝寿。宴席结束，相公赐我们每人诗扇一柄，写《田园杂兴》诗说："不识风尘劳扰，但知云水盘桓。买畚偶来城市，祀神一著衣冠。""小桥流水村近，疏柳长堤路斜。车马不闻叩户，鸡豚自识还家。""烟生茅屋云白，雨过菱塘水新。今岁秋田大稔，稻苗高过行人。""竹屋正临流水，槿篱曲绕闲亭。此是吾庐本色，被人偷作丹青。""作苦最怜田妇，布衣椎髻无华。馌饷并携稚子，采桑不摘闲花。"相公终身富贵，而诗却能如此淡雅。

一五 公卿雅事

严公瑞龙作湖北布政使[①]，续《汉上题襟集》[②]，招诸诗人唱和，亦公卿雅事也。傅辰三《感春》云："恰恰春分二月半，分春妙手爱东君[③]。但愁过却花朝后，一日春容减一分。""月落参横夜向晨，半醺花意欲留人。夜阑莫怯风吹袂[④]，为爱梅花不惜身。"《大雨戏作》云："雨师一夕兴淋漓，笔尖乱点西窗纸。初犹落落蝌蚪分，继则盈盈垂露似。须臾漫漶一片湿，直似秦碑没字体[⑤]。"殊有东坡风趣。沈树德《落花》云："飞燕蹴归帘影里，游鱼吹起浪花中。"叶声木《送人》云："吹酒凉风穿树过，破烟水月隔楼生。"

注释

①布政使：官名。为督、抚属官，专管一省的财赋和人事。

②《汉上题襟集》：是唐代温庭筠、段成式等人的题诗唱和集，共十卷。

③东君：出自《楚辞·九歌·东君》，指日神。

④夜阑：夜深。袂 mèi：衣袖。

⑤秦碑：即秦始皇所建的石碑。

译文

严瑞龙任湖北布政使时，延续《汉上题襟集》的题诗唱和之风，招众位诗人唱和，这也是官员间的雅事。傅辰三《感春》诗说："恰恰春分二月半，分春妙手爱东君。但愁过却花朝后，一日春容减一分。""月落参横夜向晨，半醺花意欲留人。夜阑莫怯风吹袂，为爱梅花不惜身。"《大雨戏作》说："雨师一夕兴淋漓，笔尖乱点西窗纸。初犹落落蝌蚪分，继则盈盈垂露似。须臾漫漶一片湿，直似秦碑没字体。"很有苏东坡的风趣。沈树德《落花》诗说："飞燕蹴归帘影里，游鱼吹起浪花中。"叶声木《送人》诗说："吹酒凉风穿树过，破烟水月隔楼生。"

一六　记史先生诗

康熙壬寅，余七岁，受业于史玉瓒先生。雍正丁未，同入学①。先生不甚作诗，而得句殊隽。《偶成》云："好鸟鸣随意，幽花落自然。"《病中》云："廿年辛苦黔娄妇②，半世酸辛伯道儿③。"终无子。余为葬于葛岭。

注释

①入学：指生徒或童生经考试录取后，进入府、州、县的学校读书。

②黔娄妇：即黔娄夫人，是战国时齐国贤士黔娄的妻子。黔娄出身贫寒，而其夫人却是贵族，知书达理，明媚灵巧。

③伯道儿：用“伯道弃子”这一典故。晋代邓攸，字伯道。为避战乱，带着儿子和侄儿一起逃难。在危难关头，舍弃自己的儿子，保全侄儿。后来他终身无子。

译文

康熙壬寅年，我七岁，跟从史玉瓒先生学习。雍正丁未年，与先生一同进学。先生不怎么作诗，而作的诗句都很隽永。其《偶成》诗说：“好鸟鸣随意，幽花落自然。”《病中》诗说：“廿年辛苦黔娄妇，半世酸辛伯道儿。”先生一生无子，死后我将他葬在葛岭。

一七　知遇盛隆

沈归愚尚书，晚年受上知遇之隆[①]，从古诗人所未有。作秀才时，《七夕悼亡》云：“但有生离无死别，果然天上胜人间。”《落第咏昭君》云：“无金赠延寿，妾自误平生。”深婉有味[2]，皆集中最出色诗。六十七岁，与余同入词林[3]。《纪恩》诗云：“许随香案称仙吏，望见红云识圣人。”

注释

① 知遇：赏识；优待。

② 深婉：含蓄委婉。

③ 词林：即翰林院的别称。清朝翰林院掌管编修国史及草拟制诰等，其长官为掌院学士。

译文

沈归愚尚书，晚年受皇上的知遇隆恩，这是自古以来的诗人都没有的。做秀才时，写《七夕悼亡》说：“但有生离无死别，果然天上胜人间。”《落第咏昭君》说：“无金赠延寿，妾自误平生。”写得深婉有味，都是诗集中最出色的诗。六十七岁时，与我同入翰林院。《纪恩》诗说：“许随香案称仙吏，望见红云识圣人。”

一九　佳句有本

余爱诵金寿门“故人笑比庭中树，一日秋风一日疏”之句[①]。杭堇浦先生曰[②]：“此句本唐人高蟾：‘君恩秋后叶，一日一回疏。’不足为寿门奇。寿门佳句，如：‘佛烟聚处都成塔，林雨吹来半杂花。’《咏苔》云：‘细雨偏三月，无人又一年。’乃真独造。”余按古人佳句，都有所本：陈元孝：“池花对影落，沙鸟带声飞。”本李群玉：“沙鸟带声飞远天。”梁药亭：“龙虎片云终王汉，诗书余火竟烧秦。”仿唐人：“半夜素灵先哭楚，一星遗火下烧秦。”杨诚斋：“不知落得几多雪，作尽北风无限声。”仿唐人：“流到前溪无一语，在山作得许多声。”

注释

①金寿门：即金农，字寿门，杭州人，“扬州八怪”之首，清代书画家。

②杭堇浦：即杭世骏，字大宗，号堇浦，清代文人、画家，著有《道古堂诗集》等。

译文

我爱吟诵金寿门的“故人笑比庭中树，一日秋风一日疏”。杭堇浦先生说：“这句诗源于唐人高蟾的‘君恩秋后叶，一日一回疏’，不足以成为寿门的名句。寿门的佳句，如：‘佛烟聚处都成塔，林雨吹来半杂花。’《咏苔》说：‘细雨偏三月，无人又一年。’这才是真的匠心独运。”我考察古人的佳句，都有本源：陈元孝“池花对影落，沙鸟带声飞”，源于李群玉的“沙鸟带声飞远天”。梁药亭“龙虎片云终王汉，诗书余火竟烧秦”，是仿照唐人的“半夜素灵先哭楚，一星遗火下烧秦”。杨诚斋的“不知落得几多雪，作尽北风无限声”，是仿照唐人的“流到前溪无一语，在山作得许多声”。

二三　许子逊尊唐

沈光禄子大、许明府子逊[①]，二人齐名。沈如：“竹光晨露滑，池静夜泉生。”许如：“钟声凉引月，江气夕沉山。”真少陵也。行役绝句，有相同者。沈云：“惟有梦魂吹不断，月明犹自逆风归。”许云：“明月有情应识我，年年相见在他乡。”子逊先生与余为忘年交，论诗尊唐黜宋，失之太拘。有某少年，故意抄宋诗之有声调者试之，先生误以为唐。少年大笑。余赠云：“前生合是唐宫女，不唱开元以后诗[②]。”

注释

① 光禄：即光禄大夫，为朝廷正一品官员，掌管论议应对。

② 开元：唐玄宗年号。

译文

光禄大夫沈子大、知府大人许子逊，二人齐名。沈大夫的诗如：“竹光晨露滑，池静夜泉生。”许大人的诗如：“钟声凉引月，江气夕沉山。”真有杜甫的风格。二人吟咏行役的绝句，有相同的。沈说：“惟有梦魂吹不断，月明犹自逆风归。”许说：“明月有情应识我，年年相见在他乡。”子逊先生和我是忘年交，他论诗尊唐贬宋，太过拘囿。有一位少年，故意抄宋诗中有声调的诗来试先生，先生误以为是唐诗。少年大笑。我赠语：“前生合是唐宫女，不唱开元以后诗。”

二四　祖庚之恨

松江王太守名祖庚，与乃祖文恭公同日生，故号生同。丁未进士，终身以不入词馆为恨[①]。两子皆入翰林，而先生不乐也。与彭芝庭尚书，同出尹文端公门下。有《纳凉闻笛》云："碧空如水净无云，斗转参横夜欲分。长笛不知何处起，好风偏送此间闻。江梅片片伤春暮，岸柳丝丝绾夕曛[②]。曲罢无端倍惆怅，阶前凉露湿纷纷。"亦同余召试友也。

注释

① 词馆：即翰林院。

② 绾：系结。夕曛：落日的余晖。

译文

松江的王太守名祖庚，和他的祖先文恭公同日生，因而号生同。丁未年考取进士，终身以不入翰林院为憾。他的两个儿子都进入了翰林，而先生并不感到快慰。先生与彭芝庭尚书，同出尹文端公门下。有《纳凉闻笛》诗说："碧空如水净无云，斗转参横夜欲分。长笛不知何处起，好风偏送此间闻。江梅片片伤春暮，岸柳丝丝绾夕曛。曲罢无端倍惆怅，阶前凉露湿纷纷。”先生和我也是召试时的朋友。

三〇　妙诗避祸

某公子惑溺狭斜[1]，几于得疾。其父将笞之，公子献诗云：“自怜病体轻于叶，扶上金鞍马不知。”父为霁威[2]。所惑者亦有句云：“朝朝梳洗临江水，一路芙蓉不敢开。”又曰：“世间未有无情物，蜡烛能痴酒亦酸。”

注释

① 惑溺：即沉迷。狭斜：原指幽暗的街巷，后多指妓院。

② 霁：本指雨后天晴。此指平息了怒气。

译文

有位公子沉迷于妓院，几乎因此而得病。他的父亲要鞭打他，公子献诗说：“自怜病体轻于叶，扶上金鞍马不知。”父亲听后平息了怒气。使其沉迷于妓院的那人也作诗说：“朝朝梳洗临江水，一路芙蓉不敢开。”又说：“世间未有无情物，蜡烛能痴酒亦酸。”

三四　笑倒曹操

汉阳戴喻让诗[①]，有奇气，出吾乡陈星斋先生门下。有《临漳曲》云："暮云深，霸桥逝；水天横，歌台废。玉龙金凤已千年，古瓦还镌'铜雀'字[②]。卖履分香儿女情[③]，读书射猎英雄气。如何横槊对东风[④]？老年想作乔家婿。"末二句，老瞒在九泉亦当笑倒[⑤]。又，《咏雪》云："未添庾岭三分白[⑥]，预借章台一月花[⑦]。"

注释

①汉阳：地名，即今武汉市汉阳区。

②"玉龙金凤"二句：玉龙金凤，出自曹植《铜雀台赋》："立双台于左右兮，有玉龙与金凤。"铜雀，指铜雀台。

③卖履分香：出自曹朝《遗令》，后指人死犹不忘妻儿。

④横槊 shuò：指横持长矛，从军或习武。东风：暗指赤壁之战。

⑤老瞒：曹操小名阿瞒，后人便称为"老瞒"。

⑥庾岭：山名，岭上多梅树，故称"梅岭"。

⑦章台：地名。多植柳树，古诗词中有以"章台"代指柳树。

译文

汉阳戴喻让的诗，有奇崛之气，戴喻让出自我同乡陈星斋先生门下。有《临漳曲》说："暮云深，霸桥逝；水天横，歌台废。玉龙金凤已千年，古瓦还镌'铜雀'字。卖履分香儿女情，读书射猎英雄气。如何横槊对东风？老年想作乔家婿。"最后两句，曹操在九泉之下听了也会笑倒。又有《咏雪》诗说："未添庾岭三分白，预借章台一月花。"

三九　故作姿态

年家子龚友[①]，青年好学，来诵其《白门小住》云："秋生黄叶声中雨，人在清溪水上楼。"余为叹赏。临别，忽向余正色云："友不好名，先生切勿以友诗告人。"余雅不喜，曰："此子矜情作态，局面太小。"已而竟不永年。

注释

①年家子：科举时代称有年谊者的后人。

译文

年家子龚友，年轻而好学，前来向我吟诵他的《白门小住》诗，说："秋生黄叶声中雨，人在清溪水上楼。"我很赞赏。临走的时候，他忽然很严肃地对我说："我不好功名，先生千万不要把我的诗说给别人听。"我听后很不喜欢，说："这孩子过于矜持作态，格局太小。"后来他竟年纪轻轻就去世了。

四〇　品"误"

余《哭鄂制府虚亭死节》诗云："男儿欲报君恩重，死到沙场是善终。"乙酉天子南巡，傅文忠公向庄滋圃新参诵此二句[①]，曰："我不料袁某才人，竟有此心胸。闻系公同年[②]，我欲见之，希转告之。"余虽不能往谒，而心中知己之感，恻恻不忘。第念平生诗颇多，公何以独爱此二句？后公往缅甸，受瘴得病归[③]，薨。方知一时感触，未尝非谶云。鄂公拈香清凉山[④]，过随园门外，指示人曰："风景殊佳。恐此中人，必为山林所误。"有告余者。余不解所谓。后见宋人《题吕仙》一绝曰[⑤]："觅官千里赴神京，得遇钟离盖便倾[⑥]。未必无心唐社稷，金丹一粒误先生。”方悟鄂公“误”字之意。

注释

①庄滋圃：即庄有恭，字容可，号滋圃。乾隆四年被钦点为状元。新参：指新来的人，此处指新进官员。

②同年：清代科举考试同年考中的人，称为“同年”。

③瘴：瘴气，指热带山林中湿热蒸发能致病的气。

④拈香：指到庙里烧香。

⑤吕仙：唐人沈既济所写的小说《枕中记》中的道士，名为吕翁。

⑥钟离：指钟离叔，号和谷子，唐朝人。得道后成为八仙之一。民间称为汉钟离。盖：遮阳避雨的用具。指车篷或伞盖。

译文

我的《哭鄂制府虚亭死节》诗说：“男儿欲报君恩重，死到沙场是善终。”乙酉年天子南巡，傅文忠公向庄滋圃新参吟诵了这两句，说：“我没想到袁某才人，竟有如此心胸。听说与阁下同年中进士，我想见他，希望能代为转达。”我虽不能亲自去拜见，而心中那份恰逢知己的感慨，深切不忘。后来又想我平生作诗颇多，文忠公为何偏爱这两句？后来公去缅甸，受了瘴气得病而归，不久就去世了。才知公一时感触，未尝不是谶语。鄂公去清凉山烧香，路过随园门外，指着园子对人说："风景甚好。只怕这园子里的人，会被山林景致耽误。"有人将此话告诉我。我不明白鄂公所指。后来看见宋人一首绝句《题吕仙》说："觅官千里赴神京，得遇钟离盖便倾。未必无心唐社稷，金丹一粒误先生。"才明白鄂公所说的"误"字的深意。

四二　自命不凡李竹溪

同年李竹溪棠，性诚悫，而诗独清超。《感怀》云："罢官便有闲人集，才老旋生后辈嫌。"《得家书》云："急开翻恼缄封密，朗诵频教句读差。"其子燧年十岁时，余命属对"水仙花"，渠应声曰"罗汉松"。平仄虽不协，而意境极佳，遂大奇之。归河间后见怀云[①]："韦司风味陶潜节，野鹤闲云伴此身。四海声名双管笔，六朝花柳一家春。须眉每向诗中见，函丈偏从梦里亲[②]。此日著书深几许，瓣香心事属何人？"末二句，其自命亦不凡矣。

注释

① 河间：古地名。位于今河北省沧州市境内。

② 函丈：出自《礼记·曲礼上》“席间函丈”。指老师的讲席与学生的坐席之间要留出一丈的空地。后以“函丈”作为对老师的尊称。

译文

与我同年考取进士的李棠号竹溪，性格恭谨诚实，而诗却清逸超脱。《感怀》说：“罢官便有闲人集，才老旋生后辈嫌。”《得家书》说：“急开翻恼缄封密，朗诵频教句读差。”他儿子燧十岁时，我命属对“水仙花”，燧立即应声说“罗汉松”。平仄虽不协，而意境很妙，我很惊奇。李棠回河间后写诗怀念我说：“韦司风味陶潜节，野鹤闲云伴此身。四海声名双管笔，六朝花柳一家春。须眉每向诗中见，函丈偏从梦里亲。此日著书深几许，瓣香心事属何人？”最后两句，显出他的自命不凡之气。

四六　论心虚

刘霞裳与余论诗曰：“天分高之人，其心必虚，肯受人讥弹。”余谓非独诗也；钟鼓虚故受考，笙竽虚故成音。试看诸葛武侯之集思广益，勤求启诲：此老是何等天分？孔子入太庙，每事问；颜子以能问于不能，以多问于寡：非谦也，天分高，故心虚也。

译文

刘霞裳同我谈论诗说："天分高的人，他的心必定很谦虚，肯接受别人的指责。"我说并非只是诗这样；钟与鼓因为虚中的缘故而受击打，笙与竽因为虚中的缘故而成清音。试看武侯诸葛亮集思广益，勤求开导教诲：这老先生是何等天分？孔子入太庙，每件事都要详细地询问；颜渊也常向不如自己的人请教，以多问于寡：并不是谦虚，而是天分高，本来就虚心。

五一　杭州柴南屏

杭州柴南屏先生，名谦，作中书时[①]，和圣祖《冬至》诗，有"雪花欲共梅花落，春意还同腊意舒"之句。圣祖谓有翰苑才[②]，超升御史。余与其曾孙景高交，先生年八十余矣，《咏西湖》云："月出惯留歌舞席，风生不送别离船。"

注释

① 中书：古代官职名，负责编修、撰拟典章法令等。

② 圣祖：清朝康熙皇帝的庙号。

译文

杭州的柴南屏先生，名谦，做中书时，和圣祖的《冬至》诗，有“雪花欲共梅花落，春意还同腊意舒”的句子。圣祖说有翰林学士的才华，便擢升为御史。我同他的曾孙景高有交往，那时先生已八十余岁，写《咏西湖》说：“月出惯留歌舞席，风生不送别离船。”

五二　口头俗语

世有口头俗句，皆出名士集中：“世乱奴欺主，时衰鬼弄人。”杜荀鹤诗也。“今朝有酒今朝醉，明日无钱明日愁。”罗隐诗也。“一朝权在手，便把令来行。”崔戎《酒筹》诗也。“闭门不管窗前月，分付梅花自主张。”南宋陈随隐自述其先人诗也。“大风吹倒梧桐树，自有旁人说短长。”宋人笑赵师睪欲附范文正公祠堂诗也。“晚饭少吃口，活到九十九。”古乐府也。见《七修类稿》所引[①]。“难将一人手，掩得天下目。”曹邺诗也。“易求无价宝，难得有情郎。”女真蕙兰诗也。“一举首登龙虎榜，十年身到凤凰池。”张唐卿诗也②。“平生不作皱眉事，世上应无切齿人。”邵康节诗也③。“儿孙自有儿孙福，莫与儿孙作马牛。”徐守信诗也。“是非只为多开口，烦恼皆因强出头”；“自家扫去门前雪，莫管他家瓦上霜”：并见《事林广记》④。“黄泉无客店，今夜宿谁家？”见唐人逸诗。

注释

①《七修类稿》：明朝郎瑛所撰的学术笔记，该书分天地、国事、义理等七类，具有很高的史料价值。

② 张唐卿：字希元，今山东淄川人。北宋景祐元年（1034）考中状元。

③ 邵康节：即邵雍，字尧夫，谥号康节，北宋易学家，著有《先天图》等。

④《事林广记》：南宋末年陈元靓撰，是一部百科全书型的民间类书，涵盖天文、地理、文学等多方面内容。

译文

世上不少口头俗语，都出自名人集中：“世乱奴欺主，时衰鬼弄人。”是唐代杜荀鹤的诗。“今朝有酒今朝醉，明日无钱明日愁。”是罗隐的诗。“一朝权在手，便把令来行。”出自崔戎《酒筹》诗。“闭门不管窗前月，分付梅花自主张。”是南宋陈随隐自述他祖先的诗。“大风吹倒梧桐树，自有旁人说短长。”是宋人笑赵师罼想要攀附范仲淹祠堂的诗。“晚饭少吃口，活到九十九。”是古乐府。见《七修类稿》所引。“难将一人手，掩得天下目。”是曹邺的诗。“易求无价宝，难得有情郎。”是女真人蕙兰的诗。“一举首登龙虎榜，十年身到凤凰池。”是张唐卿的诗。“平生不作皱眉事，世上应无切齿人。”是邵康节的诗。“儿孙自有儿孙福，莫与儿孙作马牛。”是北宋徐守信的诗。“是非只为多开口，烦恼皆因强出头”；“自家扫去门前雪，莫管他家瓦上霜”：同见《事林广记》。“黄泉无客店，今夜宿谁家？”是唐人逸诗。

五四　金娘寄诗

余作庶常时[①]，寓年家花园。同年吴自堂与其兄飞池借寓园中。飞池与吴女金娘有三生之约[②]，畏妻不敢聘。金寄诗云：“残泪未消和影拭，旧书重展背人看。”诗既佳，书法亦秀媚。

注释

①庶常：明、清官名。专属翰林院，掌管编修等。

②三生：佛教语。指前生、今生、来生。

译文

我做庶常时，住在年家花园。与我同年考中进士的吴自堂和兄长吴飞池也借宿在园中。飞池与吴地女子金娘有三生之约，但害怕妻子而不敢聘娶。金娘寄诗给飞池说："残泪未消和影拭，旧书重展背人看。"诗很好，字也写得秀丽妩媚。

五五　学子博学

云间沈大成[①]，字学子，皓首穷经，多闻博学；尝见古庙有九原丈人之碑，不知所出。后阅《十洲记》[②]，始知乃海神，司水者也。因作《九原丈人考》一篇。《赠邵檀波》云："异书勘后兼金重，古砚磨多似臼深[③]。"《即事》云："楼头风定钟初动，湖上云开舫渐行。"

注释

①云间：即上海松江县的古称。

②《十洲记》：又称《海内十洲记》，是一部记录神怪异物的小说集。

③臼：舂米器。

译文

云间的沈大成，字学子，一辈子钻研经典，博学多闻；曾见古庙里有一块九原丈人的碑，不知九原丈人出自何处。后来看《十洲记》，才知原来是海神，掌管水的。因此作《九原丈人考》一篇。其《赠邵檀波》诗说："异书勘后兼金重，古砚磨多似臼深。"《即事》说："楼头风定钟初动，湖上云开舫渐行。"

五八　平圃吟竹

王安昆，字平圃。予少在都中，与交好，常宿其家，见其题尤贡甫《墨竹》云："几个琅玕几点苔[1]，胜他五色笔花开。分明满幅萧萧响，似带江南风雨来。"《买竹》云："南郊过雨绿生香，底事劳人买竹忙？我一出城君入市，两边风味各分尝。"又，

《送罗两峰归邗上兼示舍弟瘦生》云:“别时冰雪到时春,万树寒梅照眼新。邂逅若逢江上客,已归须劝未归人。”

注释

① 琅玕:似珠玉的美石。

译文

王安昆,字平圃。我年少时在京城,与他关系密切,常住他家中,见他题尤贡甫的《墨竹》说:“几个琅玕几点苔,胜他五色笔花开。分明满幅萧萧响,似带江南风雨来。”《买竹》说:“南郊过雨绿生香,底事劳人买竹忙?我一出城君入市,两边风味各分尝。”又有《送罗两峰归邗上兼示舍弟瘦生》说:“别时冰雪到时春,万树寒梅照眼新。邂逅若逢江上客,已归须劝未归人。”

六一　笠翁诗

李笠翁词曲尖巧[①],人多轻之。然其诗有足采者。如:《送周参戎之浦阳》云:“儒将从来重,君其髯绝伦[②]。三迁无喜色,百战有完身。灰里求遗史,刀边活故人。仙华名胜地，细柳正堪屯[3]。”《婺宁庵》云：“谁引招提路[4]，随云上小峰。饭依香积煮[5]，衣倩衲僧缝。鼓吹千林鸟，波涛万壑松。《楞严》听未阕，归计且从容。”尤展成赠云：“十郎才调本无双，双燕双莺话小窗。送客留髡休灭烛[6]，要看花影照银釭[7]。”

注释

①李笠翁：即李渔，字谪凡，号笠翁。明末清初的文学家、戏曲家。著有《闲情偶寄》等。

②髯：颊毛。亦泛指胡须。“髯绝伦”形容长相俊美。

③堪：可以，能够。屯：戍守，驻扎。

④招提：梵语，即寺院的别称。

⑤香积：指佛寺。

⑥髡 kūn：指僧尼。

⑦银釭：银白色的灯盏、烛台。

译文

李笠翁的词曲作得尖巧，大多不受世人重视。然而他的诗有可以采纳的。如《送周参戎之浦阳》说：“儒将从来重，君其髯绝伦。三迁无喜色，百战有完身。灰里求遗史，刀边活故人。仙华名胜地，细柳正堪屯。”

《婺宁庵》说："谁引招提路，随云上小峰。饭依香积煮，衣倩衲僧缝。鼓吹千林鸟，波涛万壑松。《楞严》听未阕，归计且从容。"尤展成赠诗说："十郎才调本无双，双燕双莺话小窗。送客留髡休灭烛，要看花影照银釭。"

六二　新年百咏

杭州姚君思勤、黄君湘圃、吴君锡麒八九人，同作《新年百咏》，俱典雅；而吴诗尤超。《门神》云："问尔侯门立，能知深几重？"倪经培云："爵封万户外，秩满一年中。"姚《咏拜年》云："履吉弓鞋换[①]，催妆岁烛然。胜常称再四[②]，利市乞团圆[③]。"《风菱》云："面目为谁槁？心肠到底甜。"黄《咏爆竹》云："买来还缩手，毕竟让人工。"《面鬼》云："一半头衔用，几重颜甲生。"皆佳句也。金雨叔宗伯为题辞云："回首辞家十载余，旧乡风土梦华胥[④]。卷中重认新年景，却认初来占籍居[⑤]。"

注释

① 弓鞋：旧时缠脚妇女所穿的鞋子。

②胜常：指超过平常。问候用语。

③利市：节日、喜庆所赏的喜钱。

④华胥：传说中伏羲的母亲。

⑤占籍：指上报户口，入籍定居。

译文

杭州的姚思勤君、黄湘圃君、吴锡麒君等共八九人，一起作《新年百咏》，都很典雅；而吴君的诗更胜一筹。其《门神》诗说："问尔侯门立，能知深几重？"倪经培说："爵封万户外，秩满一年中。"姚君《咏拜年》说："履吉弓鞋换，催妆岁烛然。胜常称再四，利市乞团圆。"《风菱》说："面目为谁槁？心肠到底甜。"黄君《咏爆竹》说："买来还缩手，毕竟让人工。"《面鬼》说："一半头衔用，几重颜甲生。"都是佳句。金雨叔宗伯为其题词说："回首辞家十载余，旧乡风土梦华胥。卷中重认新年景，却认初来占籍居。"

六三　世风不古

《清波杂志》载："元祐间，新正贺节[①]，有士持门状遣仆代往[②]；到门，其人出迎，仆云：'已脱笼矣。’谚云‘脱笼’者，诈闪也[3]。温公闻之[4]，笑曰：‘不诚之事，原不可为！’”及前朝文衡山《拜年》诗曰[5]：“不求见面惟通谒，名纸朝来满敝庐。我亦随人投数纸，世情嫌简不嫌虚。”可见贺节投虚帖，宋朝不可，明朝不以为非：世风不古，亦因年代而递降焉。

注释

① 新正：农历新年正月。

② 门状：又称名帖，即宋朝时的名片。

③ 诈闪：诈伪欺骗。

④ 温公：即司马光，字君实，死后追赠太师、温国公。曾主持编纂《资治通鉴》。

⑤ 文衡山：即文征明，与唐寅、祝允明、徐祯卿并称“吴中四才子”。

译文

《清波杂志》载：“元祐年间，正月庆贺春节，有人让仆人拿着自己的名帖前去拜访别人，到门口，对方出来迎接，仆人说：‘已脱笼矣。’谚语中的‘脱笼’，表示诈伪欺骗的意思。司马温公听说后，笑着说：‘没有诚意的事，本来就不可为！’”而前朝文衡山的《拜年》

诗说："不求见面惟通谒，名纸朝来满敝庐。我亦随人投数纸，世情嫌简不嫌虚。"可见庆贺春节时递送名帖，宋朝不盛行，明朝却不认为这样做不对：世风不古，也因年代推移而递降啊。

六五　僧人默默

丁卯冬，余宰江宁，以公事往扬州，阻风燕子矶[①]。宏济寺僧默默，年九十余，导余游山；并出西林、桐城两相国及诸公卿诗相示。余亦赠四律而别。后辛未南巡，默默接驾。上问其年。奏曰："一百二岁。"上笑曰："和尚还有二十年寿。"随赐紫衣[②]。默默谢恩而出。乾隆二十年，竟圆寂矣。方知天语之成谶也。高文定公赠以诗云："默默僧年八十余，麦塍犹爱荷春锄[③]。抬头见客心先喜，款坐烹茶意自如。千尺娑罗庭外树[④]，两朝丞相壁间书。救生舟送风帆稳，利涉长江信不虚。"

注释

① 燕子矶：地名，位于南京市主城区北郊观音门外，长江三大名矶之一。

② 紫衣：紫色袈裟。唐朝武则天赐僧人法朗等九人紫袈裟、银鱼袋，为僧人赐紫之始。

③ 塍 chéng ：田埂。

④ 娑罗：一种落叶乔木。相传摩耶夫人在兰毗尼园中，手扶娑罗树，产下释迦牟尼。娑罗树从此便是佛门圣树，也名“无忧树”。

译文

丁卯年冬，我做江宁县县丞，因公事前往扬州，在燕子矶被狂风阻断去路。宏济寺的僧人默默，九十多岁，领着我游山；并拿出西林、桐城两位相国和众位公卿的诗给我看。我也赠他四首律诗而后离开。后来皇上辛未年南巡，默默接驾。皇上问他年龄，启奏说：“一百零二岁。”皇上笑着说：“和尚还有二十年寿命。”便赐给紫袈裟。默默谢恩而出。乾隆二十年，竟圆寂了。才知皇上的话一语成谶。高文定公赠诗说：“默默僧年八十余，麦塍犹爱荷春锄。抬头见客心先喜，款坐烹茶意自如。千尺娑罗庭外树，两朝丞相壁间书。救生舟送风帆稳，利涉长江信不虚。”

六七　深于诗者

王西庄光禄，为人作序云："所谓诗人者，非必其能吟诗也。果能胸境超脱，相对温雅，虽一字不识，真诗人矣。如其胸境龌龊，相对尘俗，虽终日咬文嚼字，连篇累牍，乃非诗人矣。"余爱其言，深有得于诗之先者，故录之。

译文

王西庄光禄，为人作序说："所谓诗人，不一定非要能吟诗。如果能胸境超脱，比较温雅，即使一字不识，也是真诗人。如果胸境龌龊，比较庸俗，即使终日咬文嚼字，连篇累牍，也不是诗人。"我很喜爱他的这些话，是对作诗深有体会的，因此记录下来。

七三　记《关山月》

征士王载扬，吟诗以对仗为工，有句云："百五正逢寒食节，十千谁醉美人家？"爱余《滕王阁》诗"阿房有焦土，玉楼无故钉"一联。湖州徐阶五先生《赠沈椒园》诗云："诗派同初白，官情共软红[①]。"

以沈乃初白先生外孙故也。王亦爱而时时诵之。徐知予于未遇时[②]。记其《关山月》一首云："大牙旗卷夕阳残[③]，旋见城边涌玉盘。鼓角无声霜气肃，山河流影镜光寒。白头汉将占星立，红泪胡姬倚马看。净扫烟尘天阙迥，清辉多处是长安。"先生名以升，雍正癸卯翰林，官臬使[④]。

注释

① 软红：原指绵软的尘土，引申为俗世的繁华热闹。

② 未遇：未得到赏识和重用；未发迹。

③ 大牙旗：旗杆上饰有象牙的大旗。多为主将主帅所建，亦用作仪仗。

④ 臬使：即按察使。

译文

征士王载扬，吟诗喜对仗工整，有诗句说："百五正逢寒食节，十千谁醉美人家？"喜爱我《滕王阁》诗"阿房有焦土，玉楼无故钉"一联。湖州的徐阶五先生作《赠沈椒园》诗说："诗派同初白，官情共软红。"因沈椒园乃是初白先生外孙的缘故。这句诗王载扬也爱时时吟诵。徐先生在我还没显达时对我有知遇之恩。记得他的一首《关山月》说："大牙旗卷夕阳残，旋见城边涌玉盘。鼓角无声霜气肃，山河流影镜光寒。白头汉将占星立，红泪胡姬倚马看。净扫烟尘天阙迥，清辉多处是长安。”先生名以升，雍正癸卯年进士，官至按察使。

七四　板桥误抛泪

兴化郑板桥作宰山东，与余从未识面；有误传余死者，板桥大哭，以足蹋地。余闻而感焉。后廿年，与余相见于卢雅雨席间。板桥言："天下虽大，人才屈指不过数人。"余故赠诗云："闻死误抛千点泪，论才不觉九州宽。"板桥深于时文[①]，工画，诗非所长。佳句云："月来满地水，云起一天山。""五更上马披风露，晓月随人出树林。""奴藏去志神先沮，鹤有饥容羽不修。"皆可诵也。板桥多外宠[②]，尝言欲改律文笞臀为笞背[③]。闻者笑之。

注释

① 时文：指科举时代的应试文章。

② 外宠：指娈童，男色。

③ 律文：即法律条文。

译文

兴化的郑板桥在山东做官，同我从未见过面；有误传我死的消息，板桥听后大哭，用脚跺地。我听闻后很感动。后来过了二十年，板桥同我在卢雅雨的宴席上相见。板桥说：“天下虽大，人才屈指可数不过几人。”我因此赠诗说：“闻死误抛千点泪，论才不觉九州宽。”板桥精通于应试文章，善于作画，诗不是他所擅长的。有佳句说：“月来满地水，云起一天山。”“五更上马披风露，晓月随人出树林。”“奴藏去志神先沮，鹤有饥容羽不修。”都可吟诵。板桥好男色，曾说要改律文抽打臀为抽打背。听者便笑。

七八　道士佳句

隐仙庵道士周明先善琴，能诗，离随园甚近，年未五十亡。余录其佳句云：“神仙乐事君知否？只比人间多笑声。”“竹间楼小窗三面，山里人稀树四邻。”“壁琴风过闻天籁，香碗灰深袅篆烟。”“雨中破壁蜗留篆，醉后余腥蚁起兵。”又：“新笋成时白昼长。”七字亦妙。

译文

隐仙庵的道士周明先善于弹琴，能作诗，住得离随园很近，还不到五十岁便去世了。我记录下他的佳句说："神仙乐事君知否？只比人间多笑声。""竹间楼小窗三面，山里人稀树四邻。""壁琴风过闻天籁，香碗灰深袅篆烟。""雨中破壁蜗留篆，醉后余腥蚁起兵。"又如："新笋成时白昼长。"这七字也妙。

七九　如梅之诗

姑苏隐者殷如梅，字羽调。《咏桃花》云："望去分明临水岸，开残容易逐杨花。"《咏梅》云："自是岁寒松竹伴，无心要占百花先。"《谢人惠佛手启》云："数来千指，屈伸总是无名；看去两枝，大小岂能垂手？"《憎蚊》云："以启其毛，何堪供汝流歠？不濡其味，亦且惊我虚声。"

译文

姑苏的隐士殷如梅，字羽调。《咏桃花》说："望去分明临水岸，开残容易逐杨花。"《咏梅》说："自是岁寒松竹伴，无心要占百花先。"《谢人惠佛手启》说："数来千指，屈伸总是无名；看去两枝，大小岂能垂手？”《憎蚊》说：“以启其毛，何堪供汝流歠？不濡其味，亦且惊我虚声。”

八五　穆堂少作

李穆堂先生诗，以少作为佳；位尊后，有率易之病。予所喜者，皆其未第时及初入翰林之作。《东平州看杏花》云：“断云斜日过东平，杨柳风来叶叶轻。莫为春阴便惆怅，杏花如雪更分明。”《落叶》云：“寒来千树薄，秋尽一身轻。”《即事》云：“欲问春深浅，桃花淡不言。”《汤泉》云：“汉井炎方炽，周京德肯凉？”《日暮》云：“鸟声隔屋山初暗，灯影当窗纸未温。”《驿铺》云：“短堞一空鸡绝唱[①]，败槽百啮马无声[②]。”晚年不屑为此种诗，亦不能为此种诗。

注释

①堞：城上呈齿形的矮墙，也称女墙。

②啮：指嚼食。

译文

李穆堂先生的诗，以早年所作为佳；地位尊显后，诗文有轻率的毛病。我所喜爱的诗，都是他未及第时和初入翰林时所作。《东平州看杏花》说：“断云斜日过东平，杨柳风来叶叶轻。莫为春阴便惆怅，杏花如雪更分明。”《落叶》说：“寒来千树薄，秋尽一身轻。”《即事》说：“欲问春深浅，桃花淡不言。”《汤泉》说：“汉井炎方炽，周京德肯凉？”《日暮》说：“鸟声隔屋山初暗，灯影当窗纸未温。”《驿铺》说：“短堞一空鸡绝唱，败槽百啮马无声。”晚年不屑作这种诗，也不能作这种诗。

八六　声应气求

王阮亭尚书未遇时，受知于先达某[①]；故诗集卷首，即录其所赠五古一篇，用“萧豪”韵。穆堂未遇时，受知于阮亭；故哭阮亭五古一篇，亦用“萧豪”韵。姜西溟哭徐健庵司寇诗，用张文昌哭昌黎韵，想见古人声应气求，后先推挽之盛[②]。

注释

①受知：受人知遇、赏识。

②推挽：引荐，荐举。

译文

王阮亭尚书未显达时，受某位知名前辈的赏识，因此诗集卷首，就录前辈所赠的五言古诗一篇，用“萧豪”韵。穆堂未显达时，受阮亭赏识提拔，因此有悼念阮亭的五古一篇，也用“萧豪”韵。姜西溟悼念徐健庵司寇的诗，用张文昌悼念韩愈的韵，可见古人讲求志趣相投，先后举荐之盛况。

九〇　彭廷梅之通达

湖广彭湘南廷梅[①]，与长沙陈恪敏公交好；过随园时，年已七十，即席赋诗[②]，有“落日红未尽，遥山青欲来”之句。余爱赏之。《在秦淮河口占》云[③]：“秦淮河畔乱沙汀，芳草魂生六代青。春去雨中人不惜，杜鹃啼与落花听。”湘南画小像：一叟坐室中，旁有偷儿，持斧穴洞而窥，号“窃比于我老彭图[④]”。见者大笑。《秋夕宿凭虚阁》云：“寻幽住此山，秋声即吾性。一阁衔夕阳，半江红不定。淡淡暮云低，漠漠松阴暝。遥见隔林灯，寒空生远映。”

注释

①湖广：指湖南、湖北两地。

②即席：当座，当场。

③口占：指即兴作诗，不打草稿，随口吟诵出来。

④老彭：即彭祖，传说中的人物。相传他善养生，有导引之术，活到八百高龄。

译文

湖广的彭廷梅字湘南，和长沙的陈恪敏关系甚好；路过随园时，已七十高龄，当场赋诗，有“落日红未尽，遥山青欲来”的句子，我很喜爱。他的《在秦淮河边口占》说：“秦淮河畔乱沙汀，芳草魂生六代青。春去雨中人不惜，杜鹃啼与落花听。”又画有一幅小像：一个老翁坐室中，侧旁有小偷，手持斧头在墙上挖了个洞偷窥，取名“窃比于我老彭图”。见画的人都不禁大笑。作《秋夕宿凭虚阁》说：“寻幽住此山，秋声即吾性。一阁衔夕阳，半江红不定。淡淡暮云低，漠漠松阴暝。遥见隔林灯，寒空生远映。”

九二　送别诗

余散馆出都[①]，走别南华先生。先生取纸，疾书《送别》云："清时重民牧[②]，临御简良才。经术平生裕，文章我辈推。醉辞鹓鹭侣，吟向凤凰台。民力东南急，君其保障哉。""眷言桑梓近[③]，郑重惜分襟[④]。暂辍《三都》笔[⑤]，将听五袴吟。风流为政美，恺悌入人深[⑥]。千里同明月，相思寄好音。"

注释

①散馆：清翰林庶吉士在庶常馆学习期满称散馆，留充编修、检讨的称留馆。

②民牧：指治理民众的地方长官。

③桑梓：指家乡。

④分襟：犹离别，分袂。

⑤《三都》：即西晋左思的《三都赋》，分别描摹魏、蜀、吴三国的概况。

⑥悌：和乐平易。

译文

我散馆离开都城，去与南华先生告别。先生取出纸，疾书《送别》一首说："清时重民牧，临御简良才。经术平生裕，文章我辈推。醉辞鹓鹭侣，吟向凤凰台。民力东南急，君其保障哉。”“眷言桑梓近，郑重惜分襟。暂辍《三都》笔，将听五袴吟。风流为政美，恺悌入人深。千里同明月，相思寄好音。”

九四　棕亭和诗

棕亭在江氏秋声馆，即席和余四绝云[①]：“坐对名山列绮筵，篱花争艳暮秋天。百年传得诗人宅，先把黄金铸浪仙。”“近郭遥峰左右当，帆樯历历远天长。女墙穿过疏林外[②]，放出残霞衬夕阳。”“山腰奇石最伶俜[③]，矮作阑干曲作屏。选得云根坐吹笛[④]，新声分与万家听。”“惠郎中酒眼波斜，一曲清歌遏众哗。安得将身作么凤，香丛长伴刺桐花？”

注释

①和 hè：指以诗歌酬答。

②女墙：指城墙上面呈凹凸形的小墙。

③伶俜：孤立貌。

④云根：指深山云起之地。

译文

棕亭在江氏的秋声馆，当场和我的四绝说："坐对名山列绮筵，篱花争艳暮秋天。百年传得诗人宅，先把黄金铸浪仙。""近郭遥峰左右当，帆樯历历远天长。女墙穿过疏林外，放出残霞衬夕阳。""山腰奇石最伶俜，矮作阑干曲作屏。选得云根坐吹笛，新声分与万家听。""惠郎中酒眼波斜，一曲清歌遏众哗。安得将身作么凤，香丛长伴刺桐花？"

九九　吴鲁斋遗诗

吴鲁斋贤，宰甘泉，有惠政；不幸无子，四十而殂。其诗稿失散，仅记其《送友》云："遥知白发相思苦，马上逢人便寄书。"《过洛阳》云："最羡少年能挟策①，至今天子重书生。"《衙斋偶成》云："候吏解投山客刺，奚童不扫印床花②。"《京江》云："扬子江头月正明，夜深风露怯凄清。邻舟有客横吹笛，似说故人离别情。"

注释

①挟策：手拿书本。指勤奋读书。

②奚童：未成年的男仆。

译文

吴鲁斋很贤达，治理甘泉，政治昌明；不幸无子，四十岁就逝世了。他的诗稿多失散，仅记得他的《送友》说："遥知白发相思苦，马上逢人便寄书。"《过洛阳》说："最羡少年能挟策，至今天子重书生。"《衙斋偶成》说："候吏解投山客刺，奚童不扫印床花。"《京江》说："扬子江头月正明，夜深风露怯凄清。邻舟有客横吹笛，似说故人离别情。"

一〇〇　某人某诗

偶见晚唐人辞某节度七律一首，前四句云："去违知己住违亲，欲策羸骖屡逡巡[①]。万里家山归养志，十年门馆受恩身。"读之一往情深，必士君子中有至性者也。恨不友其人于千载以上。惜不能记其全首与其姓名。他日翻撷《全唐诗》，自能遇之。

注释

① 羸：衰病，瘦弱。骖：原指同驾一车的外侧两匹马，后泛指马。

译文

偶见晚唐人辞别某节度使的一首七律，前四句说："去违知己住违亲，欲策羸骖屡逡巡。万里家山归养志，十年门馆受恩身。"读来深感诗人一往情深，必定是士君子中有至情至性的人。恨不能与此人在千年之前做朋友。惜不能记住他的整首诗和姓名。他日翻抄《全唐诗》，自然能遇到。

卷　十

五　六安秀才

六安秀才夏宝传，生而任侠，出雅雨卢公门下。卢谪戍军台[①]，僮仆无肯随者。夏奋曰："我愿往。"竟策马出塞。三年后，与卢同归。卢再任转运，为捐学正一官[②]，所以报也。程鱼门题其《橐中集》云："磨刀冰作石，暖客火为衣。"卢亦有句云："手僵常散辔，泪冻不沾衣。"可想见塞外之苦矣。乾隆庚子科，以年过八十，钦赐举人。陈古渔赠句云："八旬乡榜无消息[③]，一纸天书有姓名。"又曰："三征尚却连城聘[④]，一诺能轻万里行。"

注释

①谪戍：指因罪而被遣送至边远地方，担任守卫。军台：清代传递军事情报的机构。

②捐：指捐官，是允许士民向国家捐纳钱物以取得爵位官职的一种方式。学正：官职名，配置于国子监。

③ 旬：十年。

④ 三征：三次征召。用《后汉书·杨轮传》的典故。

译文

六安的秀才夏宝传，生来就侠肝义胆，出自卢雅雨公门下。卢公被贬到军台戍边，僮仆没有肯相随的。夏宝传奋勇地说："我愿同去。"竟然就策马出了塞。三年后，与卢公同归。卢公再任转运使，为夏宝传捐得学正一官，以此作为回报。程鱼门题夏宝传的《橐中集》说："磨刀冰作石，暖客火为衣。"卢公也有诗句说："手僵常散辔，泪冻不沾衣。"可以想见塞外的艰辛。乾隆庚子年科举考试，夏宝传因年过八十，被钦赐举人。陈古渔赠诗说："八旬乡榜无消息，一纸天书有姓名。"又说："三征尚却连城聘，一诺能轻万里行。"

六　苏州顾禄百

苏州顾禄百，张匠门先生外孙也。晚年不遇，为归愚先生权记室[①]。凡先生酬应之作，皆顾捉刀[②]。《咏红叶》云："秋树忽春色，晓山皆暮霞。"余常叹陆放翁临终时，犹望九州恢复，而终于国亡家破，不遂其愿。禄百有句云："散关铁马平生愿[3]，愁绝他年家祭时[4]。"

注释

① 权：唐代以来称试官或暂时代理官职为"权"。记室：官职名，掌管章表书记文檄等。

② 捉刀：指代人作文或代人做事。

③ 散关铁马：出自陆游《书愤·其一》："楼船夜雪瓜洲渡，铁马秋风大散关。"此处以散关铁马代指上阵杀敌。

④ 家祭：出自陆游《示儿》："王师北定中原日，家祭无忘告乃翁。"

译文

苏州的顾禄百，是张匠门先生的外孙。晚年不得志，替归愚先生做记室。大凡先生的应酬之作，都是顾禄百代笔。《咏红叶》说："秋树忽春色，晓山皆暮霞。"我常感叹陆放翁临终时，还期盼中原恢复，却终于国亡家破，不能如愿。禄百有句诗说："散关铁马平生愿，愁绝他年家祭时。"

八　香山壮语

唐人诗曰："欲折垂杨叶，回头见鬓丝。"又曰："久不开明镜，多应为白头。"皆伤老之诗也。不如香山作壮语曰[①]："莫道桑榆晚[②]，余霞尚满天。"又，宋人云："劝君莫恼鬓毛斑，鬓到斑时也自难。多少朱门年少子，被风吹上北邙山[③]！"

注释

①香山：即白居易，字乐天，晚年号香山居士。

②桑榆：日落时光照桑榆树端，因以指日暮。也喻指老年。

③北邙山：山名，位于河南省洛阳市北，古人认为是绝佳的风水宝地，历史上众王公将相都将墓地设于此处。

译文

唐人有诗说："欲折垂杨叶，回头见鬓丝。"又说："久不开明镜，多应为白头。"都是伤感老去之诗。不如香山作豪壮之语说："莫道桑榆晚，余霞尚满天。"又有宋人说："劝君莫恼鬓毛斑，鬓到斑时也自难。多少朱门年少子，被风吹上北邙山！"

一二 大白于诗

或传程鱼门《京中移居》诗云："势家歇马评珍玩[①]，冷客摊钱问故书。"予笑曰："此必琉璃厂也[②]。"询之，果然。因记商宝意移居，周兰坡与万晴初访之，见门对云："岂有文章惊海内；从无书札到公卿。"万笑曰："此必商公家矣。"询之，果然。

注释

① 珍玩：珍贵的玩赏物。

② 琉璃厂：位于北京和平门外，是旧时科考举人的聚集地，多有出售书籍、笔墨纸砚、古玩字画的店铺，因此而闻名。

译文

某人传诵程鱼门的《京中移居》诗说："势家歇马评珍玩，冷客摊钱问故书。"我笑答："这必然说的是琉璃厂。"一问，果然是。因而记起商宝意搬新居后，周兰坡与万晴初前去拜访，见门上对联写到："岂有文章惊海内；从无书札到公卿。"万晴初笑着说："这里必然是商公家。"一问，果然就是。

一四　诗中有画

鲁星村“猫迎落花戏，鱼负小萍移”，与宋笠田“护篱小犬吠生客，曝背老翁调幼孙”之句[①]，皆诗中有画。鲁《沙桥道上》云：“山下竹林林下屋，门前溪水带花流。”王兰泉方伯《云阳驿》云[②]：“明月似霜霜似雪，云阳驿外夜三更。”二句相似。

注释

①曝背：指以背向日取暖。

②方伯：明、清时用作对布政使的尊称。

译文

鲁星村的“猫迎落花戏，鱼负小萍移”，与宋笠田的“护篱小犬吠生客，曝背老翁调幼孙”之句，都是诗中有画。鲁氏的《沙桥道上》说：“山下竹林林下屋，门前溪水带花流。”王兰泉方伯《云阳驿》说：“明月似霜霜似雪，云阳驿外夜三更。”这两句很相似。

一五　诗意暗合

予有句云："开卷古人都在眼，闭门晴雨不关心。"龚旭开《登石台》诗云："短墙南畔接烟林，啼罢山禽又海禽。甚日晴明甚日雨[①]，不曾出户不关心。"抑何暗合耶[②]？龚有《连理枝》词云："晓尚衣衫薄，未许开帘幕。小婢来言：东风料峭[③]，动花铃索；海棠轩外石阑边，有风筝吹落。"

注释

① 甚：何。

② 抑：用于句首的助词，无义。暗合：未经商讨而意思契合。

③ 料峭：形容微寒，也形容风寒冷、尖利。

译文

我有诗句说："开卷古人都在眼，闭门晴雨不关心。"龚旭开《登石台》诗说："短墙南畔接烟林，啼罢山禽又海禽。甚日晴明甚日雨，不曾出户不关心。"是多么不谋而合啊！龚旭开有《连理枝》词说："晓尚衣衫薄，未许开帘幕。小婢来言：东风料峭，动花铃索；海棠轩外石阑边，有风筝吹落。"

一六　布衣茅商隐

山阴布衣茅商隐[1]，客死汴城[2]。桑弢甫为梓其诗[3]。《晚村》云："带声鸦易树，偶语客归村。"《山行》云："郭外髑髅眠野草，坟前翁仲戴山花。"皆佳句也。越中故事[4]：娶新妇至，必选处女迎之，号曰"伴姑"。茅吟曰："十六作伴姑，含情语邻姆。今日新嫁娘，问年才十五！"

注释

① 山阴：古地名，即今绍兴市。

② 客死：死于异国他乡。

③ 梓：指印书的雕版。因雕版以梓木为上，故称。后泛指制版印刷。

④ 越中：地区名，代称浙江或浙东地区。也专指绍兴一带。

译文

山阴县的平民茅商隐，客死汴城。桑弢甫为他刊印诗文。其《晚村》诗说："带声鸦易树，偶语客归村。"《山行》说："郭外髑髅眠野草，坟前翁仲戴山花。"都是佳句。越中习俗：娶新媳妇至家门，必选处女相迎，称为“伴姑”。茅商隐吟诗说：“十六作伴姑，含情语邻姆。今日新嫁娘，问年才十五！”

一七　王又曾之诗

王进士又曾，字谷原，诗工游览。《同人看白莲》云：“船窗六扇拓银纱[1]，倚桨风前落晚霞。依约前滩凉月晒，但闻花气不看花。”“皋亭来往省年时[2]，香饮莲筒醉不辞。莫怪花容浑似雪，看花人亦鬓成丝。”《游陶然亭》云：“岸芦迸笋妨游屐，林蝶翻灰浣袷衣[3]。春浓转怕形人老，官冷真宜伴佛闲。”皆传诵一时。有《丁辛老屋集》。

注释

①拓：展开，张开。银纱：白纱。此指用白纱糊窗户。

②皋亭：山名。在今浙江省杭州市北郊。南宋时为临安防守要隘，元兵至，宋君臣在此投降，俗称半山。

③浣：洗。袷 jiá 衣：即夹衣。

译文

王又曾进士，字谷原，擅长作游览之诗。其《同人看白莲》诗说："船窗六扇拓银纱，倚桨风前落晚霞。依约前滩凉月晒，但闻花气不看花。""皋亭来往省年时，香饮莲筒醉不辞。莫怪花容浑似雪，看花人亦鬓成丝。"《游陶然亭》说："岸芦迸笋妨游屐，林蝶翻灰浣袷衣。春浓转怕形人老，官冷真宜伴佛闲。"这些诗都是传诵一时的名作。王氏著有《丁辛老屋集》。

一八　古乐府遗音

岳水轩名梦渊，为督抚上客[①]。居与随园相近。丁丑秋，忽作诗会，大集名流，其豪气犹勃勃可想。《江行》云："荻港人维雪里舟，雪花飞较荻花稠。篷窗人醉荻中卧，时被雪花飞上头。"《荷花》云："兰舟载丽人，摇入荷花荡。亭亭红粉姿，花与人相仿。其中有莲的，心苦惟侬赏。欲以掷奉郎，生憎金钏响。"两诗有古乐府遗音。

注释

①督抚：即总督和巡抚，明清两代最高的地方行政长官。

译文

岳水轩名梦渊，是总督和巡抚的贵宾。他住得离随园很近。丁丑年秋，忽然举办诗会，广泛召集名流，他的豪气勃勃可想而知。其《江行》诗说："荻港人维雪里舟，雪花飞较荻花稠。篷窗人醉荻中卧，时被雪花飞上头。"《荷花》说："兰舟载丽人，摇入荷花荡。亭亭红粉姿，花与人相仿。其中有莲的，心苦惟侬赏。欲以掷奉郎，生憎金钏响。"两首诗都有古乐府的遗音。

一九 金江声观察

金江声观察[①]，名志章，在吾乡与杭、厉齐名。《壬子月夜登虎丘》云[②]："一片深宵月，明明照虎丘。松杉交影静，蘋藻上阶流。夜舫吹箫客，春灯卖酒楼。他乡有朋好，竟夕此淹留。"庚辰年，余过虎丘，山僧出此诗见示；不知余故观察年家子也。尤爱其《过冷水铺》云："白鸥傍桨自双浴，黄蝶逆风还倒飞。"《宿灵隐》云："窗虚暗觉云生壁，夜静时闻雨滴阶。"

注释

①观察：官名，清代对道员的尊称。

②虎丘：地名，位于苏州城西北郊。

译文

金江声观察，名志章，在我们乡与杭世骏、厉鄂齐名。《壬子月夜登虎丘》说："一片深宵月，明明照虎丘。松杉交影静，蘋藻上阶流。夜舫吹箫客，春灯卖酒楼。他乡有朋好，竟夕此淹留。"庚辰年，我路过虎丘，山僧给我看这首诗，殊不知我本是金观察的年家子。尤其喜爱他的《过冷水铺》说："白鸥傍桨自双浴，黄蝶逆风还倒飞。"《宿灵隐》说："窗虚暗觉云生壁，夜静时闻雨滴阶。"

二〇　精选斯文

或问："刘勰言陆机'亦有锋颖[①]，而腴词勿剪，终累文骨'。近日才人，如宝意、鱼门，时蹈此病。"余晓之曰："韦端已云：'屈、宋亦有芜词，应、刘岂无累句？但须精选斯文者，食马留肝，烹鱼去乙可耳[②]。此《极玄集》之所由作也[③]。'"

注释

①锋颖：比喻立论。

②乙：鱼鳃骨。

③《极玄集》：是唐代姚合所编选的唐诗选集，主要选中唐大历时期代表性诗人的佳作。

译文

有人问："刘勰说陆机'立论也精密，而华丽辞藻不剪除些，终究有碍文章的风骨'。近日有才之士，如宝意、鱼门，常蹈袭这毛病。"我回答说："韦端已说过：'屈原、宋玉也有芜杂之词，应玚、刘桢难道就无累赘之句？但须精选他们的文章，正如吃马肉不吃马肝，烹鱼要去掉鱼鳃骨一样。这正是编选《极玄集》的缘由。'"

二一　人名不以官位传

汉杜钦兄弟，任二千石者十人[①]。钦官最小，名最著。韩文公之孙衮中状元后[②]，人但知布衣方干，不知状元韩衮。甚矣，人传不在官位也！唐人诗曰："孟简虽持节[③]，襄阳属浩然。"简之名自在浩然下。

然余到桂林，见独秀峰有简题名，笔力苍古。今之持节者，如孟简其人亦少矣。

注释

①石 dàn：官俸的计量单位，秦汉以为官位的品级，如万石、二千石等。

②韩文公：即韩愈，谥文，故世称韩文公。唐宋八大家之一。

③孟简：字几道，今山东德平人。元和中，官至太子宾客，分司东都。

译文

汉朝人杜钦，兄弟中任二千石的有十人。杜钦官最小，而名声最显著。韩文公的孙子韩衮中状元后，世人只知布衣方干，却不知状元韩衮。是啊，人是否声名远扬并不在于官位的高下！唐人有诗说："孟简虽持节，襄阳属浩然。"孟简的名声自然在孟浩然之下。而我到桂林，见独秀峰有孟简题名，笔力苍劲古朴。今时持节的人，像孟简这样的也很少了。

二四　梦善之诗

梁文庄公弟梦善，字午楼，生富贵家，而娟洁静好[①]，《孟子》所谓“无献子之家者也”[②]。年十五，举于乡[③]，六上春闱[④]，不第；出宰蠡县，非其志也。年过四十而卒。《出都》一首，便觉不祥。其词云：“何处人间有雁声？暮云无际且南征。西风禾黍临官道，落日牛羊近古城。生意渐如衰柳尽，浮生只共片帆轻。劳劳踪迹年年是，凄绝天涯此夜情。”《咏熏炉》云：“梦去恰疑怀堕月，抱来错认玉为烟。”《饮沈椒园太史家》云：“微吟韵许追前辈，中酒身还耐薄寒。”《述怀》云：“洗马清羸潘令鬓，外人刚认一愁无。”皆清词丽句，楚楚自怜。亦有壮语，如：“出塞不辞三万里，著书须计一千年。”恰不多也。

注释

①娟洁：清雅美好。

②“无献子之家者也”：出自《孟子·万章下》。孟献之生于富贵之家，喜结交家境不如自己的贤士。本文即用此意。

③举：明清乡试中选者为“举人”。此为“举人”的

简称。

④ 春闱：即会试。会试是在乡试的次年，春季举行，故会试又称“春试”“春闱”“春榜”“杏榜”等。

译文

梁文庄公的弟弟梦善，字午楼，出生在富贵之家，而为人清雅静好，正是《孟子》所谓“无献子之家者也”。十五岁时，考取举人，又六次上京参加会试，但都未考中；后来出任蠡县县令，而这并非他的意愿。刚过四十岁便离世了。曾作《出都》诗一首，听来便觉不祥。这诗说：“何处人间有雁声？暮云无际且南征。西风禾黍临官道，落日牛羊近古城。生意渐如衰柳尽，浮生只共片帆轻。劳劳踪迹年年是，凄绝天涯此夜情。”《咏熏炉》说：“梦去恰疑怀堕月，抱来错认玉为烟。”《饮沈椒园太史家》说：“微吟韵许追前辈，中酒身还耐薄寒。”《述怀》说：“洗马清羸潘令鬓，外人刚认一愁无。”都是清词丽句，楚楚自怜。也有豪壮语，如：“出塞不辞三万里，著书须计一千年。”只是这类豪言壮语并不多。

二五　瑶英佳句

国初逸老某《赠妾》云[①]："香能损肺熏宜少，露渐沾花采莫频。"王健庵妻张瑶英《示儿》云："教儿宝鸭休添火，龙脑香多最损花[②]。"瑶英有《绣墨诗集》，余已为刊刻矣，兹再录其佳句。《送健庵》云："纵无多路情难别，须念衰亲游有方。"《病目》云："岂为愁多清泪落，却缘烟重午炊迟。"《偶成》云："无梦不愁鸡唱早，有书只望雁飞过。""荒院草删三径阔，破窗风入一灯危。""蛛知网湿添丝急，月待云开到槛迟。"

注释

① 逸老：遁世隐居的老人。

② 龙脑：即龙脑香，也被称作羯布罗香，红褐色，木材含大量树胶。

译文

国朝初年某逸老的《赠妾》诗说："香能损肺熏宜少，露渐沾花采莫频。"王健庵的妻子张瑶英作《示儿》诗说："教儿宝鸭休添火，龙脑香多最损花。"瑶英著有《绣墨诗集》，我已为她刊刻，此处再录她的佳句。《送健庵》说："纵无多路情难别，须念衰亲游有方。"《病目》说："岂为愁多清泪落，却缘烟重午炊迟。"《偶成》说："无梦不愁鸡唱早，有书只望雁飞过。""荒院草删三径阔，破窗风入一灯危。""蛛知网湿添丝急，月待云开到槛迟。"

二六　激将邀诗

戊戌春，余在杭州。两姬置酒[①]，招女眷游西湖。瑶英以诗辞云："呼女窗前看刺凤，课儿灯下学涂鸦。韶光一刻难虚掷[②]，那有闲看湖上花？"既而，遣人劫之，曰："娘子不来，怕作诗耶？"果飞舆而至[③]，到湖心亭，书二十八字云："酿花天气雨新晴，一片清光两岸平。最好湖心亭上望，满堤人似水中行。"

注释

①姬：妾，侍妾。

②韶光：泛指光阴。

③舆：车。

译文

戊戌年春，我在杭州。两侍妾设下酒席，招女眷同游西湖。瑶英作诗辞谢说：“呼女窗前看刺凤，课儿灯下学涂鸦。韶光一刻难虚掷，那有闲看湖上花？”不多久，我派人胁迫她，说：“娘子不来，是怕作诗吗？”瑶英果然飞车而来，到湖心亭，写下二十八字说：“酿花天气雨新晴，一片清光两岸平。最好湖心亭上望，满堤人似水中行。”

二七　风趣周青原

李宏猷秀才，设帐尹制府署中[①]。《咏新竹》云：“节已凌云未出头。”未几病重，荐其友周青原入署相代。青原来见，袖中出《西园池上》诗云：“目不窥园已浃旬，小池春涨绿鳞鳞。得鱼鸟胜垂纶客，临水花如照镜人。欲扫闲庭苔莫损，偶扳芳树蝶相亲。笑余三月裘还着，只为调停病起身。”末句，余略为酌改，周欣然辞出。良久，闻门外尚有吟哦声，则以肩舆未至，故得意而徐步呻吟也。其风趣如此。后官中书，在京师《寄怀》云：“我如脱衔驹，恣意骋原隰。不读五千卷，辄入崔儦室[②]。又如恬丹鼠，吐肠还自悼。空得成连师[3]，未谙《水仙操》[4]。川虽难学海，磁则曾引针。千秋一瓣香，顶礼优钵林[5]。”

注释

①设帐：指设馆授徒。

②崔儦：北朝隋之际人，字岐叔。年少时与卢思道、辛德源友善。每以读书为务，其房屋前写有“不读五千卷者，无得入此室”之句。

③成连：春秋时有名的琴师。相传伯牙跟从他学琴，三年而成。

④《水仙操》：此曲相传为伯牙所作。

⑤优钵：指优钵罗，佛教术语，意思是指青莲花，是一种极乐世界里极其独特的莲花。

译文

李宏猷秀才，在尹制府的官署中设馆授徒。其《咏新竹》说：“节已凌云未出头。”不多久病重，推荐朋友周青原替他入署教授。青原前来相见，从袖中取出《西园池上》诗，其诗说：“目不窥园已浃旬，小池春涨绿鳞鳞。得鱼鸟胜垂纶客，临水花如照镜人。欲扫闲庭苔莫损，偶扳芳树蝶相亲。笑余三月裘还着，只为调停病起身。”最后一句，我稍作了修改，青原欣然接受，告辞而出。过了许久，听门外仍有吟哦声，则是因抬轿之人还未来，青原便在外面得意地漫步吟诗。青原这个人是如此风趣。他后来官至中书，在京城作《寄怀》说：“我如脱衔驹，恣意骋原隰。不读五千卷，辄入崔儦室。又如餂丹鼠，吐肠还自悼。空得成连师，未谙《水仙操》。川虽难学海，磁则曾引针。千秋一瓣香，顶礼优钵林。”

三〇 “杨柳青青”非晚唐

真州郑中翰沄[①]，字晴波，新婚北上；《留别闺中》云：“来年春到江南岸，杨柳青青莫上楼。”其同年周舍人发春喜诵之。时有陈庶常濂，与周相善，而未识郑。一日公宴处，周、郑俱在，陈忽语周曰：“昨闻有人赠内之句，情韵绝佳，当是晚唐人手笔[②]。”周急叩之。则所称者，即郑诗也。郑闻而愕然。周因指郑示陈曰：“此即赋‘杨柳青青’之晚唐人矣！”三人大笑。真州程灌夫亦有句云：“春风自绿垂杨色，何事羁人怕倚楼？”

注释

①中翰：明、清时内阁中书的别称。

②手笔：指所写的诗文。

译文

真州人郑沄为内阁中书，字晴波，新婚之际即北上做官；作《留别闺中》说："来年春到江南岸，杨柳青青莫上楼。"他的同年周发春舍人喜欢吟诵此句。当时庶常中有位陈濂，与周舍人交好，但并不认识郑沄。一日在陈公的酒宴上，周、郑都在，陈忽然对周说："昨日听闻某人赠给妻子的诗，声情韵律绝佳，当是晚唐人诗。"周急忙追问是什么诗。而所称赞的，即是郑沄的诗。郑听后愕然。周就指着郑对陈说："这就是赋'杨柳青青'的晚唐人啊！"三人大笑。真州的程灌夫也有诗句说："春风自绿垂杨色，何事羁人怕倚楼？"

三一 《秦淮偶兴》

宝意先生告余云："己卯秋，过龙潭，见旅壁题诗四绝，清丽芊绵[①]，后书'桂堂'二字，横胸中数十载，终不知其为谁。题作《秦淮偶兴》，云：

‘淡黄杨柳晓啼鸦，丝雨温香湿落花。应有鲰鱼吹雪上，水边亭子正琵琶。’‘水榭湘帘特地清，朝烟上与曲阑平。旧时红豆抛残处，只恐风吹子又生。’‘篱门过雨绿烟铺，檀板金尊俗有无？小艇已将烟月去，人间空说女儿湖。’‘鳞鳞碧瓦照春莱，眢井宵深鸟语哀[②]。第一林泉谁省得[③]？数枝犹发旧宫槐。’”

注释

① 芊绵：指富有文采。

② 眢 yuān 井：干枯的井。

③ 林泉：指山林与泉石。此指隐居之地。

译文

宝意先生告诉我说：“己卯年秋，我路过龙潭，见旅舍墙壁上题有四首绝句，诗风清丽而富文采，后面题写‘桂堂’二字，这两个字横亘我心中数十年，终究还是不知道他是谁。诗题作《秦淮偶兴》，其诗说：‘淡黄杨柳晓啼鸦，丝雨温香湿落花。应有鲰鱼吹雪上，水边亭子正琵琶。’‘水榭湘帘特地清，朝烟上与曲阑平。旧时红豆抛残处，只恐风吹子又生。’‘篱门过雨绿烟铺，檀板金尊俗有无？小艇已将烟月去，人间空说女儿湖。’‘鳞鳞碧瓦照春莱，眢井宵深鸟语哀。第一林泉谁省得？数枝犹发旧宫槐。’”

三二　以诗衡人

冬友自言：“九岁时，侍先大父过淮[1]，舟中人限‘吞’字韵为诗，多未稳。予有句云：‘横桥风定帆全卸，小艇潮来势欲吞。’大父曰：‘此子将来必无患苦。’或问其故。曰：‘凡诗押哑韵而能响者，其人必贵；押险韵而能稳者，其人必安。生平以此衡人，百不失一。’大父讳馨，字星标。”

注释

①大父：祖父。

译文

冬友自言：“九岁时，陪祖父过淮河，船中有人限‘吞’字韵为诗，但多不妥帖。我有句说：‘横桥风定帆全卸，小艇潮来势欲吞。’祖父说：‘这孩子将来必无疾苦。’人问其中的缘由，祖父说：‘凡作诗押哑韵而能响亮的，这个人一定尊贵；押险韵而能稳妥的，这个人一定平安。我历来以此衡量人，百无一失。’祖父讳罄，字星标。”

三三　诗有健笔

吴中七子中[1]，赵文哲损之诗笔最健[2]。丁丑召试，与吴竹屿同集随园[3]，爱诵余“无情何必生斯世？有好都能累此身”一联。后从温将军征金川，死难军中。过襄阳时，以《怀诸葛故居》诗四首见寄，云：“洵美躬耕地，千秋一草庐。勋名微管亚[4]，出处有莘如。巾服渔樵里，川原战阵余。西风渭滨路，尚忆沔南居。”“四海占龙卧，萧条一亩宫。泊如明厥志，行矣慎吾躬。变化遭非偶，栖迟道岂穷？可知《出师表》，慷慨本隆中。”“崔、徐二三子[5]，来往定欣然。逸事风尘外，高评月旦前[6]。襟期《梁甫曲》[7]，生计汉阴田。当日如终隐，鸿妻亦最贤。”“宇宙声名大，遗踪锦水长。人歌千尺柏，公念百枝桑。涕尚沾遗老，魂应恋故乡。溪毛如可荐[8]，此地合祠堂。”

注释

① 吴中七子：即指钱大昕、曹仁虎、王昶、赵文哲、

王鸣盛、吴泰来、黄文莲。此七人都是清代江苏嘉定、青浦（今上海市）一带人，并以文学辞章齐名，被沈德潜推为“吴中七子”。

② 赵文哲：字损之，号璞函，上海人。

③ 吴竹屿：即吴泰来，字企晋，号竹屿，今江苏苏州人。

④ 管亚：即管仲，名夷吾，字仲。春秋时杰出的政治家。

⑤ 崔、徐：指崔州平与徐庶，二人皆与诸葛亮为友。

⑥ 月旦：指月旦评，品评人物或诗文字画等。用《后汉书·许劭传》的典故。

⑦ 襟期：襟怀，志趣。《梁甫曲》：即《梁甫吟》，诸葛亮所作。

⑧ 溪毛：溪边的野菜。荐：进献，祭献。

译文

吴中七子中，赵文哲的诗笔最为雄健。丁丑年召试，他与吴泰来同集随园，喜吟我的“无情何必生斯世？有好都能累此身”一联。后跟从温将军出征金川，在军中遇难。他曾在过襄阳时，以四首《怀诸葛故居》诗寄给我，说：“洵美躬耕地，千秋一草庐。勋名微管亚，出处有莘如。巾服渔樵里，川原战阵余。西风渭滨路，尚忆沔南居。”“四海占龙卧，萧条一亩宫。泊如明厥志，行矣慎吾躬。变化遭非偶，栖迟道岂穷？可知《出师表》，慷慨本隆中。”“崔、徐二三子，来往定欣然。逸事风尘外，高评月旦前。襟期《梁甫曲》，生计汉阴田。当日如终隐，鸿妻亦最贤。”“宇宙声名大，遗踪锦水长。人歌千尺柏，公念百枝桑。涕尚沾遗老，魂应恋故乡。溪毛如可荐，此地合祠堂。”

三六　素文

余三妹皆能诗，不愧孝绰门风；而皆多坎坷，少福泽。余已刻《三妹合稿》行世矣，兹又抄三人佳句，以广流传。三妹名机，字素文。《秋夜》云：“不见深秋月影寒，只闻风信响阑干。闲庭落叶知多少，记取朝来着意看。”《闲情》云：“欲卷湘帘问岁华，不知春在几人家。一双燕子殷勤甚，衔到窗前尽落花。”他如：“女娇频索果，婢小懒梳头。”“怕引游蜂至，不栽香色花。”皆可诵也。遇人不淑，卒于随园。香亭弟哭之云：“若为男子真名士，使配参军信可人。无家枉说曾招婿，有影终年只傍亲。”豫庭甥哭之云：“谁信有才偏命薄？生教无计奈夫狂。”“白雪裁诗陪道韫[①]，青灯说史侍班姑[②]。”

注释

①道韫：即谢道韫，东晋才女，自幼聪识，有才辩。后嫁给王羲之的儿子王凝之为妻。

②班姑：即班昭，班固妹，博学多才。接续班固，完成《汉书·百官公卿表》与《天文志》，《汉书》始成。

译文

我的三个妹妹都能作诗，不愧贞孝柔婉的门风；而都命多坎坷，少福泽。我已刻《三妹合稿》流行于世，现再抄三人佳句，以广为流传。三妹名机，字素文。其《秋夜》诗说："不见深秋月影寒，只闻风信响阑干。闲庭落叶知多少，记取朝来着意看。"《闲情》说："欲卷湘帘问岁华，不知春在几人家。一双燕子殷勤甚，衔到窗前尽落花。"其他的如："女娇频索果，婢小懒梳头。""怕引游蜂至，不栽香色花。"都可吟诵。而遇人不淑，在随园离世。香亭弟悼念三妹说："若为男子真名士，使配参军信可人。无家枉说曾招婿，有影终年只傍亲。"外甥豫庭悼念说："谁信有才偏命薄？生教无计奈夫狂。""白雪裁诗陪道韫，青灯说史侍班姑。"

三七　静宜

四妹名杼，字静宜。《游鸡鸣寺》云：“苍苍烟树带斜晖，石塔层峦傍翠微。无复萧梁宫殿在[①]，台辒犹见纸鸢飞[②]。”《秋园踏月》云：“蔼蔼山光映碧空，参差树影乱西风。芦花几朵明如雪，吹在横桥曲涧中。”他可诵者，如：“描花嫌纸窄，学字借书抄。”“宾鸿云作路，蟋蟀草为城。”“画阁偏闻雏燕语，乱书常被懒猫眠。”《课女》云：“花簪一朵休嫌少，字课三张莫厌多。”《挽葛姬》云：“断线几条犹委地，南楼一榻已生尘。”

注释

① 萧梁：即南朝梁（502—557）。萧衍取代齐朝称帝，都建康（今江苏南京）。国号梁，又称萧梁。

② 纸鸢：即风筝。

译文

四妹名杼，字静宜。《游鸡鸣寺》说：“苍苍烟树带斜晖，石塔层峦傍翠微。无复萧梁宫殿在，台辒犹见纸鸢飞。”《秋园踏月》说：“蔼蔼山光映碧空，参差树影乱西风。芦花几朵明如雪，吹在横桥曲涧中。”其他可吟诵的，如："描花嫌纸窄，学字借书抄。""宾鸿云作路，蟋蟀草为城。""画阁偏闻雏燕语，乱书常被懒猫眠。"《课女》说："花簪一朵休嫌少，字课三张莫厌多。"《挽葛姬》说："断线几条犹委地，南楼一榻已生尘。"

三八　秋卿

堂妹棠，字秋卿，嫁扬州汪楷亭。家颇温饱，伉俪甚笃。《咏燕》云："春风燕子今年早，岁岁梁补旧草。华堂叮嘱主人翁，珍重香泥莫轻扫。吁嗟乎！千年田土尚沧桑，那得雕梁常汝保？"余读之不乐，曰："诗虽佳，何言之不祥也！"已而竟以娩难亡。又二年，楷亭亦卒。妹《寄二兄香亭》云："鹏程人与白云齐，君独年年借一枝。闻道故交多及第，更怜归客尚无期。琴书别后遥相忆，雪月窗前寄所思。常对芙蓉染衣镜，堪嗟侬不是男儿。"《于归扬州》云："不堪回忆武林春[①]，娇养曾为膝下身。未解姑嫜深意处，偏郎爱作远游人。""绿杨堤畔行游子，红粉楼中冷翠帷。为问苏淮江上月，今宵照得几人归？"亡后，香亭哭以诗云："最苦高堂念[②]，怀中小女儿。至今传死信，未敢与亲知。书远摹多误，人稠语屡歧。调停两边意，暗泣泪如丝。"

注释

①武林：旧时杭州的别称，以武林山得名。

②高堂：即父母。

译文

堂妹名棠，字秋卿，嫁给扬州汪楷亭为妻。家境不错，夫妻情深。作《咏燕》云："春风燕子今年早，岁岁梁间补旧草。华堂叮嘱主人翁，珍重香泥莫轻扫。吁嗟乎！千年田土尚沧桑，那得雕梁常汝保？"我读后不高兴，说："诗虽佳，而说得多么不祥啊！"不久竟因难产而离世。又过了两年，楷亭也去世了。堂妹的《寄二兄香亭》说："鹏程人与白云齐，君独年年借一枝。闻道故交多及第，更怜归客尚无期。琴书别后遥相忆，雪月窗前寄所思。常对芙蓉染衣镜，堪嗟侬不是男儿。"《于归扬州》说："不堪回忆武林春，娇养曾为膝下身。未解姑嫜深意处，偏郎爱作远游人。""绿杨堤畔行游子，红粉楼中冷翠帷。为问苏淮江上月，今宵照得几人归？"妹去世后，香亭作诗悼念说："最苦高堂念，怀中小女儿。至今传死信，未敢与亲知。书远摹多误，人稠语屡歧。调停两边意，暗泣泪如丝。"

三九 四妹哭儿

余在苏州，四妹《寄怀》云："长路迢迢江水寒，萧萧梅雨客身单。无言但劝归期速，有泪多从别后弹。新暑乍来应保重，高堂虽老幸平安。青山寂寞烟云里，偶倚阑干忍独看？"余读之凄然。当即买舟还山。四女琴姑，从妹受业。妹赠以诗云："有女依依唤阿姑，忝为女傅教之无[①]？欲将古典从容说，失却当年记事珠[②]。"妹嫁韩氏，生一儿，名执玉。十四岁《咏夏雨》云："润回青簟色，凉逼采莲人。"学使窦东皋先生爱之[③]，拔入县学。未一年，得暴疾亡。目将瞑矣，忽坐起问阿母曰："唐诗'举头望明月'，下句若何？"曰："低头思故乡。"叹曰："果然！"遂点头而仆。故妹哭之云："伤心欲拍灵床问：儿往何乡是故乡？"

注释

①忝：有愧于，常用作谦辞。

②记事珠：传说中能帮助记忆的珠子。

③学使：即学政，为古代学官名，掌管教育科举，简称学台。

译文

我在苏州，四妹作《寄怀》诗说："长路迢迢江水寒，萧萧梅雨客身单。无言但劝归期速，有泪多从别后弹。新暑乍来应保重，高堂虽老幸平安。青山寂寞烟云里，偶倚阑干忍独看？"我读后倍感凄凉伤心。当即雇船回家。四女琴姑，跟从我妹妹学习。妹赠诗说："有女依依唤阿姑，忝为女傅教之无？欲将古典从容说，失却当年记事珠。"四妹嫁给韩氏，生有一儿，名叫执玉。十四岁作《咏夏雨》说："润回青簟色，凉逼采莲人。"学使窦东皋先生很喜欢，选拔执玉进入县学。不到一年，却得暴病而死。眼睛将要闭上时，忽然坐起问母亲说："唐诗'举头望明月'，下句是什么？"母亲答："低头思故乡。"他叹道："果然！"于是点头而倒。因此妹妹哭着说："伤心欲拍灵床问：儿往何乡是故乡？"

四〇　诗有情至语

诗有情至语，写出活现者。许竹人先生督学广西，《接弟石榭凶问》云："望书眼欲穿，拆书手欲争，抱书心忽乱，隔纸字忽明。挥手急屏置，忍泪雨暗倾。老亲中庭立，念远心悬旌[1]。病讯百计匿，矧可闻哭声[2]？违心方饰貌，哀抑喜且盈。趋言梦弟至，所患行已平。"

注释

①悬旌：挂在空中随风飘荡的旌旗。比喻心神不宁。

②矧 shěn：况。

译文

诗有至情至真之语，刻画得活灵活现。许竹人先生在广西督学，作《接弟石榭凶问》诗说："望书眼欲穿，拆书手欲争，抱书心忽乱，隔纸字忽明。挥手急屏置，忍泪雨暗倾。老亲中庭立，念远心悬旌。病讯百计匿，矧可闻哭声？违心方饰貌，哀抑喜且盈。趋言梦弟至，所患行已平。"

四一　昔日筵席

随园每至春日，百花齐放。家中内子及诸姬人，轮流置酒，为太夫人寿。太夫人亦尝设席作答。余有句云："高堂戒我无他出，阿母明朝作主人。"盖实事也。香亭《同赏梅》诗云："为爱梅花敞绮筵①，合家春聚画堂前。忽怜香气传风外，却喜花开在雨先。人影共分千竹翠，帘光高卷一山烟。知他万片随云去，还赴璚楼宴列仙。"呜呼！自先慈亡后，此席永断；而香亭亦远宦粤中矣。

注释

①绮筵：华丽丰盛的筵席。

译文

随园每到春日，百花齐放。家中妻子及众妾，轮流置办酒席，为太夫人祝寿。太夫人也常设席作答。我有诗句说："高堂戒我无他出，阿母明朝作主人。"说的是实事啊。香亭《同赏梅》诗说："为爱梅花敞绮筵，合家春聚画堂前。忽怜香气传风外，却喜花开在雨先。人影共分千竹翠，帘光高卷一山烟。知他万片随云去，还赴璚楼宴列仙。"唉！自太夫人驾鹤之后，这酒席就永远断绝；而香亭也到遥远的粤中做官去了。

四三　咏古镜

桐城诗人分咏古镜[1]：方正瑗云："绝代应怜颜色少，六宫曾识旧人多？"姚孔锌云："相对不知何代物，此中曾老几朝人？"皆佳句也。姚又有句云："病后精神当酒怯，静中情性与香宜。"

注释

① 桐城：地名，位于今安徽省中部偏西南。

译文

桐城的诗人分别吟咏古镜：方正瑗说："绝代应怜颜色少，六宫曾识旧人多？"姚孔锌说："相对不知何代物，此中曾老几朝人？"都是佳句。姚氏又有诗句说："病后精神当酒怯，静中情性与香宜。"

四四　赵仁圃公

余己未座主[①]，为泰安相国赵公仁圃。公以长垣令，有政声，受知世宗，晋秩卿贰[②]。平生爱时文[③]，虽入纶扉[④]，犹手校成、宏诸大家，孜孜不倦。《晚泊小米滩》一绝云："回桡舣艇傍平沙，客路停舟便是家。坐久鸟惊山吐月，话长人喜烛生花。"作令时以勘灾故，足浸水中三日，故病跛。每入朝，许给扶以行。（讳国麟，山东人。）

注释

①座主：明、清科举考试称主考官或总裁官为"座主"。

②卿贰：次于卿相的朝中大官，即二品、三品京官。

③时文：流行于一个时期、一个时代的文体。

④纶扉：即内阁，明清时称宰辅所在处为"纶扉"。

译文

我己未年参加科考，座主是泰安的赵仁圃相国。赵公作长垣县令时政声远扬，因而受世宗知遇，晋升为卿贰。他平生喜爱时文，虽入内阁，仍亲手校对成、宏等大家之作，孜孜不倦。有《晚泊小米滩》一绝说："回桡舣艇傍平沙，客路停舟便是家。坐久鸟惊山吐月，话长人喜烛生花。”公作县令时因勘测灾情的缘故，脚浸在水中三日，因此得了跛脚病。每回入朝，特准许搀扶行走。（赵公讳国麟，山东人。）

四五　邹学士爱猫

余习国书[①]，读十二乌朱[②]，受业于邹泰和学士。记其《丁香》一首云：“春空烟锁缀星星，两树琼枝占一庭。交网月穿珠络索，小铃风动玉冬丁。傍檐结密人难折，拂座香多酒易醒。只恐天花散无迹，拟将湘管写娉婷。”又，《白云寺》云：“飞鸟没边孤塔见，乱山缺处夕阳明。”先生戊戌翰林，和雅谦谨，有爱猫之癖。每宴客，召猫与儿孙侧坐，赐孙肉一片，必赐猫一片，曰：“必均，毋相夺也。”督学河南，按临商丘毕[③]，出署失一猫，严檄督县捕寻[④]。令苦其烦，用印文详报云[⑤]：“卑职遣干役四人[⑥]，挨民家搜捕，至今逾限，宪猫不得。”

注释

① 国书：即满文。

②乌朱：满语，指字头。

③按临：巡视。

④檄：檄文，用于征召、晓谕的政府公告或声讨、揭发罪行等的文书。

⑤印文：盖有公章的文件。

⑥干役：办事老练的差役。

译文

我跟从邹泰和学士学习满文，读十二字头。记得先生有《丁香》一首说："春空烟锁缀星星，两树琼枝占一庭。交网月穿珠络索，小铃风动玉冬丁。傍檐结密人难折，拂座香多酒易醒。只恐天花散无迹，拟将湘管写娉婷。"又有《白云寺》说："飞鸟没边孤塔见，乱山缺处夕阳明。"先生戊戌年进入翰林，为人温和清雅、谦虚谨慎，有爱猫的癖好。每回宴客，召唤猫与儿孙一同坐侧旁，赐孙子肉一片，必赐猫一片，说："定要均等，不可不公。"先生在河南督学，巡视完商丘后，出官署时丢失了一只猫，便正式下檄文督促县令捕寻。县令苦于此事繁杂，用印文详细汇报说："卑职派遣四名能干的差役，挨家挨户地搜捕，至今已过期限，未寻得邹督宪所说的那只猫。"

四六　薛宁庭泛舟秦淮

陕西薛宁庭太史①，与江宁令陆兰村为同年。丙戌到白门相访，偕公子雨庄与其师高东井泛舟秦淮，作诗云："衣带一条水，兰舟小亦佳。南朝留胜览，北客壮吟怀。绰约虹桥束，参差画槛排。冲炎偶然出，记取始秦淮。""谁与偕来者？诗人高达夫②。看山挥玉麈，忘暑对冰壶。乍可清谈足，宁教佳句无？士龙君弟子，架笔也珊瑚。"

注释

① 太史：明、清两朝称翰林学士为太史。

② 高达夫：即高适，字达夫，与岑参并称"高岑"，同为边塞诗代表诗人。

译文

陕西的薛宁庭太史，与江宁县令陆兰村为同年。丙戌年到南京来拜访，同公子雨庄和老师高东井一起泛舟秦淮，作诗说："衣带一条水，兰舟小亦佳。南朝留胜览，北客壮吟怀。绰约虹桥束，参差画槛排。冲炎偶然出，记取始秦淮。""谁与偕来者？诗人高达夫。看山挥玉麈，忘暑对冰壶。乍可清谈足，宁教佳句无？士龙君弟子，架笔也珊瑚。”

四七　诗传籍位分

金陵承恩寺僧行荦，能诗。有句云：“雨晴云有态，风定水无痕。”其师阐乘有五绝云：“香气透窗纱，风轻日未斜。午堂春睡起，双燕下含花。”又有句云：“才展《金刚经》了了，《金刚经》夹小吟笺。”余尝云：“凡诗之传，虽藉诗佳，亦藉其人所居之位份。如女子、青楼，山僧、野道，苟成一首，人皆有味乎其言，较士大夫最易流布。”

译文

金陵承恩寺的僧人行荦，能作诗。有诗句说：“雨晴云有态，风定水无痕。”他的师父阐乘有五绝说：“香气透窗纱，风轻日未斜。午堂春睡起，双燕下含花。”又有诗句说：“才展《金刚经》了了，《金刚经》夹小吟笺。”我曾说：“大凡诗的流传，虽然凭借诗的绝妙，也凭借诗人所居的位置和身份。如女子、青楼，山僧、野道，只要写成一首，世人都会觉得诗句有深味，和士大夫的诗比较起来是更容易流传的。”

四八　和《落花》诗

余改官江南，赋《落花》诗；祁阳中丞内幕程南耕爱而和之[①]。记数联云：“燕垒漫教留粉在，马蹄几度踏香来。”“升沉我已参名理，落莫人还惜异才。”程名嗣章，绵庄先生之弟，中年病聋。每来，则以笔代口，先以一函相订。故余赠句云：“见面预安双管笔，焚香先捧一函书。”

注释

① 中丞：明、清两代称各省巡抚为“中丞”。内幕：幕僚。

译文

我被改派到江南做官，赋《落花》诗；祁阳巡抚的幕僚程南耕喜爱这首诗并作诗相和。记得其中数联说：“燕垒漫教留粉在，马蹄几度踏香来。”“升沉我已参名理，落莫人还惜异才。”程南耕名嗣章，是绵庄先生的弟弟，中年耳聋。每次前来，就以笔代口，先以一书函相约。因此我赠言："见面预安双管笔，焚香先捧一函书。"

五〇　王贡南之诗

姊夫王贡南，名裕琨；《雨过富春》云："历乱如丝小雨微，相呼舟子授蓑衣。鱼争新水穿萍出，鸟怯寒风贴地飞。宿雾半藏临涧屋，好花多落钓鱼矶[①]。纷纷鱼艇随波散，撒网闲歌何处归？"《寄内》云："好奉慈姑勤菽水[②]，莫同邱嫂戛杯羹[③]。"余时年十四，爱而记之。即健庵父也。

注释

①钓鱼矶：指水边可供钓鱼用的石滩。

②慈姑：即丈夫的母亲。菽水：指豆和水，常指晚辈对长辈的供养。菽，豆。

③邱嫂：长嫂，大嫂。戛：敲。

译文

姐夫王贡南，名裕琨，作《雨过富春》说："历乱如丝小雨微，相呼舟子授蓑衣。鱼争新水穿萍出，鸟怯寒风贴地飞。宿雾半藏临涧屋，好花多落钓鱼矶。纷纷鱼艇随波散，撒网闲歌何处归？”《寄内》说：“好奉慈姑勤菽水，莫同邱嫂戛杯羹。”我当时十四岁，很喜欢这些诗句，便记了下来。王氏即健庵的父亲。

五一　海宁许铁山

海宁许铁山惟枚[①]，与余同官金陵，一时有“二枚”之称。余已荐牧高邮[②]，而许犹有待，意有所感，和余《河房宴集》诗云：“朱帘斜卷晚风前，杨柳萧疏隔岸烟。一样楼台都近水，向南明月得来先。”《园梅》云：“腊尽还微雪，春来尚薄寒。迎风飞片易，背日坼苞难[③]。疏蕊明高阁，低枝韵小栏。莫教吹短笛，我正倚阑干。”许性严重，秦淮小集，坐有歌郎，君义形于色，将责其无礼而笞之。余急挥郎去，而调以诗云：“恼煞隔帘纱帽客，排衙花底打鸳鸯[④]。”

注释

①海宁：地名，位于浙江省北部。

②牧：指治民的人，国君或州郡长官。

③坼：指植物的种子或花芽绽开。

④排衙：指主官升座，衙署陈设仪仗，僚属依次参谒，分立两旁。

译文

海宁人许惟枚字铁山，与我同在南京做官，一时有“二枚”之称。我已被推荐作高邮令，而许铁山仍处原职，对此有所感怀，和我的《河房宴集》诗说：“朱帘斜卷晚风前，杨柳萧疏隔岸烟。一样楼台都近水，向南明月得来先。”《园梅》说：“腊尽还微雪，春来尚薄寒。迎风飞片易，背日坼苞难。疏蕊明高阁，低枝韵小栏。莫教吹短笛，我正倚阑干。”许氏生性严肃庄重，在秦淮河边小聚，见有歌郎坐其中，便义愤之情形于色，责怪歌郎无礼而要鞭打他。我急忙让歌郎辞去，而作诗调侃说：“恼煞隔帘纱帽客，排衙花底打鸳鸯。”

五五　爱才惜物

乙亥年，高文端公为江宁方伯[①]，过访随园。余上诗云：“邻翁争羡高轩过，上客偏怜小住佳。”亡何，巡抚皖江，将瞻园牡丹移赠随园。余谢云：“忘尊偏爱山林客，赠别还分富贵花。”两诗俱以折扇书之。后戊子年，公总制两江，招饮，席间出二扇，宛然如新。余问：“公何藏之久也？”公笑曰：“才子之诗，敢不宝护？”余自念平日受人诗扇，不下千百，都已拉杂摧烧；而公独能爱惜如此，不觉感叹，因再作诗献。有句云，“旧物尚存怜我老，爱才如此叹公难。”后公薨于黄河工所，口吟云：“梦中还有梦，家外岂无家？”

注释

① 高文端公：即高尔俨，字中孚，谥号“文端”。著有《古处堂集》。

译文

乙亥年，高文端公为江宁布政使，登门探访随园。我呈献诗说：“邻翁争羡高轩过，上客偏怜小住佳。”不久，他做皖江巡抚，将瞻园的牡丹移赠随园。我道谢说：“忘尊偏爱山林客，赠别还分富贵花。”两诗都写在折扇上。后来戊子年，公做两江总制，招我前去饮酒，席间拿出两把扇子，宛然如新。我问：“公为何珍藏这么久？”公笑说：“才子之诗，敢不好好保护吗？”我自念平日里受人相赠的诗扇，不下千百把，都已拉杂摧烧；而公却能爱惜如此，不禁感叹，因此再作诗相献。有句说："旧物尚存怜我老，爱才如此叹公难。"后来公在黄河工所逝世，口中吟道："梦中还有梦，家外岂无家？"

六〇　方夔诗

余过苏州，许穆堂侍御极夸方大章名夔者之诗；蒙以诗册见投。七古学少陵，颇有奇气；七律似明七子[①]。录其《题内子桃源放舟小照》云："碧桃湾里听鸣榔，水复山重路渺茫。过此便为仙世界，来时还着嫁衣裳。云中鸡犬应同听，月下房栊好对床[②]。愿种秫粳三十亩[③]，画眉窗下话羲皇。"尹文端公有紫骝马[④]，骑三十年矣，怜其老疲，以敝帷瘗之[⑤]。穆堂吊以诗云："万里云霄空怅望，一生筋力尽驰驱。"又曰："朽骨漫留贤士口，敝帷应念主人恩。"尹公读之泣下。

注释

①明七子：指弘治、正德年间出现的，以李梦阳、何景明等为代表的"前七子"；也指嘉靖、隆庆

年间出现的，以李攀龙、王世贞等为代表的“后七子”。

② 房栊 lóng：窗户。也指房舍。

③ 秫 shú：高粱。粳：稻的一种。

④ 尹文端公：即尹继善，章佳氏，字元长，号望山，满洲镶黄旗人。雍正元年进士。著有《尹文端公诗集》等。

⑤ 瘗 yì：掩埋，埋葬。

译文

我路过苏州，许穆堂侍御极力夸赞方夔的诗；方夔字大章，承蒙以诗册相赠。见他作七古学杜甫，颇有奇气；七律则似明七子。现录他《题内子桃源放舟小照》一首说：“碧桃湾里听鸣榔，水复山重路渺茫。过此便为仙世界，来时还着嫁衣裳。云中鸡犬应同听，月下房栊好对床。愿种秫粳三十亩，画眉窗下话羲皇。”尹文端公有紫骝马，骑了三十年，因爱怜马老死，便用旧帷帐掩埋而葬。穆堂作诗凭吊说：“万里云霄空怅望，一生筋力尽驰驱。”又说：“朽骨漫留贤士口，敝帷应念主人恩。”尹公读后潸然泪下。

六二　看云山人

萍望张宏勋名栋，自号看云山人，工诗善画。与余在长安，有车笠之好[①]。同谱中，如沈椒园、张少仪、曹麟书，俱显贵。庄容可官至大学士[②]；而宏勋终不一第。晚依扬商汪怡士以终。有《看云楼诗集》。《闺怨》云："镜台寂寂掩芳尘，又换深闺一度春。除却殷勤花上鸟，他乡应少劝归人。"《郊外》云："春来是处足春游，风转长堤草色柔。客过不须频勒马，花扶人影出墙头。"

注释

① 车笠之好：指不以贵贱而异的情谊。

② 庄容可：即庄有恭，号滋圃。乾隆四年被钦点为状元。

译文

萍望人张宏勋名栋，自号看云山人，善于吟诗作画。和我同在长安，有车笠之好。同代人中，如沈椒园、张少仪、曹麟书，都是显贵之人。庄容可做官做到大学士；而宏勋最终连科举也没考上。晚年依附扬州商人汪怡士而终。有《看云楼诗集》。其《闺怨》诗说："镜台寂寂掩芳尘，又换深闺一度春。除却殷勤花上鸟，他乡应少劝归人。”《郊外》说：“春来是处足春游，风转长堤草色柔。客过不须频勒马，花扶人影出墙头。”

六六　好句一传五十春

余丙辰到广西，蒙金抚军荐入都[①]，今五十年矣。因访亲家汪太守，故重至焉。吴树堂中丞垣，引余至署，周历旧游。余席间称金公任藩司时[②]，作官厅对联云：“坐此似同舟，宦情彼此关休戚；须臾参大府，公事何妨共酌商。”用意深厚，有名臣风味。公因诵其乡人徐公士林作臬司题庭柱云[③]：“看阶前草绿苔青，无非生意；听墙外鹃啼雀噪，恐有冤魂。”真仁人之言。树堂见和一律，有“洞箫声重三千玉，《铜鼓》词传五十春”之句。所云《铜鼓》者，丙辰余试鸿博赋题也。金公刻入《省志·艺文》类中，今五十载矣。重得披览，恍若前生。

注释

①抚军：清代巡抚的别称。

②藩司：布政使的别称，主管一省的民政与财务。

③臬司：即各省提刑按察使司，主管一省司法，也称廉访使或按察使。

译文

我丙辰年到广西，承蒙金抚军推荐进入都城，至今五十年了。后因探访亲家汪太守，重回广西。中丞吴垣号树堂，带领我到官署，遍览昔日游玩之处。席间我背诵了金公任藩司时作的官厅对联："坐此似同舟，宦情彼此关休戚；须臾参大府，公事何妨共酌商。"称赞这个对联用意深厚，有名臣风采。金公因此也朗诵起同乡人徐士林做臬司时题写在庭柱上的对子："看阶前草绿苔青，无非生意；听墙外鹃啼雀噪，恐有冤魂。"真是仁人之言。树堂见此作律诗一首相和，有句"洞箫声重三千玉，《铜鼓》词传五十春"。所说的《铜鼓》，是丙辰年我参加博学鸿词科考试时所作的赋题。金公刻入《省志·艺文》类中，如今五十年了。重得翻阅，恍惚之间若前生所作。

六八　少司马吴小眉

余试鸿词报罢[①]，蒙归安吴小眉少司马最为青盼[2]。五十年来，其家式微[3]。今年游粤东，过飞来寺，见先生题诗《半山亭》云：“西径崎岖上，东峰宛转行。半山山过半，飞鸟一身轻。”读之，如重见老成眉宇。先生讳应棻，弟讳应枚。其封君梦苏眉山兄弟而生[4]，故一字小眉，一字小颖。小眉巡抚湖北，平反麻城冤狱，为海内所称。小颖亦官至礼部侍郎。

注释

①报罢：指科举考试落第。

②少司马：对兵部侍郎、兵部郎中的别称。青盼：即“青睐”“青眼有加”，指对人喜爱或器重。

③式微：指事物由兴盛而衰落。

④封君：泛指拥有爵位和封地的人。

译文

我参加博学鸿词科考试落第，却承蒙归安的吴小眉少司马的极度青睐。五十年来，先生家道日益衰败。今年游广东东部，路过飞来寺，见先生题的《半山亭》诗说：“西径崎岖上，东峰宛转行。半山山过半，飞鸟一身轻。”读来，如重见先生老成庄重的模样。先生讳应棻，弟讳应枚。因封君梦苏轼兄弟而生，因此一个字小眉，一个字小颖。小眉做湖北巡抚，平反麻城的冤狱，广为海内所称。小颖也官至礼部侍郎。

六九　贾、张风味

李怀民与弟宪桥选唐人主客图[①]，以张水部、贾长江两派为主，余人为客；遂号所咏为《二客吟》。怀民《赠人盆桂》云：“送花如嫁女，相看出门时。手为拂朝露，心愁摇远枝。”《送张明府》云：“在县常无事，还家只有身。随行一舟月，出送满城人。”宪桥《咏鹤》云：“纵教就平立，总有欲高心。”“不辞临水久，只觉近人难。”《历下厅》云：“马餐侵皂雪，吏扫过阶风。”《送流人》云：“再逢归梦是，数语此生分。”二人果有贾、张风味。

注释

①李怀民：即李石桐，字怀民，高密人。编撰《重订中晚唐诗主客图》，著有《十桐草堂集》等。宪桥：即李少鹤，字子乔。著有《少鹤诗文集》《龙城集》等。

译文

李怀民和弟弟宪桥选编唐人主客图，以张籍、贾岛两派为主，剩下的人为客；于是称所咏诗歌为《二客吟》。怀民的《赠人盆桂》说：“送花如嫁女，相看出门时。手为拂朝露，心愁摇远枝。”《送张明府》说：“在县常无事，还家只有身。随行一舟月，出送满城人。”宪桥《咏鹤》说：“纵教就平立，总有欲高心。”“不辞临水久，只觉近人难。”《历下厅》说：“马餐侵皂雪，吏扫过阶风。”《送流人》说：“再逢归梦是，数语此生分。”二人果然有贾、张风味。

七〇　邑宰袁镜伊

余过大庾，邑宰袁镜伊欣然相接，自言倾想者三十年。同游了山，又亲送过梅岭。自诵《雪诗》云：“远近枝横千树玉，往来人负一身花。”《赠人》云：“雪调静听孤唱远，云程遥望一痕青。”本籍宣化，故有句云：“山排云朔从天下，水合桑沩入地无。”皆佳句也。镜伊名锡衡，乙酉孝廉[①]。有勋贵过境，傔从殴伤平民，镜伊缚置狱中，取保辜限状[②]。嗣后过者肃然。

注释

①孝廉：明、清时对举人的雅称。

②保辜：是古代刑法中一种保护受害人的制度。即凡是斗殴伤人案件，被告要在一定期限内对受害人的伤情变化负责。这种制度称为保辜，所定期限称为辜限。

译文

我路过大庾，县令袁镜伊欣然接待，自言已倾慕三十年。一同游览了山，又亲自送我过梅岭。自诵《雪诗》说："远近枝横千树玉，往来人负一身花。"《赠人》说："雪调静听孤唱远，云程遥望一痕青。"因祖籍在宣化，所以作诗说："山排云朔从天下，水合桑汭入地无。"都是佳句。镜伊名锡衡，乙酉年中举。曾有功臣权贵路过此境，姑息随从打伤平民，镜伊将他捆绑入狱，按保辜处理。在这之后路过的人都恭谨畏惧。

七一　海客先生遗诗

山左朱海客先生[①]，名承煦，素无一面。忽遣人投书，署云"上天下大才子某"。余感其意，过京口时，访于海岳书院。先生已七十矣，留饮再四。余因风扬帆，不克小住。未半年，先生竟归道山[②]。又六年，遇其子銮坡于广州，急索乃翁诗稿，得《示内》二句云："剪刀声歇栽花后，井臼功余问字初[③]。"

注释

①山左：是山东省旧时的别称，"山"指太行山。

②归道山：指死亡。归，去。道山，仙山。

③井臼：指操持家务。问字：指从师受业或向人请教。

译文

山左的朱海客先生，名承煦，与我素未谋面。忽派人寄来书信，署名"呈给天下大才子某"。我感动于他的好意，路过京口时，到海岳书院去拜访。先生已七十高龄，多次留我饮酒。我因风正扬帆，不能小住。不到半年，先生竟去世了。又过了六年，在广州遇到他的儿子銮坡，急忙索求先生诗稿，得《示内》二句说："剪刀声歇栽花后，井臼功余问字初。"

七二　古心清丽诗

余病广州。乐昌令吴公世贤，每公事稍暇，必至床前问讯。余爱其诗笔清丽，可作陈琳之檄[①]。《咏钓竿》云："淇园篧篧折新枝，人到忘机鸥鹭知[②]。风雪寒江应忆我，英雄末路悔抛伊。"《羽扇》云；"常使指挥天下事，不羞憔悴月明中。"《皮蛋》云："个中偏蕴云霞彩，味外还余松竹烟。"吴号古心，松江人。

注释

① 陈琳：字孔璋，"建安七子"之一，代表作《为袁绍檄豫州文》等。

② 忘机：指消除机巧之心。"鸥鹭忘机"之典，出自《列子·黄帝》篇。

译文

我在广州卧病不起。乐昌令吴世贤，每逢公事闲暇，必到床前询问情况。我喜爱他诗笔清丽，可以作出与陈琳檄文一般的好文章来。《咏钓竿》说："淇园篧篧折新枝，人到忘机鸥鹭知。风雪寒江应忆我，英雄末路悔抛伊。"《羽扇》说；"常使指挥天下事，不羞憔悴月明中。"

《皮蛋》说："个中偏蕴云霞彩，味外还余松竹烟。"吴世贤号古心，松江人。

七四　诗功第一

鱼门太史于学无所不窥，而一生以诗为最。余《寄怀》云："平生绝学都参遍，第一诗功海样深。"寄未一月，而鱼门自京师信来，亦云"所学，惟诗自信"，不谋而合，可谓知己自知，心心相印矣。屡托余买屋金陵，为结邻计。不料在广州，孙补山中丞招饮，告以鱼门殁于陕西毕抚军署中。彼此泣下，衔杯无欢。因思毕公一代宗工[1]，必能收其遗稿；然鱼门所刻《蕺园集》，仅十分之三耳。记其未梓者：《书怀》云："才难问生产，气不识金银。"《题阮吾山行卷》云："无劳叹行役，行役是闲时。"《对雪》云："闹市收声归阒寂[2]，虚堂敛抱对寒清。"《乞假》云："官书百卷从担去，病牒三行有印钤。"呜呼！此乾隆三十五年，假归寓随园，以近作见示，而余所抄存者也。不意竟成永诀！

注释

①一代宗工：指在学问、技艺等方面为一个时代所推崇的人。

②阒寂：死寂，幽静。

译文

鱼门太史对于学问无所不涉及，而一生以诗最为得意。我作《寄怀》说："平生绝学都参遍，第一诗功海样深。"把诗寄去不到一个月，而鱼门从京城写信来，也说"平生所学，只有作诗有自信"，与我不谋而合，可算是知己自知，心心相印啊。鱼门屡次托我在南京买屋，以便结为邻居。不料在广州，孙补山中丞招我饮酒，告诉我鱼门在陕西毕抚军署中逝世的消息。彼此泪下，无意饮酒。于是想毕公一代宗工，必定能收好鱼门的遗稿；而鱼门所刻的《蕺园集》，仅是全部诗稿的十分之三。此处记下他未刊刻的：《书怀》说："才难问生产，气不识金银。"《题阮吾山行卷》说："无劳叹行役，行役是闲时。"《对雪》说："闹市收声归阒寂，虚堂敛抱对寒清。"《乞假》说："官书百卷从担去，病牒三行有印钤。"唉！这是乾隆三十五年，他放假归来住在随园，把新近所作的诗给我看，我所抄存的。不想竟然成了永别！

七五　锡山李君

余戊午秋闱[1]，与锡山李君时乘，同寓马姓家，同登秋榜，垂五十年。今岁在粤东，其子邕来见访，出诗见示。录《山居》二首云："一从疏世事，终日把犁锄。村色牛羊外，秋砧水石余。山深迟刈麦，潭冷不生鱼。倘有诗人至，犹堪剪韭蔬。""闲云上小楼，落日林塘幽。溪雨蛙声聚，山风槲叶秋。一囊方朔米[2]，卅载晏婴裘[3]。便欲烟霞外，将身作隐侯。"

注释

① 秋闱：指科举考试中的乡试。

② 方朔米：出自《汉书·东方朔列传》，指极微薄的俸禄。

③ 晏婴裘：出自《礼记·檀弓下》，原文："晏子一狐裘三十年，遣车一乘，及墓而反。"指极节俭。

译文

我戊午年参加秋闱，与锡山的李时乘一起借住在一户姓马的人家，后来同登秋榜，至今五十年了。今年在粤东，他的儿子邕前来拜访，拿出父亲的诗给我看。此处录《山居》二首说："一从疏世事，终日把犁锄。村色牛羊外，秋砧水石余。山深迟刈麦，潭冷不生鱼。倘有诗人至，犹堪剪韭蔬。""闲云上小楼，落日林塘幽。溪雨蛙声聚，山风槲叶秋。一囊方朔米，卅载晏婴裘。便欲烟霞外，将身作隐侯。"

七六　侯君能诗

余宰江宁时，侯君学诗苇原，年十四，应童子试[①]。后夏醴谷先生屡称其能诗，终未见也。今宰新会，余往相访，同游圭峰望海[②]。读其诗，长于古风，盖深于杜、韩、苏三家者。佳句云："绿遮人外柳，红落渡前花。""狂药看人频动色，樗蒲到老不知名。"

注释

①童子试：是清代科举考试的第一环节，相当于参加科考的资格考试。

②圭峰：也称"龟峰"，地处江西省上饶市弋阳县境内。

译文

我做江宁县令时，侯君跟从苇原学作诗，当时十四岁，参加童子试。后来夏醴谷先生频频称赞侯君善于作诗，最终不曾相见。如今侯君做新会县令。我前去拜访，同游圭峰望海。读他的诗，擅长作古风，应是对杜甫、韩愈、苏轼三家特别用心。佳句有："绿遮人外柳，红落渡前花。""狂药看人频动色，樗蒲到老不知名。"

七八　昼忆儿时

余幼居杭州葵巷，十七岁而迁居。五十六岁从白下归[①]，重经旧庐。记幼时游跃之场，极为宽展；而此时观之，则湫隘已甚[②]：不知曩者何以居之恬然也。偶读陈处士古渔诗曰："老经旧地都嫌小，昼忆儿时似觉长。"乃实获我心矣。

注释

① 白下：地名，位于南京主城东南，现并入秦淮区。

② 湫 jiǎo 隘：低洼狭小。

译文

我幼年住在杭州的葵巷，十七岁时搬了家。五十六岁那年从白下归乡，又经过旧时的屋舍。记得孩提时游玩的场所，极宽阔平展；而此时看来，却非常低洼狭小：不知道以前为什么住得那么安然。偶读陈处士《古渔》诗说："老经旧地都嫌小，昼忆儿时似觉长。"真深得我心啊。

八一　得赠金花

桐城马相如、山阴沈可山，少年狂放，路逢亲迎者[①]，不问主人，直造其家，索纸笔。《替新妇催妆》云："江南词客太翩跹[②]，打鼓吹箫薄暮天。应是天孙今夕嫁，碧空飞下雨云仙。""随郎共枕心犹怯，别母牵衣泪未干。玉筯休教褪红粉[③]，金莲烛下有人看[④]。"娶妇家颇解事，读之大喜；饮以玉爵[⑤]，各赠金花一枝。

注释

① 亲迎：即迎亲。

② 翩跹：指轻快地跳舞的样子。

③ 玉筯：原指玉做的筷子，此指妇女的眼泪。

④ 金莲：指缠足妇女的小脚。

⑤ 爵：酒杯。

译文

桐城的马相如、山阴的沈可山，少年时狂放不羁，路逢迎亲的人，也不问主人是谁，直接造访其家，索要纸笔。作《替新妇催妆》说：“江南词客太翩跹，打鼓吹箫薄暮天。应是天孙今夕嫁，碧空飞下雨云仙。”“随郎共枕心犹怯，别母牵衣泪未干。玉箸休教褪红粉，金莲烛下有人看。”迎娶新妇的那家人很明白事理，读完大喜；用玉爵斟酒劝饮，并各赠金花一枝。

八五　翩翩少年郎

朱竹君学士督学皖江[1]，任满，余问所得人才。公手书姓名，分为两种：朴学数人[2]，才华数人。次日，即率黄秀才名戊、字左君者来见，美少年也。其《京邸夜归》云：“入城灯市散，有客正还家。新仆欲通姓，娇儿不识爷。春光满茅屋，喜气上灯花。乍见翻无语，徘徊月正华。”七言如：“小艇自流初住雨，夹衣难受嫩晴风。”殊有风流自赏之意。

注释

① 皖江：地区名，包含长江流域安徽段两岸地区。

② 朴学：指注重资料收集、证据罗列，少有理论阐述，也不注重文采的一种学术流派。

译文

朱竹君学士在皖江督学，任期满，我问所得人才。朱公写了几个人名，分为两种：致力于朴学的有几人，才华出众的有几人。第二天，就领着字左君的秀才黄戊来相见，真是美少年啊。黄氏的《京邸夜归》说："入城灯市散，有客正还家。新仆欲通姓，娇儿不识爷。春光满茅屋，喜气上灯花。乍见翻无语，徘徊月正华。"七言诗如："小艇自流初住雨，夹衣难受嫩晴风。"很有风流自赏的意趣。

八六　厉子大先生

乾隆丙辰，予于李敏达公处，见厉子大先生，时为少司寇[①]。以冢宰文恭公之子[②]，未弱冠即入翰林。诗才清妙。《岁除和韵》云："一年清课为花忙，无事花间倒百觞。日落归鸦喧古木，家贫饥鹤唳空仓。楸枰静设迟棋客[3]，彩笔吟成和省郎[4]。官柳未黄桃已烂，春风早晚亦何尝。”《独酌》云：“萍分云散故人离，尊酒应怜独酌时。夜漏渐沉烧烛短，残书未了引眠迟。罗江春信盆梅报，纸帐宵寒鹤梦知。皎皎庭除余落月，屋梁相照此心期。”

注释

①少司寇：即掌管司法和刑狱的大臣。

②冢宰：即吏部尚书，掌管全国官吏的任免、升降、调动等事务。

③楸枰：围棋棋盘。

④彩笔：指辞藻富丽的文笔。省郎：中枢诸省的官吏。

译文

乾隆丙辰年，我在李敏达公家，见到厉子大先生，当时是少司寇。因是冢宰文恭公的儿子，不到二十岁就进入翰林。作诗有清朗妙趣之才。《岁除和韵》说：“一年清课为花忙，无事花间倒百觞。日落归鸦喧古木，家贫饥鹤唳空仓。楸枰静设迟棋客，彩笔吟成和省郎。官柳未黄桃已烂，春风早晚亦何尝。”《独酌》说：“萍分云散故人离，尊酒应怜独酌时。夜漏渐沉烧烛短，残书未了引眠迟。罗江春信盆梅报，纸帐宵寒鹤梦知。皎皎庭除余落月，屋梁相照此心期。"

八七　刻意为诗

金陵曹淡泉秀才，以"一夕春风暖，吹红上海棠"一联，为予所赏；遂刻意为诗[1]。《赠妹》云："吾妹何贤淑，能箴女史词[2]。倩人教织素，随嫂学蒸梨。母病翻经早，家贫得婿迟。天然心爱好，常诵阿兄诗。"《伞山道中》云："南陌草萋萋，新秋插未齐。投村先问路，隔垄但闻鸡。坝断溪声急，山高日影低。夜来经雨过，牛迹满荒堤。"他如："老牛舐犊沿修埂，雏燕分巢过别家。岁逢闰月春来早，山背朝阳雪化迟。"俱妙。

注释

①刻意：潜心致志；用尽心思。

②箴：规谏，告诫。

译文

南京的曹淡泉秀才，因"一夕春风暖，吹红上海棠"

一联，被我欣赏；于是就潜心作诗。《赠妹》说："吾妹何贤淑，能箴女史词。倩人教织素，随嫂学蒸梨。母病翻经早，家贫得婿迟。天然心爱好，常诵阿兄诗。"《伞山道中》说："南陌草萋萋，新秋插未齐。投村先问路，隔垄但闻鸡。坝断溪声急，山高日影低。夜来经雨过，牛迹满荒堤。"其他如："老牛舐犊沿修埂，雏燕分巢过别家。岁逢闰月春来早，山背朝阳雪化迟。"都很妙。

八八　诗胜于文

桐城刘大櫆耕南[①]，以古文名家。程鱼门读其全集，告予曰："耕南诗胜于文也。"《听琴》云："香台初上日，檐铎受风微[②]。好友不期至，僧庐同叩扉。弹琴向佛坐，余响入云飞。余亦忘言说，乌栖犹未归。"《独宿》云："江村黄叶飞，犹掩萧斋卧。时有捕鱼人，橹声窗外过。"真清绝也。《哭弟》云："死别渐欺初日诺，长贫难作托孤人。"

注释

①刘大櫆：字才甫，一字耕南，号海峰，桐城派的代表人物。著有《海峰先生诗集》《论文偶记》等。

②铎：檐铃，风铃。

译文

桐城的刘大櫆字耕南，以作古文闻名。程鱼门读其全集，告诉我说："耕南的诗胜于文。"《听琴》说："香台初上日，檐铎受风微。好友不期至，僧庐同叩扉。弹琴向佛坐，余响入云飞。余亦忘言说，乌栖犹未归。"《独宿》说："江村黄叶飞，犹掩萧斋卧。时有捕鱼人，橹声窗外过。"真是清妙绝伦啊。《哭弟》说："死别渐欺初日诺，长贫难作托孤人。"

九〇　诗弟子龚元超

金陵龚秀才元超，字旭开，余诗弟子也。《月夜》云："江水洗江月，荻花寒不飞。林园足烟景，屋宇湛霜辉。戍角宵将半[①]，溪船渔未归。沿堤采芳芷，似胜北山薇。"《送从兄酌泉夜归》云："前番不识路，闻语碧萝丛。此次逢招饮，衔杯红叶中。山深花木好，客妙性情同。归路谁先醉？应扶白发翁。"《渔家》云："轻縠纹生玉溆斜[②]，晚风吹雨湿桃花。红裙双腕急摇橹，前面垂杨是妾家。"

注释

① 戍角：边防驻军的号角声。

② 縠 hú 纹：皱纹，比喻水的波纹。玉溆：水滨的美称。斜：指侧斜或曲折地向前延伸。

译文

南京的龚元超秀才，字旭开，跟我学作诗。《月夜》说："江水洗江月，荻花寒不飞。林园足烟景，屋宇湛霜辉。戍角宵将半，溪船渔未归。沿堤采芳芷，似胜北山薇。"《送从兄酌泉夜归》说："前番不识路，闻语碧萝丛。此次逢招饮，衔杯红叶中。山深花木好，客妙性情同。归路谁先醉？应扶白发翁。"《渔家》说："轻縠纹生玉溆斜，晚风吹雨湿桃花。红裙双腕急摇橹，前面垂杨是妾家。"

九一　杭州吴飞池

杭州吴飞池，学诗于樊榭先生[①]。先生爱其"红蓼花深冷葛衣"一句，谓可镌入印章。其《澶州杂诗》云："晨光黯黯树稀微，云带炊烟湿不飞。多少人家秋色里，满天白露漫柴扉。"《过洛阳问牡丹》云："花浓洛下种应真，我却来时不是春。到耳尽夸颜色好，未开先赏断无人。"他如："林间一鸟过，池面数花欹②。""岸仄疑无路，灯明似有村。""晓月光微难辨树，西风吹冷不知衣。"皆清脆可喜。

注释

①樊榭：即厉鹗，字太鸿，号樊榭，杭州人，清浙西词派中坚人物。著有《宋诗纪事》《樊榭山房集》等。

②欹：倾斜。

译文

杭州人吴飞池，跟从樊榭先生学诗。先生喜爱他的"红蓼花深冷葛衣"一句，说可刻入印章。他的《澶州杂诗》说："晨光黯黯树稀微，云带炊烟湿不飞。多少人家秋色里，满天白露漫柴扉。"《过洛阳问牡丹》说："花浓洛下种应真，我却来时不是春。到耳尽夸颜色好，未开先赏断无人。"其他如："林间一鸟过，池面数花欹。""岸仄疑无路，灯明似有村。""晓月光微难辨树，西风吹冷不知衣。"都清脆可喜。

九二　抱铛图

余祖居杭州艮山门内大树巷。邻有隐者桑文侯，鬻粽为业[①]，性至孝：父病膈[②]，文侯合羊脂和粥以进；父死，乃抱铛而哭[③]。人为绘《抱铛图》，征诗。万君光泰诗最佳。其词曰："羊脂数合米一掬[④]，病父在床惟啖粥。父能啖粥子亦甘，粒米胜于五鼎肉。升屋皋某无归魂[⑤]，束薪断火铛寡恩。床前呼父铛畔哭，抱铛三日铛犹温。呜呼！恨身不作铛中米，临殁犹能进一匕，谓铛不闻铛有耳。"文侯之子弢甫先生，性孤癖，能步行百里，弃主事官，裹粮游五岳。《留别袁石峰》云："莫定畸人物外踪，梦魂飞入碧霞重。浮云形似世情幻，秋树色添游兴浓。白练横过天际马，乌藤直上岭头龙。凭将一斗隃麋汁，洒遍天门日观峰。"《过华山》云："华山门下雨盈盈，玉女秋期会玉京。十万云鬟梳洗罢，漫空盆水一齐倾。"《嵩洛杂诗》云："铁梁大小石纵横，似步空廊屧有声。世外多情一明月，直陪孤影到三更。"非深于游山者不能言。（先生名调元。）

注释

① 鬻：卖。

②病膈：即患噎膈病。噎膈是指食物吞咽受阻，或食入即吐的一种疾病。

③铛：用于加温的器皿，似锅，三足。

④掬：量词，捧。

⑤皋：通“嗥”，号呼、呼告。

译文

我的祖辈居住在杭州艮山门内的大树巷。邻居中有位隐者叫桑文侯，以卖粽子为业，人很孝顺：父亲得了噎膈病，文侯就用羊脂拌粥喂父亲吃；父死后，便抱铛而哭。有人为他画了幅《抱铛图》，征集相配的诗。万光泰的诗最佳。诗词说：“羊脂数合米一掬，病父在床惟啖粥。父能啖粥子亦甘，粒米胜于五鼎肉。升屋皋某无归魂，束薪断火铛寡恩。床前呼父铛畔哭，抱铛三日铛犹温。呜呼！恨身不作铛中米，临殁犹能进一匕，谓铛不闻铛有耳。”文侯的儿子弢甫先生，性格孤僻，能步行百里，曾放弃做主事官，带上干粮游遍五岳名山。作《留别袁石峰》说：“莫定畸人物外踪，梦魂飞入碧霞重。浮云形似世情幻，秋树色添游兴浓。白练横过天际马，乌藤直上岭头龙。凭将一斗隃糜汁，洒遍天门日观峰。”《过华山》说：“华山门下雨盈盈，玉女秋期会玉京。十万云鬟梳洗罢，漫空盆水一齐倾。”《嵩洛杂诗》

说："铁梁大小石纵横，似步空廊屧有声。世外多情一明月，直陪孤影到三更。"如果不是对游山有深刻的感触，是写不出这样的诗句来的。（先生名调元。）

九三　诗文之道

姬传姚太史云[①]："诗文之道，凡志奇行者易为工，传庸德者难为巧。"理固然也；然亦视其人之用笔何如耳。吾族柳村有侧室韩氏，年逾二十，即守节教子，居竹柏楼十五年而卒。子又恺请旌于朝，又画《楼居图》志痛。一时士大夫咏其事者如云，号《霜哺遗音集》。此庸行也。余独爱少詹钱辛楣七古云[②]："郊居岑蔚竹柏交，秋霜铄物群英凋。小楼一灯青不摇，课儿夜诵声咿咬。柳村岳岳古英豪，山丘华屋如惊泡。淑姬瘖言矢终宵，手持刀尺敢惮劳？《离鸾别鹄》哀弦操，可怜荻影风萧萧。熊丸茹苦胜珍肴[③]，湛侃复见良足褒。伫看紫诰庆所遭[④]，乌头绰楔荣光高[⑤]。何图蕙草谢一朝，楼存人去魂难招！郎君玉立森兰茁，春晖未报心忉忉。音徽追溯倩画描，披图展拜恒号咷。我为歌咏辉风骚。"又，无锡进士顾钰五律第二首云："非拟怀清筑，萧然坐一林。竹森环户翠，柏古落庭阴。画荻慈亲志，登楼孝子心。当年纺绩处，倾听有遗音。”柳村名永涵，苏州人。

注释

①姬传：即姚鼐，字姬传，与方苞、刘大櫆并称“桐城三祖”。乾隆二十八年中进士。曾编选《古文辞类纂》，著有《惜抱轩全集》等。

②少詹：即少詹事，官名，为清朝中央政府官职之一。钱辛楣：即钱大昕，字晓征，一字辛楣，号竹汀，清代史学家、汉学家，著有《十驾斋养新录》等。

③熊丸：以熊胆制成的药丸，出自《新唐书·柳仲郢传》。后用作贤母教子的典故。

④紫诰：指诏书。古时诏书盛在锦囊之中，以紫泥封口，上面盖印，故称“紫诰”。

⑤乌头：指乌头门。绰楔：古时树于正门两旁，用以表彰孝义的木柱。

译文

太史姚鼐说：“写诗作文，大凡记录奇行怪论的都容易写好，传达普通人德行的就很难写得妙。”道理当然如此，但也要看这个人的文笔如何。我族人柳村有妾韩氏，年过二十，就守节教子，在竹柏楼住了十五年便去世了。她的儿子又恺请朝廷加以表彰，又画《楼居图》来哀悼。一时之间士大夫们纷纷歌咏这件事，取名《霜哺遗音集》。这正是普通人的德行。我独爱少詹事钱辛楣的七古说："郊居岑蔚竹柏交，秋霜铄物群英凋。小楼一灯青不摇，课儿夜诵声咿咬。柳村岳岳古英豪，山丘华屋如惊泡。淑姬寤言矢终宵，手持刀尺敢惮劳？《离鸾别鹄》哀弦操，可怜荻影风萧萧。熊丸茹苦胜珍肴，湛侃复见良足褒。伫看紫诰庆所遭，乌头绰楔荣光高。何图蕙草谢一朝，楼存人去魂难招！郎君玉立森兰苕，春晖未报心忉忉。音徽追溯倩画描，披图展拜恒号咷。我为歌咏辉风骚。"又有无锡进士顾钰的五律第二首说："非拟怀清筑，萧然坐一林。竹森环户翠，柏古落庭阴。画荻慈亲志，登楼孝了心。当年纺绩处，倾听有遗音。"柳村名永涵，是苏州人。

卷十一

三　娄东诗学

吴中诗学[①]，娄东为盛[②]。二百年来，前有凤洲，继有梅村；今继之者，其弇山尚书乎？《过吴祭酒旧邸》诗云："我是娄东吟社客，瓣香私淑不胜情[③]。"其以两公自命可知。然两公仅有文学，而无功勋；则尚书过之远矣！尚书虽拥节钺[④]，勤王事，未尝一日释书不观；手披口诵，刻苦过于诸生。诗编三十二卷，曰《灵岩山人诗集》。灵岩者，尚书早岁读书地也。

注释

①吴中：地区名，位于苏州市南部。

②娄东：指"娄东诗派"，是明末清初的诗派之一，以吴伟业（号梅村）为首；主要诗人有王昊、黄与坚、吴兆骞等。

③瓣香：师承，敬仰。

④节钺：符节与斧钺，代指权力。

译文

吴中诗学，以娄东派为盛。二百年来，前有凤洲，后有吴梅村；如今承继的人，是弇山尚书吗？尚书的《过吴祭酒旧邸》诗说："我是娄东吟社客，瓣香私淑不胜情。"可见他以两公自命。然而两公仅有文学才华，而没有建立功勋；那么尚书是远远地超过两公啊！尚书虽拥有权力，勤于王事，但未尝一日不看书；手披卷口诵诗，比众考生还刻苦。有诗三十二卷，题为《灵岩山人诗集》。灵岩，是尚书早年读书之地。

六　尝鼎一脔

湖北陈望之方伯，为其年检讨之后人[1]，诗才清妙，绰有家风。官楚时，适与毕、惠两公共事，可谓天与诗人作合也。第方伯诗，余只录见赠佳句入三卷中，此外未窥全豹。忽有松江廖某持《养鹤图》见题，中有方伯一绝云："美人自结岁寒盟，入座云山照眼明。料理鹤粮门尽掩，松花如雨扑帘旌。"清脆绝尘。尝鼎一脔[2]，亦可知味矣。

注释

① 其年：陈维崧，字其年，号迦陵。康熙十八年举博学鸿词，授翰林院检讨。检讨：即翰林院检讨，官名，掌修国史。

② 尝鼎一脔：指尝鼎里一片肉，就知道整个鼎里的肉味。比喻根据部分推知全体。

译文

湖北的陈望之方伯，是陈其年检讨的后人，作诗清朗妙趣，颇有祖上之风。在楚地做官时，刚好和毕、惠两公共事，可谓天公作美，使诗人聚在一起啊。方伯的诗，我只录赠给我的佳句入三卷中，除此之外并未看见其余作品。忽然有松江的廖某持《养鹤图》请我题诗，中有方伯一首绝句说："美人自结岁寒盟，入座云山照眼明。料理鹤粮门尽掩，松花如雨扑帘旌。"清脆绝尘。可算是尝鼎一脔，也可知味啊。

一〇　隐僻之典

隐僻之典，作诗文者不可用，而看诗文者不可不知。有人诵明季杨维斗先生诗，曰："'吾宫萝卜火，咳唾地榆生。’所用何书？”余按，《北史》：“魏昭成皇帝所唾处，地皆生榆。”“萝卜火”不知所出。后二十年，阅《洞微志》：“齐州有人病狂，梦见红裳女子，引入宫中，歌曰：‘五灵楼阁晓玲珑，天府由来是此中。惆怅闷怀言不尽，一丸萝卜火吾宫。’旁一道士云；‘君犯大麦毒也。少女心神，小姑脾神，知萝卜制面毒，故曰火吾宫。火者，毁也。’狂者醒而食萝卜，病遂愈。”夏醴谷先生督学楚中，岁试题《象日以杀舜为事》。有一生文云：“象不徒杀之以水，而并杀之以火也。不徒杀之于火，而又杀之以酒也。”幕中阅文者大笑，欲批抹而置之劣等[①]。夏公不可，曰：“恐有出处，且看作何对法。”其对比云：“舜不得于母，而遂不得于父也；舜虽不得于弟，而幸而有得于妹也。”通篇文亦奇警。夏公改置一等；欲召而问之，而其人已远出矣。余按：舜妹敤首与舜相得[②]，载《帝王世纪》。祖君彦檄炀帝云[③]：“兰陵公主逼幸告终[④]，不图敤首之贤，反蒙齐襄之耻[⑤]。”是此典六朝人已用之。惟以酒杀舜，不知何出。又十余年，读马骕《绎史》，方知象饮舜以药酒，见刘向《列女传》。

注释

① 批抹：指批注校改。

②娵 kě 首：舜妹名。

③檄：指用檄文晓喻。

④逼幸：指帝王后妃逼淫在下位者。

⑤齐襄之耻：指齐襄公与妹乱伦之事。

译文

隐僻的典故，作诗文的人最好不要用，而看诗文的人不可不知道。有人诵明朝末年杨维斗先生的诗，说："'吾宫萝卜火，咳唾地榆生。'所用典故出自何书？"我说明一下，《北史》载："魏昭成皇帝吐唾沫的地方，都生了榆树。"但"萝卜火"不知出自何书。过了二十年，看《洞微志》载："齐州有人得了疯病，梦见一位红裳女子，领他进入宫中，女子唱到：'五灵楼阁晓玲珑，天府由来是此中。惆怅闷怀言不尽，一丸萝卜火吾宫。'旁边一个道士说：'您中了大麦毒。少女是心神，小姑是脾神，知道萝卜能控制面毒，所以说火吾宫。火，是毁的意思。'得疯病的人醒来便吃萝卜，病就好了。"夏醴谷先生在楚中督学，岁考出题《象日以杀舜为事》。有一位考生作文说："象不徒杀之以水，而并杀之以火也。不徒杀之于火，而又杀之以酒也。"幕中审阅文章的人大笑，将要批抹而判为劣等。夏公认为不可，说："恐怕有出处，且看下文如何对。"下文对比说："舜不得于母，而遂不得于父也；舜虽不得于弟，而幸而有得于妹也。”通篇文章也奇绝精警。夏公改判为一等；想要召此人来细问，而此人已出远门去了。按：舜的妹妹敤首与舜关系很好，这记载在《帝王世纪》。祖君彦用檄文指责隋炀帝说：“兰陵公主逼幸下臣的丑事告终，不料敤着那样贤能的女子，蒙受您家的齐襄之耻。”看来这个典故六朝人已经在用了。只是以酒杀舜，不知出自哪里。又过了十多年，读马骕的《绎史》，才知道象给舜喝下了药酒之事，见于刘向的《列女传》。

一三　胡云坡诗

唐开元之治，辅之者：宋璟以德，姚崇以才，张说以文：皆称贤相。本朝巡抚苏州者：汤潜庵以德，宋牧仲以文：皆中州人也。近日中州胡云坡司寇秉臬苏州[①]，继二公而起，政简刑清，屡开文宴，一时名士如平瑶海太史、顾星桥进士，时时过从[②]。余至吴门，必招赴会。公领尚书后，都中犹寄怀云：“过江名士久推袁，吴下相逢月满轩。鸾掖文章留旧价[③]，仓山著述综群言[④]。平生契合惟元老，半世栖迟为寿萱。我上燕台每南望，最关情处是随园。”

后又寄《扈从纪事诗》十二首来，不作颂扬泛语，自出心裁。《从围》云："一望灯光列星斗，始知身在五云边。"想见待漏晨趋[⑤]，身傍九霄之光景[⑥]。"策马上山寻别路，忽闻绝壑响松涛。"想见热处冷行，不争冲要之识力[⑦]。至于"才过残月又新月，几度排班看打围"，则又明写湛露龙光、昼日三接之恩荣焉。有札命余和韵。余以诗贵清真；目所未瞻，身所未到，不敢牙牙学语，婢作夫人：故不敢作也。

注释

①秉臬：执掌刑法。秉，持。臬，本是测日影的标杆。此指标准，法式。

②过从：来访，相互往来。

③鸾掖：犹鸾台，门下省的别名。唐人杨汝士《宴杨仆射新昌里第》诗："文章旧价留鸾掖，桃李新阴在鲤庭。"

④仓山：袁枚在江宁小仓山下筑随园，晚年自号仓山居士。

⑤待漏：指大臣在五更前到朝房等待上朝的时刻。漏，铜壶滴漏，代指时间。晨趋：清早趋行，指朝参。

⑥九霄：此指皇帝居处。

⑦识力：识别事物的能力。

译文

唐朝开元盛世，辅佐的人：宋璟凭借德行，姚崇凭借才华，张说凭借文采：三人都是贤相。本朝巡抚苏州的人：汤潜庵凭借美德，宋牧仲凭借文章：两人都是中州人。近日中州的胡云坡司寇执法苏州，继汤、宋二公而起，政令简明刑法清严，并屡开文宴，一时名士如平瑶海太史、顾星桥进士，都常往来。我到吴门，必定被招去赴会。胡公升任尚书后，在京城寄诗给我说："过江名士久推袁，吴下相逢月满轩。鸾掖文章留旧价，仓山著述综群言。平生契合惟元老，半世栖迟为寿萱。我上燕台每南望，最关情处是随园。"后又寄来《扈从纪事诗》十二首，不作泛泛颂扬之语，别出心裁。《从围》说："一望灯光列星斗，始知身在五云边。"可见他等待上朝，身处皇宫的光景。"策马上山寻别路，忽闻绝壑响松涛。"可见他避开热闹之处，冷然独行，不与世人争要道的高远见识。至于"才过残月又新月，几度排班看打围"，则又明写皇恩浩荡、白天三次接圣驾的恩荣。有信来命我和韵。我认为作诗贵在真实自然，没有亲眼看见，没有亲身经历，不敢小孩学大人说话，婢女装作夫人：因此不敢作。

一四　茅庵老叟

槜李顾牧云流寓襄阳[①]。一日独游隆中[②]，凭吊武侯遗迹，避雨临龙冈；见山腰有茅庵，一叟出迎，风貌奇古。正欲与言，则庵侧蹲一猛虎，顾惊且仆。老翁笑曰："子无惧，此虎已归依我作弟子矣。"且曰："知子能诗，盍题数言见赠？"顾辞以目疾。翁取几上芋与食，命瞑坐一刻，开眼，果察秋毫。顾异之，即题石壁云："一衣一钵一军持[③]，云水天涯任所之。莫笑道人无侣伴，新收猛虎作童儿。""偶向山前咒毒龙，风雷欲拔万株松。须臾明月当空起，归到茅檐打晚钟。"翁留宿庵中。临别，曰："明年正月上寅日，吾开丹炉，与子服一粒，体轻成仙；勿忘此嘱！"次年，及期赴约。行未十里，风雪大作，山无行径，又恐老翁不在，猛虎独存，怅怅而返。后十余年，目渐昏，体渐衰，悔从前向道之心不勇。又赋诗云："老堪嗟，驻颜何处觅丹砂？老堪恼，五官虽具无一好。凋零浑似过时花，憔悴不殊霜后草。手频战，头屡颠，行来蹩躠足不前。自憎容貌改，人恶性情偏。吁嗟乎！我今八十已如此，愁煞蓬莱千岁仙。"

注释

①流寓：流落他乡居住。

②隆中：山名，在今湖北省襄阳市西，临汉水。诸葛亮曾隐居于此。

③军持：一种盛水器。

译文

槜李的顾牧云流寓襄阳。一日，顾牧云独自游览隆中，凭吊武侯遗迹，在临龙冈避雨；见山腰有间茅屋，便走上前去，一老翁出来相迎，风采相貌奇特古朴。正要和老翁说话，却见庵旁蹲了一只猛虎，顾氏惊恐万分并立即仆倒。老翁笑着说："你别怕，这虎已皈依我做弟子了。"又说："知道你能作诗，何不写几句赠给我？"顾氏以眼疾而推辞。老翁取茶几上的芋给顾氏吃，命他闭目静坐一刻，再睁开眼，果然就能明察秋毫。顾氏觉得惊奇，就在石壁上题诗说："一衣一钵一军持，云水天涯任所之。莫笑道人无侣伴，新收猛虎作童儿。""偶向山前咒毒龙，风雷欲拔万株松。须臾明月当空起，归到茅檐打晚钟。"老翁留顾氏住庵中。临别时说："明年正月上寅日，我开丹炉，给你服一粒仙丹，便会体轻成仙，不要忘了这叮嘱！"第二年，顾氏到期赴约。没走到十里，风雪大作，山无去路，又担心老翁不在，只有猛虎，便怅怅而返。后来过了十多年，顾氏眼渐昏花，身体衰弱，后悔从前向道之心不够坚定勇敢。又赋诗说："老堪嗟，驻颜何处觅丹砂？老堪恼，五官虽具无一好。凋零浑似过时花，憔悴不殊霜后草。手频战，头屡颠，行来蹩躠足不前。自憎容貌改，人恶性情偏。吁嗟乎！我今八十已如此，愁煞蓬莱千岁仙。"

一七　气局与气力

虞山赵再白孝廉作诗，如武侯出师，志吞吴、魏，而气力不足。摘其《中秋呈鄂文端公》云："楼虚贮月光常满，水阔涵星影自稀。"可谓颂扬得体。《真州朝阳楼》云："万重山去围如海，千里江来折到楼。"《自嘲》云："名士本来如画饼[①]，古人原不好真龙[②]。"又，《渡江》有"水立不动天无容"七字，殊奇。曾为余诵鄂公未遇时句云："一饭便留客，得钱仍与人。"相公气局之大，早可想见。

注释

①画饼：指没有或不存在的利益、好处。比喻空想。

②不好真龙：指叶公好龙一事。比喻口头上说喜爱某物，实际上并非如此。

译文

虞山的举人赵再白，作诗如同诸葛亮出师，有心吞并吴、魏，而气力不足。今摘录他的《中秋呈鄂文端公》说："楼虚贮月光常满，水阔涵星影自稀。"可算是颂扬得体。《真州朝阳楼》说："万重山去围如海，千里江来折到楼。"《自嘲》说："名士本来如画饼，古人原不好真龙。"又，其《渡江》诗有"水立不动天无容"七字，都很奇妙。曾为我诵未受到鄂公知遇时的诗句，说："一饭便留客，得钱仍与人。"相公的气魄格局之大，早可想见。

一九　料事如神

沈永之与余同榜[①]。五十年，官云南驿盐道[②]。乞病归，途中信来，道生一女；适余生阿迟。念二人俱是么豚暮鹨[③]，遂相订为婚。沈寄诗云："天留蔗境与公尝，六十逾三学弄璋[④]。"又曰："兰谱同年交最旧，锦绷合璧事尤奇[⑤]。"未几，沈来山中，云：

"女为旁妻殷氏所出，本籍江宁。父某，康熙间作云南守备，侨居滇中，年八十余，闻沈失配，愿以女供箕帚[⑥]。沈辞年老。殷强嬲不已[⑦]。问何故。曰：'我本江南人，坟墓现在金陵。公南人也，以女从公，庶几留江南一脉耳。'"吁！当殷翁起念时，岂料真有余之侨居江宁者一段因缘哉？天下事巧凑之奇，往往如此。为赋《感婚》长篇，中数句云："果然此老嬉游处，安置他家女外孙。万里合教青鸟使，一函先报白头人。"殷夫人号称国色，携其女来随园相婿；故又云："娇娃抱出珠相似，阿母同来花见羞。"沈得诗，以示梁瑶峰相公。公连读此二句，音较响。胡云坡尚书在座，不觉大笑。

注释

① 同榜：古代科举考试，考中的张榜公布。在同一榜录取的称为同榜。

② 盐道：官名，即盐法道与盐巡道。负责督察盐场生产、估平盐价、分守分巡道等。

③ 么豚暮鹨 liù：比喻晚年所生子女。

④ 弄璋：出自《诗经·斯干》。古时生男就将璋给男孩玩。璋，一种玉器。

⑤ 锦绷：用锦做的襁褓。

⑥ 箕帚：借指妻妾。

⑦ 嬲 niǎo：纠缠，烦扰。

译文

沈永之和我同榜。他做了五十年云南驿盐道，乞求因病归乡。途中写信来，说生了一女；恰逢我生阿迟。考虑到两个孩子都是我们暮年所生，于是就相订为婚。沈寄诗说："天留蔗境与公尝，六十逾三学弄璋。"又说："兰谱同年交最旧，锦绷合璧事尤奇。"没过多久，沈来山中，说："小女是妾殷氏所生，本籍江宁。殷氏的父亲，康熙年间做云南守备，侨居滇中，已八十多岁，听说我丧了妻，愿将此女嫁给我做妾侍。我以年老相辞。殷氏纠缠不放。问是何缘故。他说：'我本是江南人，坟墓在金陵。您也是南方人，让女儿跟了您，或许可以留江南一条血脉啊！'"吁！当殷老头有这个念头时，难道真料到和我这侨居江宁的人会有一段因缘吗？天下事凑巧到让人惊奇，往往如此。为此赋《感婚》长篇，中间数句说："果然此老嬉游处，安置他家女外孙。万里合教青鸟使，一函先报白头人。"殷夫人容貌绝美，携女来随园看女婿；因此又说："娇娃抱出珠相似，阿母同来花见羞。"沈公得诗，便给梁瑶峰相公看。公连读这两句，声音很是响亮。胡云坡尚书在座，不禁大笑。

二〇　巧对

金陵太守谢镗，抵任时，索余对联。余赠云："太守风清，江左依然迎谢傅[①]；先生来晚，山中久已卧袁安[②]。"陈省斋先生继其父，署守镇江[③]。余代作对联云："守郡继先人，问江水长流，剩几个当年父老；析薪绵世泽，愿黄堂少住[④]，留一枝此日甘棠[⑤]。"

注释

① 谢傅：指东晋太傅谢安。

② 袁安：东汉大臣，字邵公，今河南商水人。

③ 署：署理，指官员出缺或离任，由其他官员暂时代理职务。

④ 黄堂：代指太守。

⑤ 甘棠：出自《诗经·甘棠》。《诗序》："《甘棠》，美召伯也。召伯之教明于南国。"此代指遗风。

译文

金陵太守谢镗，刚到任时，向我索要对联。我赠联说："太守风清，江左依然迎谢傅；先生来晚，山中久已卧袁安。"陈省斋先生接续父亲，暂代镇江太守。我代作对联说："守郡继先人，问江水长流，剩几个当年父老；析薪绵世泽，愿黄堂少住，留一枝此日甘棠。"

二二　何有不恭

李方膺明府善画梅，性傲岸，而与余交好。殁后，其子某见赠云："记得先君交两友，一子才子一梅花[①]。"殊有风趣。有郭耕礼者，嫌其称父执之字为不恭[②]。余曰："'仲尼祖述尧、舜。'子思且字其祖矣，何不恭之有？"

注释

① 子才：即袁枚的字。

② 父执：指父亲的朋友。

译文

李方膺明府善于画梅，性格傲岸，而与我关系甚好。去世后，他的儿子赠诗给我说："记得先君交两友，一子才子一梅花。"别有风趣。有个人叫郭耕礼，嫌他称父亲朋友的字不够恭敬。我说："'仲尼祖述尧、舜。'子思尚且呼其祖先的字，有什么不恭的？"

二四　痴情杨大姑

予幼时，大母常为予言：大父旦釜公，性豪侠，与沈遹声秀才交好。秀才中表杨大姑[①]，有文君夜奔之事[②]，托先祖为之道地[③]。杨纤足[④]，夜行不能逾沟。先祖助沈，为扶而过之。事发，藏匿余家。大姑纤腰美盼，吐属娴雅。大母亦怜爱之。母家讼于官。太守某恶其越礼，鬻与驻防旗下。大姑佯狂披发，自啖其溺[⑤]。旗人不能容。沈暗遣人买归，终为夫妇，生一女而亡。后阅《香祖笔记》载此事，称武林女子王倩玉者，盖即杨氏，讳其姓为王也。其寄沈《长相思》一曲云："见时羞，别时愁，百转千回不自由；教奴争罢休！懒梳头，怕凝眸，明月光中上小楼：思君枫叶秋！"

注释

① 中表：指与祖父、父亲的姐妹的子女的亲戚关系，或与祖母、母亲的兄弟姐妹的子女的亲戚关系。

② 文君夜奔：即卓文君与司马相如携手私奔之事。

③ 道地：代人事先疏通，以留余地。

④ 纤足：指妇女缠过的小脚。

⑤ 溺：小便。

译文

我幼年时，祖母常对我说：祖父旦釜公，生性豪爽狭义，与沈遹声秀才关系很好。秀才和表亲杨大姑，有文君夜奔之事，托我祖父为他们疏通。杨氏小脚，夜行时不便跨沟。祖父帮沈秀才，扶着她跨过。结果事情被告发，他们便藏身在我家。大姑细腰美目，谈吐娴雅。祖母也很怜爱她。后来她娘家人告了官。太守厌恶她不守礼法，将她卖给了驻守的八旗兵。大姑披头散发装疯，还喝自己的小便。旗人不能容忍。沈秀才暗地里派人买回来，最终结为夫妇，生下一个女儿后去世了。后来看《香祖笔记》记载这件事，称武林女子王倩玉，大约就是杨氏，因为讳其姓所以称王。她寄给沈秀才的一曲《长相思》说："见时羞，别时愁，百转千回不自由；教奴争罢休！懒梳头，怕凝眸，明月光中上小楼：思君枫叶秋！"

二七　诗以消魂

皇甫古尊在金陵市上得金字扇一柄，乃前朝名妓徐翩翩所书。扇尾署名曰"金陵荡子妇某"。古尊喜甚，求题于厉太鸿先生，得《卖花声》一阕，云："花月秣陵秋，十四妆楼。青溪回抱板桥头。旧日徐娘无觅处，芳草生愁。　　金粉一时休，团扇谁留？殢人只有小银钩。句尾可怜书荡妇，似诉漂流。"余读之，不觉魂消，亦以《挥扇士女图》索题。先生为填《南乡子》，云："思梦髻慵梳，鹦鹉惊回依井梧。扇影似人人似月，圆初。十六盈盈十五余。　　并蒂点红蕖，更有关心好句书。不用近前频掩面，生疏。水院云廊见也无？"

译文

皇甫古尊在金陵集市上得到一柄金字扇，是前朝名妓徐翩翩所书。扇尾署名是"金陵荡子妇某"。古尊很高兴，求厉太鸿先生题诗，得《卖花声》一阕，说："花月秣陵秋，十四妆楼。青溪回抱板桥头。旧日徐娘无觅处，芳草生愁。　　金粉一时休，团扇谁留？殢人只有小银钩。句尾可怜书荡妇，似诉漂流。"我读后，不禁觉得魂消，也拿《挥扇士女图》索要题诗。先生为我填了一曲《南乡子》，说："思梦髻慵梳，鹦鹉惊回依井梧。扇影似人人似月，圆初。十六盈盈十五余。　　并蒂点红蕖，更有关心好句书。不用近前频掩面，生疏。水院云廊见也无？"

二九　我负卿卿

乾隆戊辰，李君宗典，权知甘泉[1]，书来，道女子王姓者，有事在官，可作小星之赠[2]。予买舟扬州，见此女于观音庵；与阿母同居，年十九，风致嫣然，任予平视，挽衣掠鬓，了无忤意。欲娶之，而以肤色稍次，故中止。及解缆，到苏州，重遣人相访，则已为江东小吏所得。余为作《满江红》一阕云："我负卿卿，撑船去、晓风残雪。曾记得庵门初启，婵娟方出。玉手自翻红翠袖，粉香听摸风前颊。问姮娥何事不娇羞，情难说。　　既已别，还相忆；重访旧，杳无迹。说庐江小吏公然折得。珠落掌中偏不取，花看人采方知惜。笑平生双眼太孤高，嗟何益！"

注释

①权知：即代理官职。

②小星：出自《诗经·小星》，此代指妾。

译文

乾隆戊辰年，李宗典君，暂代甘泉县尉，有书信寄给我，说有一个王姓女子，因犯事籍在官署，可把她送给我做妾。我雇船去扬州，在观音庵见到这女子；她与母亲同居，十九岁，风情相貌都很美好，任我打量，挽衣理鬓，没有丝毫不快之意。想娶她，但因肤色不太好，因此作罢。等坐船到苏州，又派人去探访，却已许给了江东小吏。我为此作《满江红》一阕说："我负卿卿，撑船去、晓风残雪。曾记得庵门初启，婵娟方出。玉手自翻红翠袖，粉香听摸风前颊。问姮娥何事不娇羞，情难说。　　既已别，还相忆；重访旧，杳无迹。说庐江小吏公然折得。珠落掌中偏不取，花看人采方知惜。笑平生双眼太孤高，嗟何益！"

三一　诗备各体

舒城沈生本陛，字季堂，年已艾矣[①]。戊申秋，以诗求见，各体俱工。古风如《白石山》《古柏行》等篇，诗长不能备录。五言如：《西施洞》云："香草美人远，春山古洞寒。"见赠云："记吟诗句从黄口[②]，得傍门墙已白头。"俱妙。余三首，已采入《续同人集》中。其祖名长祚者，康熙间举鸿博，有《竹香园集》。《过友人草堂》云："春云遮不尽，柳色认君家。到径听微雨，开门见落花。古心微直谅，闲语及桑麻。饭量年来减，村醪莫更赊。"《哭友》云：

“修短难将理问天[③]，人间福慧应难全。他生好向空王乞[④]，少占才华自永年。”

注释

①艾：老。

②黄口：十岁以下儿童泛称“黄口”。

③修：特指修行，指学佛或学道，行善积德。

④空王：佛教语，佛的尊称。佛说世界一切皆空，故称“空王”。

译文

舒城人沈本陛，字季堂，年事已高。戊申年秋，以诗来相见，他各种诗体都写得很好。古风如《白石山》《古柏行》等篇，诗太长，不能全摘录在此。五言如：《西施洞》说：“香草美人远，春山古洞寒。”赠我的诗说：“记吟诗句从黄口，得傍门墙已白头。”都很妙。剩下三首，已录入《续同人集》中。他祖先名长祚，康熙年间举博学鸿词科，著有《竹香园集》。其中《过友人草堂》说：“春云遮不尽，柳色认君家。到径听微雨，开门见落花。古心微直谅，闲语及桑麻。饭量年来减，村醪莫更赊。”《哭友》说：“修短难将理问天，人间福慧应难全。他生好向空王乞，少占才华自永年。”

三二　题诗静逸园

张南垣以画法垒石[①]，见者疑为神工。吴梅村、黄梨洲皆为之传，载文集中。太仓蔼赍园，为王麟洲奉常别业[②]；园中假山，南垣遗制。后归弇山尚书，为奉母地，更名静逸园。毕太夫人《秋日闲居诗》题五律云："胜迹留城市，幽居得小园。吾生澹相寄，往事漫追论。人忆乌衣旧，名邻香草存。只今耽静逸，秋景满丘樊。""字摹王内史[③]，诗爱郑都官[④]。石色青书幌，花阴冷画阑。池鱼一二寸，庭竹两三竿。于此端居好，身闲梦亦安。""地迥人稀到，风清暑罢侵。竹帘香细细，桐阁绿愔愔。隐几时看画，安弦静谱琴。夜凉明月上，扫石坐深林。""磴小花枝密，廊深书舍藏。有时翻秘帙，随意坐匡床。诗遇前春稿，炉凝隔夜香。庭前蹲石丈[⑤]，亲见历沧桑。"

注释

① 张南垣：原名涟，字南垣。跟从董其昌学画，后以绘画功底叠石造园，声名鹊起。

② 王麟洲：即王世懋，王世贞之弟，字敬美，别号麟州，江苏太仓人。明嘉靖进士，官至太常少卿。

③王内史：即王羲之。

④郑都官：即郑谷，字守愚。唐僖宗时进士，曾任都官郎中，人称“郑都官”。又以《鹧鸪诗》得名，也称“郑鹧鸪”。

⑤石丈：奇石的代称。

译文

张南垣用绘画的功底叠石，看见的人都惊叹其鬼斧神工。吴梅村、黄梨洲都为他作传，记在文集中。太仓的蔼资园，是王麟洲奉常的别业；园中假山，是南垣生前所作。后归弇山尚书，作为奉养母亲的地方，更名为静逸园。毕太夫人以《秋日闲居诗》为题作五律说：“胜迹留城市，幽居得小园。吾生澹相寄，往事漫追论。人忆乌衣旧，名邻香草存。只今耽静逸，秋景满丘樊。”“字摹王内史，诗爱郑都官。石色青书幌，花阴冷画阑。池鱼一二寸，庭竹两三竿。于此端居好，身闲梦亦安。”“地迥人稀到，风清暑罢侵。竹帘香细细，桐阁绿愔愔。隐几时看画，安弦静谱琴。夜凉明月上，扫石坐深林。”“磴小花枝密，廊深书舍藏。有时翻秘帙，随意坐匡床。诗遇前春稿，炉凝隔夜香。庭前蹲石丈，亲见历沧桑。”

三三　名士佳句

金陵秋试之年，上下江名士毕集。余止而觞之，各有赠诗，约三千余首。其尤佳者，梓入《续同人集》矣。尚有断句可采者，如：虞山王陆禔云："丛丛著述皆千古，草草功名只十年。"长洲顾星桥云："渡江名士推前辈，扶辇门生半少年[①]。"王又云："休夸翁子乘车日，已是悬车十七年。"三押"年"字，俱妙。金陵管松年云："四海文章经口贵，百年心事问花知。"无锡徐嵩云："姓氏直疑前代客，语言妙是一家诗。"青阳程蔚云："一将治绩乘时著，便把尘缘当梦看。"

注释

①辇：指肩舆，类似轿子。

译文

每到金陵秋试时节，长江上下游的名士全汇集此地。我停留于此并与他们欢饮，各有赠诗，约三千多首。其中特别好的，都刊刻入《续同人集》了。尚有断句可采的，如：虞山的王陆禔说："丛丛著述皆千古，草草功名只十年。"长洲的顾星桥说："渡江名士推前辈，扶辇门生半少年。”王氏还有一句：“休夸翁子乘车日，已是悬车十七年。”这三句押“年”字，都很妙。金陵的管松年说：“四海文章经口贵，百年心事问花知。”无锡的徐翯说：“姓氏直疑前代客，语言妙是一家诗。”青阳的程蔚说：“一将治绩乘时著，便把尘缘当梦看。”

三五　戏比王嫱

壬戌年，余改官外出，客送诗者，动以王嫱见戏[①]。余因口号云[②]：“琵琶一曲靖边尘，欲报君恩屡顾身。只是内家妆束改，回头羞见汉宫人。”后十年，再入朝，则凤池诸客，都非旧人。又戏吟云：“晓日曈胧玉殿开，春风回首认蓬莱。三千宫女如花貌，都是明妃去后来。”

注释

①王嫱：即王昭君。

②口号：表示随口吟成，和“口占”相似。

译文

壬戌年，我被改派到外地做官，送行赠诗的朋友，都用昭君出塞来戏弄我。我因此随口吟诗说："琵琶一曲靖边尘，欲报君恩屡顾身。只是内家妆束改，回头羞见汉宫人。"过了十年，再入朝，而朝中诸客，都非旧人。又戏谑地吟诗说："晓日曈胧玉殿开，春风回首认蓬莱。三千宫女如花貌，都是明妃去后来。"

三六　下笔有神

张文敏公同南华先生上朝，值春雪初霁[①]。南华见午门外檐下冰柱，赋七律一章。文敏公疑为宿构。南华请面试。文敏出所佩小玉羊为题。南华应声云："宛尔成形质，居然或寝讹[②]。"方欲续下，而皇上有旨，命和《汤圆》诗。南华在朝房，立进二十四韵。警句云："甘白俱能受，升沉总不惊。"文敏叹服曰："不料仓卒间，先生犹能自见身分也。"为序其集云："春雨着物，万花怒开；神工鬼斧，不可思议。似之者病，学之者死。"

注释

①霁：指雨雪停止，天气晴好。

②寝讹：出自《诗经·无羊》，指牛羊的卧息与活动。

译文

张文敏公和南华先生一同上朝，恰逢春雪初停。南华见午门外檐下冰柱，赋七律一章。文敏公怀疑他是提前构思好的。南华请他当面出题测试。文敏拿出所佩带的小玉羊为题。南华应声说："宛尔成形质，居然或寝讹。"刚要继续往下作，皇上传下圣旨，命和《汤圆》诗。南华在朝房，站立之间便呈上二十四韵。警句有："甘白俱能受，升沉总不惊。"文敏叹服地说："不料仓促之间，先生仍能表白身份啊。"后为南华先生集作序说："春雨着物，万花怒开；神工鬼斧，不可思议。似之者病，学之者死。"

三七 《上元灯词》

秋帆尚书抚陕时[1]，有《上元灯词》十首，庄重高华，是金华殿上语[2]。一时幕中学士文人，俱不能和。为录四章云："碧榭红阑万点明，戟门莲漏转三更[3]。交春便抱祈年意，不听歌声听雨声。""鼓钲殷地走轻雷，宝焰千枝百戏开。瞥见广场波浪直，双龙争挟火珠来。""仙馆明辉丽绛霄，铜驼四角缀琼翘。夜长桦烛添寒焰，春晓终南雪未消。""十年持节驻秦关，梦断蓬瀛供奉班。记得披香频侍宴[④]，红云万朵驾鳌山[⑤]。”

注释

①抚：治理。

②金华殿上语：代指富丽的诗句。金华殿在未央宫内，是汉成帝听郑宽等讲学之地。

③莲漏：即莲花漏，宋代计时器的一种。

④披香：汉宫殿名。

⑤鳌山：山名，位于秦岭西段宝鸡太白县，属秦岭的主脉。

译文

秋帆尚书治理陕西时，有《上元灯词》十首，写得庄重华美，是金华殿上语。一时间幕中的学士文人，都不能作诗相和。我因此摘录四章说：“碧榭红阑万点明，戟门莲漏转三更。交春便抱祈年意，不听歌声听雨声。”“鼓钲殷地走轻雷，宝焰千枝百戏开。瞥见广场波浪直，双龙争挟火珠来。”“仙馆明辉丽绛霄，铜驼四角缀琼翘。夜长桦烛添寒焰，春晓终南雪未消。”“十年持节驻秦关，梦断蓬瀛供奉班。记得披香频侍宴，红云万朵驾鳌山。”

三八　闺阁诗

裴二知中丞[①]，巡抚皖江，每至随园，依依不去。举家工琴，闺阁中淡如儒素[②]。其子妇沈岫云能诗，著有《双清阁集》。《途中日暮》云："薄暮行人倦，长途景尚赊。条峰疏夕照，汾水散冰花。春暖香迎蝶，天空阵起鸦。此身图画里，便拟问仙家。"《在滇中送中丞柩归》云："丹旐秋风返故乡[③]，长途凄恻断人肠。朝行野雾笼残月，暮宿寒云掩夕阳。蝴蝶纸钱飘万里，杜鹃血泪落千行。军民沿路还私祭，岂独儿孙意惨伤？"读之，不特诗笔清新，而中丞之惠政在滇，亦可想见。余方采闺秀诗，公子取其诗见寄，而夫人不欲以文翰自矜。公子戏题云："偷寄香闺诗册子，妆台佯问日稍嗔。"亦佳话也。中丞名宗锡，山西人。公子字端斋。

注释

①中丞：官名，即巡抚。

②闺阁：借指妻室。儒素：宿儒，名儒。

③旐 zhào：出丧时为棺柩引路的旗子，也称魂幡。

译文

裴二知中丞，做皖江巡抚时，每次到随园，总是依依不舍不愿离去。他一家上下都善于弹琴，妻室淡泊如名儒。他的儿媳沈岫云能作诗，著有《双清阁集》。其《途中日暮》诗说："薄暮行人倦，长途景尚赊。条峰疏夕照，汾水散冰花。春暖香迎蝶，天空阵起鸦。此身图画里，便拟问仙家。"《在滇中送中丞柩归》说："丹旐秋风返故乡，长途凄恻断人肠。朝行野雾笼残月，暮宿寒云掩夕阳。蝴蝶纸钱飘万里，杜鹃血泪落千行。军民沿路还私祭，岂独儿孙意惨伤？"读来，不仅诗笔清新，而且中丞在滇的美好政绩，也可想见。我恰好采录闺秀诗，公子取沈诗寄给我，而夫人不想以文章自夸。公子戏题说："偷寄香闺诗册子，妆台佯问目稍嗔。"也是佳话。中丞名宗锡，山西人。公子字端斋。

三九　委怀任运作好诗

韩慕庐尚书，虽为徐健庵司寇所识拔，而在朝中立不倚[①]，于牛、李之党[②]，两无所附；然官爵崇隆，终身平善：可知仕途之不须奔竞也[③]。近今张警堂先生，以县令起家，官至监司[④]；皆委怀任运[5]，不营求而自得。诗才清妙。《过卢生庙》云："快马冲风急，添衣御晓寒。平生无好梦，醒眼过邯郸。"其襟怀之淡，定可知矣！又，《宣城夜行》云："夜半张灯起，披衣上马鞍。月明如欲曙，风敛不知寒。此景人谁见？长途心转安。襄阳旧游处，明日且盘桓。"刘霞裳秀才出公门下，仿其意作《铅山夜行》云："车比毚尤仄[6]，心闲坐颇安。清冰明似镜，冻月小于丸。灯远知村到，更深唤渡难。渐看浮草白，霜重夜将阑。"可谓工于窃比者矣。先生又《过铜雀台》云："可怜肠断分香日，输与开门放婢人。"使老瞒在九原，为之汗下。先生名铭，江西己卯孝廉。

注释

①中立不倚：指保持中立，不偏不倚。倚，偏。

②牛、李之党：指唐朝后期朝廷大臣朋党相争，而形成的牛、李两派。牛党以牛僧孺为首，李党以李德裕为首，史称"牛李党争"。此以"牛、李之党"代指朋党相争。

③奔竞：奔走竞争，指对名利的追求。

④监司：指有督察所属府、州、县之权的布政使、按察使及各道道员。

⑤ 委：随顺，顺从。

⑥ 龛：供奉神佛的石室或小阁子。尤：更。仄：狭窄。

译文

韩慕庐尚书，虽受徐健庵司寇的赏识提拔，而在朝持中立态度，毫不偏倚，对朝中党争的各个派系，都不攀附；而官爵日益显赫，终身平稳顺利：可知仕途无需奔走竞争。近世张警堂先生，从县令起家，官至监司；一直顺其自然，淡然处之，不钻营谋求而自然得到。先生作诗有清朗妙趣。《过卢生庙》说："快马冲风急，添衣御晓寒。平生无好梦，醒眼过邯郸。"他胸怀之淡泊，可想而知啊！又有《宣城夜行》说："夜半张灯起，披衣上马鞍。月明如欲曙，风敛不知寒。此景人谁见？长途心转安。襄阳旧游处，明日且盘桓。"刘霞裳秀才出自张公门下，仿照张公之意作《铅山夜行》说："车比龛尤仄，心闲坐颇安。清冰明似镜，冻月小于丸。灯远知村到，更深唤渡难。渐看浮草白，霜重夜将阑。"可算是善于模仿的人。先生又有《过铜雀台》说："可怜肠断分香日，输与开门放婢人。"假使曹操在九泉之下有知，也会为之汗下。先生名铭，江西己卯年举人。

四〇　张止原居士

金陵张止原居士，立身端谨，为秋帆尚书所重，以家政托之。尝腊底冒雨招余游灵岩山馆，其襟怀可想。舟中诵其《春暮书事》云："山苑浓阴覆绿苔，意行敷坐自徘徊。池边柳弱莺难驻，庭畔花残蝶未回。酒盏怕空先料理，柴门喜静且长开。人生得丧何须计？一任浮云过眼来。"《步尚书青门柳枝韵》云："绿烟漠漠袅晴岚，紫陌轻阴月正三。怕上乐游原上望，引人离恨到江南。"居士名复纯，兼通医理，工赏鉴。

译文

金陵的张止原居士，为人端正谨严，受到秋帆尚书器重，便将家中事务托付给他。曾在腊月底冒雨请我游灵岩山馆，他的胸怀可以想见。他在船上吟诵他的《春暮书事》说："山苑浓阴覆绿苔，意行敷坐自徘徊。池边柳弱莺难驻，庭畔花残蝶未回。酒盏怕空先料理，柴门喜静且长开。人生得丧何须计？一任浮云过眼来。"《步尚书青门柳枝韵》说："绿烟漠漠袅晴岚，紫陌轻阴月正三。怕上乐游原上望，引人离恨到江南。"张居士名复纯，也懂得医理，善于赏鉴。

卷十二

二　人人共有之意

人人共有之意，共见之景，一经说出，便妙。盛复初《独寐》云："灯尽见窗影，酒醒闻笛声。"符之恒《湖上》云："漏日松阴薄，摇风花影移。"女子张瑶英《偶成》云："短垣延月早，病叶得秋先。"郑玑尺《雪后游吴山》云："人来饥鸟散，日出冻云升。"顾文炜《立夏》云："病骨先愁暑，残花尚恋春。"女子孙云凤《巫峡道中》云："烟瘴寒云起[①]，滩声骤雨来。"沈大成《登净慈寺》云："花气随双屐，湖光纳一窗。"姜西溟《野行》云："桥欹眠折苇，槛倒坐双凫。"

注释

①瘴：通"障"，指遮挡，遮蔽。

译文

人人共有的情意，共见的景色，一经诗人说出，就很妙。盛复初《独寐》说："灯尽见窗影，酒醒闻笛声。"符之恒《湖上》说："漏日松阴薄，摇风花影移。"女子张瑶英《偶成》说："短垣延月早，病叶得秋先。"郑玑尺《雪后游吴山》说："人来饥鸟散，日出冻云升。"顾文炜《立夏》说："病骨先愁暑，残花尚恋春。"女子孙云凤《巫峡道中》说："烟瘴寒云起，滩声骤雨来。"沈大成《登净慈寺》说："花气随双屐，湖光纳一窗。"姜西溟《野行》说："桥欹眠折苇，槛倒坐双凫。"

五　无心之巧

咏云者：吴尺凫焯有句云[①]："芦花摇雪碍船过，云叶随风逐雁飞。"陈心田寅有句云："一雁披霜千树冷，片云移日半山阴。"嫌饭迟者：刘悔庵云："冷早秋衣薄，天阴午饭迟。"顾牧云云："衣轻晓寒逼，薪湿午炊迟。"咏新仆者：汪舟次云："见事先人往，应门答语轻。"吴野人云："长者尊难近，新名答尚疑。"四人皆无心之雷同而俱妙。又张哲士《咏老仆》云："旷职身常病，应门语每讹[2]。"亦趣。

注释

① 吴焯：字尺凫，晚号绣谷老人。著有《径山游草》《药园诗稿》《玲珑帘词》等。

② 讹：错。

译文

咏云的诗：吴焯有句说："芦花摇雪碍船过，云叶随风逐雁飞。"陈寅有句说："一雁披霜千树冷，片云移日半山阴。"嫌饭迟的诗：刘悔庵说："冷早秋衣薄，天阴午饭迟。"顾牧云说："衣轻晓寒逼，薪湿午炊迟。"咏新仆的诗：汪舟次说："见事先人往，应门答语轻。"吴野人说："长者尊难近，新名答尚疑。"四人都是无心雷同而都写得很妙。又有张哲士《咏老仆》说："旷职身常病，应门语每讹。"也别有趣味。

六　葛筠亭作诗

六合彭厚村[1]，家资百万，慷慨好施，年六十，而家资罄矣[2]。不得已，辞家远出，卒于乃弟孝丰署中。葛筠亭哭以诗云："头盈白发翻为客[3]，手散黄金可筑台。"又曰："侠传众口难为富，患在无钱不认贫。"真厚村小传。其弟迪庵，葛弟子也。葛往访之，赠诗云："笑随童叟来听政，要借云山去赋诗。"《在西湖夜望》云："月光山色静窗扉，夜景空明水四围。多少渔灯风不定，满湖心里作萤飞。"葛诗笔绝佳，半生为时文所累；然高达夫五十吟诗[4]，故未迟也。

注释

①六合：地名，处南京市北部。

②罄：尽、竭。

③翻：反转，变动位置。

④高达夫：即高适，五十岁时始作诗。

译文

六合人彭厚村，家中有百万资产，慷慨好施，六十岁时，家产耗空。不得已，便离家外出，后在弟弟孝丰的官署中去世。葛筠亭作诗悼念说："头盈白发翻为客，手散黄金可筑台。"又说："侠传众口难为富，患在无钱不认贫。"这真是厚村的小传。厚村的弟弟迪庵，是葛氏弟子。葛氏前去探访，赠诗说："笑随童叟来听政，要借云山去赋诗。"《在西湖夜望》说："月光山色静窗扉，夜景空明水四围。多少渔灯风不定，满湖心里作萤飞。"葛氏诗笔极好，半生被应试文章拖累；而高达夫也是五十岁才开始吟诗，因此不算迟。

一〇　亦梦亦幻

张麟圃计偕入都[①]，与某同寓。梦至大海，四望皆五色牡丹，鸾麟翔跃；有女郎容貌绝世，袖中出碧玉版[②]，如桐圭[③]，曰："此'女娲笺'也，求郎题诗。"张题一绝。女曰："郎诗固佳，未慊妾意。须倩某郎为之[④]。"所云某者，即其同寓友也。次早起行，述所梦相同。是科张竟落第，而某捷南宫矣[⑤]。某所题仅记二句云："泪花逗雨鲛珠死[⑥]，画屏几叠扶桑紫[⑦]。"

注释

①计偕：指举人赴京会试。

②版：用玉、象牙或竹片制成的，用来指画和记事的长板。

③ 圭：古代帝王诸侯举行朝聘、祭祀、丧葬等隆重仪式时所用的玉制礼器。长条形，上尖下方。名称、大小因爵位及用途不同而异。

④ 倩：请，恳求。

⑤ 南宫：指进士考试。

⑥ 鲛珠：神话传说中鲛人眼泪所化成的珍珠。

⑦ 扶桑：神话中的树名。传说日出于扶桑之下，也代指太阳。

译文

张麟圃入京考试，与某人同住。晚上做梦梦到自己来到大海边，四处望去都是五色牡丹，还见鸾鸟飞翔、麒麟奔跃；有容貌绝世的一位女郎，从袖中拿出碧玉版，像桐叶形的圭，说："这是'女娲笺'，请您题诗。"张题了一首绝句。女郎说："您的诗固然很好，但并不太符合我心意，还要请某君再写。"所说的某人，就是张的同住舍友。第二天一早二人动身去考试，说起昨晚所做的梦，竟彼此相同。但此次科考张竟落第，而某高中。某所题的诗仅记得二句说："泪花逗雨鲛珠死，画屏几叠扶桑紫。"

一六　最妙题画诗

题画诗最妙者：徐文长《画牡丹》云[①]："毫端顷刻百花开，万事惟凭酒一杯。茅屋半间无住处，牡丹犹自起楼台。"唐六如《画山水》云[②]："领解皇都第一名[③]，猖披归卧旧茅衡[④]。立锥莫笑无余地，万里江山笔下生。"余之扫墓杭州也，苏州陆生（鼎）画扇赠云："一枝兰桨鸭头波，两个渔翁载酒过。好看旧山似新妇，迎门先为扫双蛾。"

注释

①徐文长：即明人徐渭，字文长，号天池山人、青藤居士等。

②唐六如：唐寅，字伯虎，号六如居士、桃花庵主等，著有《六如居士集》。

③领解：指辩难，辩正。

④猖披：出自《楚辞·离骚》，指衣不系带、散乱不整的样子。

译文

题画诗最妙的是：徐文长《画牡丹》说："毫端顷刻百花开，万事惟凭酒一杯。茅屋半间无住处，牡丹犹自起楼台。”唐六如《画山水》说：“领解皇都第一名，猖披归卧旧茅衡。立锥莫笑无余地，万里江山笔下生。”我去杭州扫墓，苏州的陆鼎画扇相赠说：“一枝兰桨鸭头波，两个渔翁载酒过。好看旧山似新妇，迎门先为扫双蛾。”

二〇　诗改一字

诗改一字，界判人天，非个中人不解[1]。齐己《早梅》云：“前村深雪里，昨夜几枝开。”郑谷曰：“改‘几’字为‘一’字，方是早梅。”齐乃下拜[2]。某作《御沟》诗曰：“此波涵帝泽，无处濯尘缨。”以示皎然。皎然曰：“‘波’字不佳。”某怒而去。皎然暗书 “中”字在手心待之。须臾，其人狂奔而来，曰：“已改‘波’字为‘中’字矣。”皎然出手心示之，相与大笑。

注释

① 个中人：指亲历其境或深明其中情理的人。

② 下拜：跪下而拜。

译文

诗改一个字，境界就判若天上人间，这点不是作诗的人就不能理解。齐己《早梅》说："前村深雪里，昨夜几枝开。"郑谷说："改'几'字为'一'字，才是早梅。"齐己听后便跪下而拜。某人作《御沟》诗说："此波涵帝泽，无处濯尘缨。"给皎然看。皎然说："'波'字不好。"某人生气地离去。皎然暗自写下一个"中"字在手心。不一会儿，那人狂奔而来，说："已经改'波'字为'中'字了。"皎然摊开手心给他看，二人一同大笑。

二三　命数

己卯秋，陈竹香从都门来[①]，替余长女成姑议婚。所议者曹来殷舍人也[②]。诵其句云："水连铁瓮无边白，山到金陵不断青。"余极赏之。陈以书寄曹。曹欣然允诺。两家已有成说矣，适苏州故人蒋诵先剔嬲不已[③]，遂定蒋而辞曹。嫁未半年，女与婿俱亡。数之不可挽也如是！曹旋入词林。

注释

① 都门：指京城。

② 舍人：古代豪门贵族家里的门客。

③ 刿𨂽：犹纠缠。

译文

己卯年秋，陈竹香从京城来，替我的长女成姑商议婚事。所商议的人是曹来殷舍人。诵他的诗说："水连铁瓮无边白，山到金陵不断青。"我十分欣赏。陈便写信给曹。曹也欣然答应。两家结亲已成定说，却逢苏州的老朋友蒋诵先纠缠不已，于是定下蒋家而辞退了曹家。嫁了没到半年，女儿与女婿都去世了。命数是如此不可扭转啊！曹氏则转而进入了翰林院。

二九　风骚无主

熊观察学骥，字蔗泉，自楚中归[①]，两目盲矣。其晋接周旋，较胜有目者。居秦淮水阁，与余晨夕过从，死前半月，赋《秦淮杂咏》，云："秦淮三月画帘开，便有游人打桨来。燕子不归春又暮，几家闲煞好楼台。""笑语勾留画舫停，红妆绿鬟影娉婷。

帘前灯映楼头月，十里人家一画屏。”亡后，余哭之哀，作挽联云：“生祭有祠，楚国至今歌善政；风骚无主，秦淮那可丧斯人！”

注释

①楚中：地区名，约在今湖南、湖北一带。

译文

熊学骥观察使，字蔗泉，从楚中归来，两眼就失明了。但交际应酬，胜过有眼睛的人。他居住在秦淮水阁，和我常有往来，死前半个月，赋《秦淮杂咏》说：“秦淮三月画帘开，便有游人打桨来。燕子不归春又暮，几家闲煞好楼台。”“笑语勾留画舫停，红妆绿鬓影娉婷。帘前灯映楼头月，十里人家一画屏。”他死后，我很悲痛，作挽联说：“生祭有祠，楚国至今歌善政；风骚无主，秦淮那可丧斯人！”

三二　陶西圃得婢

壬戌，余与陶西圃镛[①]，俱以翰林改官。陶先乞病[②]。庚午，余亦解组随园[③]。陶与余同踏月，云：

“偷得闲身是此宵，白门何处不琼瑶？芒鞋醉踏三更月，犹认霜华共早朝。”壬申，余从陕西归。陶方起病赴都，见赠云：“草草销魂过白门，故人招我住随园。同看昨岁此时雪，仍倒空山累夕尊。竹压千竿青失影，峰铺四面白无痕。君行万里诗奇绝，何意重逢一快论！”余置酒，出路上诗相示。陶读至《扁鹊墓》云：“一坏尚起膏肓疾，九死难医嫉妒心。”不觉泪下。询其故，为一爱姬被夫人见逐故也。余欲安其意，适家婢招儿，年将笄矣[④]，问：“肯事陶官人否？”笑曰：“诺。”遂以赠之。正月七日，方毓川掌科、王孟亭太守、朱草衣布衣、吕星垣进士，添箱赠枕[⑤]，各赋《催妆》。陶有诗云：“脱赠临歧感故人，相携风雪不嫌贫。当他意处无多少，未老年华欲仕身。”余和云：“故人临别最销魂，万里携囊襆被身。欲折长条无别物，自家山里一枝春。”十余年后，陶从山右迁楚中司马[⑥]，挈招儿再过随园，则子女成行矣。子时行，小名佛保，亦能诗。《听雨》云：“连朝三日碧苔生，疏馆萧条夜气清。红烛当筵花拂帽，爱听春雨到天明。”《雨窗》云：“照眼花枝亚短墙，晓看风雨太颠狂。生憎帘卷危檐近，点点飘来溅笔床。”佛保入泮后[⑦]，年二十，以瘵疾亡[⑧]。

注释

①陶西圃镛：字序东，号西圃，安徽芜湖人，乾隆四年己未科进士。

②乞病：因病请求辞职。

③解组：解下印绶，辞去官职。组，印绶。

④笄：指女子十五岁成年，也特指成年礼。

⑤添箱：指婚前女方宴请亲友，亲友馈赠礼物或礼金。

⑥山右：旧时山西省的别称。

⑦入泮：是古时学生的入学大礼。

⑧瘵 zhài ：多指痨病。

译文

壬戌年，我和陶镛，都从翰林院改派到地方做官。陶先因病请求辞官。庚午年，我也辞官回到随园。陶与我一同在月下散步，说："偷得闲身是此宵，白门何处不琼瑶？芒鞋醉踏三更月，犹认霜华共早朝。"壬申年，我从陕西回来。陶刚好病愈要去京城，赠诗给我说："草草销魂过白门，故人招我住随园。同看昨岁此时雪，仍倒空山累夕尊。竹压千竿青失影，峰铺四面白无痕。君行万里诗奇绝，何意重逢一快论！"我设下酒宴，拿出路上作的诗给他看。陶读至《扁鹊墓》说："一坏尚起膏肓疾，九死难医嫉妒心。"不禁潸然泪下。问是何缘故，原来是为一个宠爱的姬妾被夫人逐出了家门。我想要安慰他，恰好家婢招儿，年近十五，问她："肯侍候陶官人吗？"她笑答："好。"于是将招儿赠给了陶。正月七日，方毓川掌科、王孟亭太守、朱草衣布衣、吕星垣进士，添箱赠枕，各赋《催妆》诗。陶有诗说："脱赠临歧感故人，相携风雪不嫌贫。当他意处无多少，未老年华欲仕身。"我作诗相和，道："故人临别最销魂，万里携囊袱被身。欲折长条无别物，自家山里一枝春。"十多年后，陶从山西升迁楚中做司马，带着招儿再次路过随园，已经子女成行了。陶公儿子叫时行，小名佛保，也能作诗。有《听雨》诗说："连朝三日碧苔生，疏馆萧条夜气清。红烛当筵花拂帽，爱听春雨到天明。"《雨窗》说："照眼花枝亚短墙，晓看风雨太颠狂。生憎帘卷危檐近，点点飘来溅笔床。"佛保入学后，二十岁时，因患痨病而亡。

三三　山东曾南村

山东曾南村尚增，风貌伟然①，以庶常改知芜湖。尝诗戏西圃云："几载柴桑为刺史，当年元亮是州民②。"因西圃居芜湖故也。同舟访余白下，一路唱和，云:“潮通燕子趋京口，帆带蛾眉认小姑。”“风微渔火重生焰，寺僻钟声半代更。”皆佳句也。后刺郴州，署中不戒于火，女以救母故，与母俱焚。郴人为立孝女祠，南村亦以悸卒。

注释

①伟然：卓异超群貌。

②元亮：即陶渊明，字元亮，号五柳先生，入刘宋后改名潜。

译文

山东人曾尚增，字南村，风采神貌卓异超群，从庶常改做芜湖知县。曾作诗调侃西圃说:“几载柴桑为刺史，当年元亮是州民。”因为西圃住在芜湖的缘故。两人一同坐船到南京拜访我，一路唱和，说:“潮通燕子趋京口，帆带蛾眉认小姑。”“风微渔火重生焰，寺僻钟声半代更。”都是佳句。后做郴州刺史，官署中不小心起了火灾，女儿因救母亲，与母亲一起被烧死了。郴州人为她立了孝女祠，南村也因心悸而去世。

三四　漕帅杨锡绂

漕帅杨清恪公锡绂[①]，德望冠时[②]，而诗才清妙。《夜行》云："好风潜入夜，明月正当头。宇碧兼空阔，舟轻足泳游。微凉双袖薄，小照一萤流。此意凭谁识？前矶有钓钩。"《杨村》云："微云不成雨，片月复宵明。柳外烟无际，河边市有声。飞流缘涨急，气肃为秋清。咫尺杨村近，吾宗有送迎。"《泊北夏口》云："舟维凉雨后，人坐晚灯初。叶湿全低柳，波寒不上鱼。揽衣嫌葛细，得酒爱更余。亦有耽吟客，瑶篇孰起予？"《夕阳》云："一棹秋风里，行行又夕阳。飞还鸦影乱，舞罢柳丝黄。客意衔山急，帆阴卧水凉。何人方独立？觅句向苍茫。"

注释

① 漕帅：即漕运总督，总管漕运，督促南方各省经运河输送粮食至都城。杨锡绂：字方来，号兰畹，江西清江人。雍正五年进士。做漕运总督十二年，曾编《漕运全书》。

② 冠时：指为一时之最。

译文

漕帅清恪公杨锡绂，德高望重，名冠当时，而诗风清妙。《夜行》说："好风潜入夜，明月正当头。宇碧兼空阔，舟轻足泳游。微凉双袖薄，小照一萤流。此意凭谁识？前矶有钓钩。"《杨村》说："微云不成雨，片月复宵明。柳外烟无际，河边市有声。飞流缘涨急，气肃为秋清。咫尺杨村近，吾宗有送迎。"《泊北夏口》说："舟维凉雨后，人坐晚灯初。叶湿全低柳，波寒不上鱼。揽衣嫌葛细，得酒爱更余。亦有耽吟客，瑶篇孰起予？"《夕阳》说："一棹秋风里，行行又夕阳。飞还鸦影乱，舞罢柳丝黄。客意衔山急，帆阴卧水凉。何人方独立？觅句向苍茫。"

三六　渔洋山人

卢雅雨先生转运扬州[①]，以渔洋山人自命，尝赋《红桥修禊》四章；一时和者千余人。余俱未见。而先生原唱，余亦不甚爱诵也。及其致仕[②]，《留别扬州》诗，竟成绝调：真所谓欢愉之词难工，感怆之言多妙耶？其词曰："脱却银黄敢自怜[③]？不才久任受恩偏。齿加孙冕余三岁，归后欧公又九年。犬马有情仍恋主，参苓无效也凭天。养疴得请悬车日[④]，五福谁云尚未全？”“平山回望更关愁，标胜家家醉墨留。十里亭台通画舫，一年箫鼓到深秋。每看绛雪迎朱旆，转似青山恋白头。为报先畴墓田在，人生未合死扬州。”“长河一曲绕柴门，荒径遥怜松菊存。从此风波消宦海，始知烟月足家园。岁时社集牛歌好，乡里筵开鹤发尊。痴愿无多应易遂，杖朝还有引年恩[⑤]。”呜呼！后公果将杖朝矣，乃竟不得考终。余吊之曰：“潘岳闲居竟不终，褚渊高寿真非福[⑥]。”《列子》云：“当生而生，福也；当死而死，福也。”其信然欤！

注释

①卢雅雨：即卢见曾，字澹园，号雅雨，山东德州人。康熙六十年进士。历官洪雅知县、滦州知州、永平知府、长芦、两淮盐运使。学诗于王渔洋，著有《雅雨堂诗文集》等。

②致仕：指官员正常退休。

③银黄：银印和金印或银印黄绶，借指高官显爵。

④悬车：指退休。古人一般七十岁辞官家居，废车不用。

⑤杖朝：出自《礼记·王制》：“八十杖于朝。”谓八十岁可拄杖出入朝廷。后用作八十岁的代称。引

年：指对年老的贤士加以尊养，后用以称年老辞官。

⑥褚渊：南朝宋、齐两朝大臣，字彦回。

译文

卢雅雨先生转到扬州做盐运使，自称是渔洋山人，曾赋《红桥修禊》四章；一时相和者上千人。这些诗我都没见过。而先生的原唱，我也不大爱吟诵。等到他告老还家，作《留别扬州》诗，竟成了绝调：难道真的是表现欢乐喜庆的文章不容易写好，而感慨悲伤愁苦的诗文容易写得妙吗？先生的诗说："脱却银黄敢自怜？不才久任受恩偏。齿加孙冕余三岁，归后欧公又九年。犬马有情仍恋主，参苓无效也凭天。养疴得请悬车日，五福谁云尚未全？""平山回望更关愁，标胜家家醉墨留。十里亭台通画舫，一年箫鼓到深秋。每看绛雪迎朱旆，转似青山恋白头。为报先畴墓田在，人生未合死扬州。""长河一曲绕柴门，荒径遥怜松菊存。从此风波消宦海，始知烟月足家园。岁时社集牛歌好，乡里筵开鹤发尊。痴愿无多应易遂，杖朝还有引年恩。"后来公果然将要杖朝了，却竟然不得寿终。我悼念道："潘岳闲居竟不终，褚渊高寿真非福。"《列子》说："该活着时就活着，是福气；该死去时就死去，也是福气。"确实如此啊！

四〇 诗之通韵

余祝彭尚书寿诗，“七虞”内误用“余”字，意欲改之。后考唐人律诗，通韵极多，因而中止。刘长卿《登思禅寺》五律，“东”韵也，而用“松”字。杜少陵《崔氏东山草堂》七律，“真”韵也，而用“芹”字。苏颋《出塞》五律，“微”韵也，而用“麾”字。明皇《饯王晙巡边》长律，“鱼”韵也，而用“符”字。李义山属对最工，而押韵颇宽，如“东、冬”“萧、肴”之类，律诗中竟时时通用。唐人不以为嫌也[1]。

注释

① 嫌：即嫌韵，出韵。指格律诗中应该押韵的字越出规定的韵部。

译文

我为彭尚书作的祝寿诗，“七虞”内误用“余”字，想要改过来。后来考察唐人的律诗，通韵的很多，因而中止。刘长卿的五言律诗《登思禅寺》，押“东”韵，而用“松”字。杜甫的七律《崔氏东山草堂》，押“真”韵，而用“芹”字。苏颋的五律《出塞》，押“微”韵，而用“麾”字。明皇的长律《饯王晙巡边》，押“鱼”韵，而用“符”字。李商隐对仗最工整，而押韵颇宽泛，如“东、冬”“萧、肴”之类，律诗中竟时时通用。唐人也不认为是出韵。

四一　诗趣

沈总宪近思[①]，在都无眷属。项霜泉嘲之，云：“三间无佛殿，一个有毛僧。”鲁观察之裕，性粗豪而屋小，署门曰：“两间东倒西歪屋，一个南腔北调人。”薛征士雪善医而性傲，署门曰：“且喜无人为狗监[②]，不妨唤我作牛医[③]。”

注释

① 总宪：官名，即都察院左都御史，掌监察、弹劾及建议。沈近思：字位山，号闇斋。雍正五年擢都察院左都御史。

② 狗监：汉代内官名，主管皇帝的猎犬。司马相如因狗监荐引而名显，见《史记·司马相如列传》。

③ 牛医：喻出身微贱而很有声望的人，见《后汉书·黄宪传》。

译文

沈近思总宪，在京城没有家眷。项霜泉嘲笑他，说："三间无佛殿，一个有毛僧。"鲁之裕观察使，性格粗犷豪放而住的屋舍狭小，写副门联说："两间东倒西歪屋，一个南腔北调人。"薛雪征士精通医理而性格傲岸，门联说："且喜无人为狗监，不妨唤我作牛医。"

四四　记姑母

姑母嫁沈氏，年三十而寡，守志母家[①]。余幼时，即蒙抚养。凡浣衣盥面，事皆依赖于姑。姑通文史。余读《盘庚》《大诰》，苦聱牙[②]，姑为同读，以助其声。尝论古人，不喜郭巨，有诗责之云："孝子虚传郭巨名，承欢不辨重和轻。无端枉杀娇儿命，有食徒伤老母情。伯道沉宗因缚树[③]，乐羊罢相为尝羹[④]。忍心自古遭严谴，天赐黄金事不平。"余集中有《郭巨埋儿论》，年十四时所作；秉姑训也。

注释

① 守志：指女子不改嫁。

② 聱牙：形容文辞艰涩难读。

③ 伯道：晋人邓攸，字伯道。为避战乱，带着儿子和侄儿一起逃难，危难关头舍弃儿子，将其缚于树上，带着侄儿离去。文中“缚树”即指此。见《晋书·良吏列传·邓攸》。

④ 乐羊：战国时中山国人。在魏国做大将，攻打中山国。中山国杀其子煮成肉羹，送给他一杯，乐羊喝干杯中肉羹，以表明对战的决心。后大败中山国。魏王奖赏了他，但疑心他心地残忍，再也没有起用过。见《战国策·魏策》。

译文

姑母嫁给沈氏，三十岁就守了寡，从此便回到娘家，守节不改嫁。我小时候，就是承蒙姑母抚养。凡是洗衣洗脸，都依赖姑母。姑母精通文史。我读《盘庚》《大诰》，因为文辞艰涩而犯难，姑母便与我一起读，以帮助我。曾经论及古人，不喜欢郭巨，作诗责备说：“孝子虚传郭巨名，承欢不辨重和轻。无端枉杀娇儿命，有食徒伤老母情。伯道沉宗因缚树，乐羊罢相为尝羹。忍心自古遭严谴，天赐黄金事不平。”我集中有《郭巨埋儿论》，十四岁时所作；正是秉承姑母训导而写出来的。

四五　相见恨晚

江西帅兰皋先生，名念祖，督学浙江，一时名宿，都入网罗；半皆苏耕余广文为之先容[①]。苏故癸巳进士，长于月旦[②]：吾乡名士，多出其门。惟余年幼未往。帅公来时，余年十九，考古学，赋《秋水》云："映河汉而万象皆虚，望远山而寒烟不起。"公加叹赏。又问："'国马''公马'，何解？"余对云："出自《国语》，注自韦昭。至作何解，枚实不知。"缴卷时，公阅之，曰："汝轻年，能知二马出处足矣；何必再解说乎？"曰："'国马''公马'之外，尚有'父马'；汝知之乎？"曰："出《史记·平准书》。"曰："汝能对乎？"曰："可，对'母牛'。出《易经·说卦传》。"公大喜，拔置高等[③]。苏先生闻之，招往矜宠[④]，以不早识面为恨。先辈之爱才如此。后帅公为陕西布政使，窜死台上。余赋五古哭之，末四句曰："青蝇宦海飞，白骨沙场抛。何当抱孤琴，塞外将魂招？"

注释

①先容：本指先加修饰，后引申为事先为人介绍、推荐或联络。

②月旦：指品评人物。东汉许劭与许靖，好品评人物，每月初即更换题目，因此有“月旦评”之说。事见《后汉书》。

③高等：古代举官选士，政绩或学业获优良者。

④矜宠：犹宠爱。

译文

帅兰皋先生是江西人，名念祖，在浙江督学，一时有名之士，都被帅公网罗过来；近半数是苏广文先生介绍的。苏先生字耕余，是癸巳年进士，善于品评人物：我乡名士，多出自他的门下。只是我年纪太小就没有去。帅公来时，我十九岁，考证古学，赋《秋水》说：“映河汉而万象皆虚，望远山而寒烟不起。”先生很欣赏。又问：“‘国马’‘公马’，怎么解释？”我答道：“出自《国语》，韦昭作注。至于作何解释，我确实不知。”交卷时，先生看了，说：“你还年轻，能知道二马的出处就足够了，何必再解说呢？”又说：“‘国马’‘公马’之外，还有‘父马’，你知道吗？”我回答：“出自《史记·平准书》。”先生又问：“你能对吗？”我说：“可以，对‘母牛’。出自《易经·说卦传》。”先生大喜，将我判为优等。苏先生听说后，亲切地招我前去，为没有及早认识深感遗憾。先辈们是如此爱惜人才。后来帅公做陕西布政使，忽然死在任上。我赋五古悼念，最后四句说：“青蝇宦海飞，白骨沙场抛。何当抱孤琴，塞外将魂招？”

四六　似是而非

诗有正喻夹写，似是而非之语，最妙。王介祉《咏铁马》云：“依人檐宇下，底作不平鸣？”香亭《阻风》云：“想通天上银河易，力挽人间风气难。”周之桂《咏秋暑》云：“傍晓灯偏光焰大，罢官人更热中多。”董曲江太史《过十八滩》云：“漫夸利涉乘风便[①]，始信中流立脚难。”周诗成时，适有罢官者冒酷暑入都，读者愈觉其佳。

注释

①利涉：出自《易经》，指顺利渡河。

译文

诗有正写、比喻相夹杂，似是而非的句子，最妙。王介祉《咏铁马》说：“依人檐宇下，底作不平鸣？”香亭《阻风》说：“想通天上银河易，力挽人间风气难。”

周之桂《咏秋暑》说："傍晓灯偏光焰大，罢官人更热中多。"董曲江太史《过十八滩》说："漫夸利涉乘风便，始信中流立脚难。"周之桂的诗写成时，恰有罢官的人冒着酷暑去京城，读后就更觉得写得好。

四八　至交王复旦

余弱冠时，与王复旦卿华为至交。其父星望公官御史。丙辰春，余从广西入都。卿华举浙江乡试。漏尽[①]，作家信，报其尊人[②]，犹再三道余不置[③]。已而同到京师，彼此失意，往来更密。其大父子坚先生，亦以国士相待[④]。次年八月，卿华归娶，同骑马至彰义门外，两人泣别。戊午秋，星望公病笃，犹读余闱墨，许为第一。初十日，榜发，余获隽[⑤]，而先生即于是日委化。余感生平知己之恩，往视含殓，颜色惨凄。其戚唐某疑余落第，再三道屈，坐客无不掩口而笑。卿华赠余改官云[⑥]："朝士尽将韩愈惜，都人争作李邕看。"又数年，闻其再落第，缢死长安。余哭以七古一章，载集中。己亥春，余归杭州，访其墓，则四至埏道[⑦]，被势家侵占；为告之官，而断还其后人。

注释

①漏尽：刻漏已尽，指夜深或天将晓。

②尊人：对他人或自己父母的敬称。

③不置：不舍，不止。

④国士：指一国中才能最优秀的人。

⑤隽：科举时代喻称考中。

⑥改官：旧时官员晋升调任的一种制度。

⑦埏道：墓道。

译文

我二十岁时，和王卿华是最要好的朋友。卿华字复旦，父亲星望公是御史。丙辰年春，我从广西去京城。那时卿华正参加浙江的乡试。深夜写家书，向父母汇报情况，还再三提起我。不久我们同到京城，彼此失意，往来就更密切。他的祖父子坚先生，也将我视为国士。第二年八月，卿华回家娶亲，我们一同骑马到彰义门外，挥泪告别。戊午年秋，星望公病重，仍在读我在考场所作的文章，默许为第一。初十日，发榜，我高中，而先生却于当日去世。我感激先生的赏识之恩，前去参加葬礼，见先生遗容而伤心。他的亲戚唐某人误以为我落了第，再三说屈了才，客人们无不掩口而笑。卿华贺我升迁说："朝士尽将韩愈惜，都人争作李邕看。”又过了几年，听说他再次落第，在长安吊死。我作七古一章以示悼念，录入诗集中。已亥年春，我回杭州，去拜访他的坟墓，却见四周墓道，都被有权势的人家侵占；我把这事告了官，最后将墓道判还给他的后人。

五〇　吴江布衣徐灵胎

余弱冠在都，即闻吴江布衣徐灵胎有权奇倜傥之名[①]，终不得一见。庚寅七月，患臂痛，乃买舟访之，一见欢然。年将八十矣，犹谈论生风，留余小饮，赠以良药。门邻太湖，七十二峰，招之可到。有佳句云：“一生那有真闲日？百岁仍多未了缘。”《自题墓门》云：“满山灵草仙人药，一径松风处士坟。”灵胎有《戒赌》《戒酒》《劝世道情》，语虽俚，恰有意义。《刺时文》云：“读书人，最不齐；烂时文，烂如泥。国家本为求才计，谁知道，变做了欺人技。三句承题，两句破题，摆尾摇头，便道是圣门高弟。可知道‘三通’‘四史’[②]，是何等文章？汉祖、唐宗，是那一朝皇帝？案头放高头讲章[③]，店里买新科利器[④]：读得来肩背高低，口角嘘唏，甘蔗渣儿嚼了又嚼，有何滋味？孤负光阴，白白昏迷一世。就教他骗得高官，也是百姓朝廷的晦气！”

注释

① 权奇：指智谋出众。

② 三通：《通典》《通志》《文献通考》。四史：指《史记》《汉书》《后汉书》和《三国志》。

③ 高头讲章：经书正文上端留有较宽空白，刊印讲解文字，这些文字称为“高头讲章”。后来泛指这类格式的经书。

④ 新科利器：喻指科举考试合格的法宝。

译文

我二十岁在京城时，就听说吴江布衣徐灵胎有智谋出众、风流倜傥的美名，只是始终不得一见。庚寅年七月，我手臂疼痛，于是雇船前去拜访，一见便欢喜不已。他已将近八十岁，仍谈笑风生，留我小饮几杯，又赠我良药。所居之处门邻太湖，七十二峰，招手即到。有佳句说：“一生那有真闲日？百岁仍多未了缘。”《自题墓门》说：“满山灵草仙人药，一径松风处士坟。”灵胎著有《戒赌》《戒酒》《劝世道情》，用语虽粗俗，却很有意义。《刺时文》说:“读书人,最不齐;烂时文,烂如泥。国家本为求才计,谁知道,变做了欺人技。三句承题,两句破题,摆尾摇头,便道是圣门高第。可知道‘三通’‘四史’是何等文章?汉祖、唐宗是那一朝皇帝?案头放高头讲章,店里买新科利器:读得来肩背高低,口角嘘唏,甘蔗渣儿嚼了又嚼,有何滋味?辜负光阴,白白昏迷一世。就教他骗得高官,也是百姓朝廷的晦气!”

五六 青楼

齐武帝于兴光楼上施青漆,谓之“青楼”;是青楼乃帝王之居。故曹植诗“青楼临大路”;骆宾王诗“大道青楼十二重”:言其华也。今以妓为青楼,误矣。梁刘邈诗曰:“倡女不胜愁,结束下青楼。”殆称妓居之始。

译文

齐武帝命人给兴光楼刷青漆,称之“青楼”;说明青楼本是帝王之居。因此曹植作诗“青楼临大路”;骆宾王作诗“大道青楼十二重”:都是称道青楼的华丽。如今称妓院为青楼，这不对。梁朝刘邈作诗说：“倡女不胜愁，结束下青楼。”青楼大概从此开始成为妓院之称。

五八　自题甲子

宋潜溪曰：“人皆云：‘陶渊明不肯用刘宋年号，故编诗但书甲子。’此误也。陶诗中凡十题甲子，皆是晋未亡时，最后丙辰，安帝尚存，琅琊王未立；安得弃晋家年号乎？其自题甲子者，犹之今人编年纂诗，初无意见。”

译文

宋潜溪说：“人们都说：‘陶渊明不肯用刘宋年号，因此编诗只写甲子。’这不对。陶诗中共有十处题为甲子，都是东晋还没有灭亡时，最后丙辰，晋安帝还在，琅琊王还未立，怎么能弃晋家年号呢？他自题甲子，就如同今人按年月编诗，最初并没有什么特别用意。”

六五　秀才顾驹

己卯冬，余在扬州，见门生刘伊有《游平山诗册》；作者十余人，俱押“卮”韵。余独赏如皋顾秀才驹“清响忽传楼外笛，严寒争避手中卮”之句[1]。后官湖北归，卜筑于如皋百步[2]。余过其居，主人感二十年前知己，欣然款接，宴饮水窗，出新诗相示。《西湖》云：“白沙堤外荡舟行，烟雨空濛画不成。忽见斜阳照西岭，半峰阴间半峰晴。”“花坞斜连花港遥，夹堤水色淡轻绡。外湖艇子里湖去，穿过湖西十二桥。”《虎丘》云：“片石尚留金虎迹，千花都是玉人魂。”

注释

①如皋：地名，位于江苏省东南部。

②卜筑：指择地建住宅，即定居之义。

译文

己卯年冬，我在扬州，见门生刘伊有《游平山诗册》；作者十多人，都押“卮”韵。我唯独欣赏如皋顾驹秀才的“清响忽传楼外笛，严寒争避手中卮”。后来我从湖北任上归乡，住的地方距如皋很近。我路过他的住处，他感激我二十年前赏识他，欣然款待，在临水的窗户边宴饮，又拿出新诗给我看。《西湖》说："白沙堤外荡舟行，烟雨空濛画不成。忽见斜阳照西岭，半峰阴间半峰晴。""花坞斜连花港遥，夹堤水色淡轻绡。外湖艇子里湖去，穿过湖西十二桥。"《虎丘》说："片石尚留金虎迹，千花都是玉人魂。"

六七　最是风情

杭州何春巢年少耳聋，而风情独绝。有《秦淮竹枝》云："猩红一点着樱唇，淡抹春山黛色匀。压鬓素馨三百朵，风来香扑隔河人。""远近听来笑语声，板桥西畔泛舟行。寻常一柄芭蕉扇，摇动春葱便有情。""兰桡最是晚来多[1]，万点红灯映碧波。我已三更鸳梦醒，犹闻帘外有笙歌。""夕阳两岸画楼台，红藕香中一棹回。别有芳心卿不解，扁舟岂为纳凉来？"

注释

①兰桡：小舟的美称。

译文

杭州人何春巢年少时就耳聋，而卓有风情。有《秦淮竹枝》说："猩红一点着樱唇，淡抹春山黛色匀。压鬓素馨三百朵，风来香扑隔河人。""远近听来笑语声，板桥西畔泛舟行。寻常一柄芭蕉扇，摇动春葱便有情。""兰桡最是晚来多，万点红灯映碧波。我已三更鸳梦醒，犹闻帘外有笙歌。""夕阳两岸画楼台，红藕香中一棹回。别有芳心卿不解，扁舟岂为纳凉来？"

七一　父慈子孝

霞裳与其父役于慈湖，舟覆江中。时当腊月，两人赖衣裘，故浮水不沉。有救船至，父曰："我老矣，速救我儿！"儿曰："不救吾父，我不受救！"父子推让，适又有船来，遂得两全。陶京山明府赠以诗曰："本是龙门客，龙宫今到来。孝慈应默佑，风浪不为灾。"其孙涣悦亦赠云："从今吸尽西江水，吐属文章更不同。"

译文

霞裳与父亲在慈湖服役，在江中翻了船。当时正是腊月，两人凭借身上的裘皮衣，因此能浮在水面不下沉。有救船到，父亲说："我老了，快救我儿！"儿子说："不救我父亲，我不接受救援！"父子二人相互推让，刚好又有船来，于是才得两全。陶京山明府赠诗说："本是龙门客，龙宫今到来。孝慈应默佑，风浪不为灾。"其孙涣悦也赠诗说："从今吸尽西江水，吐属文章更不同。"

七二 《覆舟诗》

程鱼门《覆舟诗》原稿，写眼前惊悸情景最真。后改本有意修饰，转不如前。今特录其原作云："扬州西去一宵程，小艇无端夜忽倾。制命不烦沧海阔[①]，澡身先试暮流清。诗书失后无余本，戚友来时话再生。莫叹遭逢磨蝎重[②]，世间风浪几曾平？""客舟猛疾势如风，南北相持力不同。绝叫已惊身在水，举头犹见月如弓。慈航倏至关天幸[③]，只履飘然悟大空。揽芷搴裳平日愿[④]，险随骚魄葬珠宫[⑤]。"余赋诗调之云："《水经》注疏河渠考[⑥]，此后输君阅历深。"

注释

① 制命：即敕命，是明清赠封六品以下官职的命令。

②磨蝎：星宿名。“磨蝎宫”的省称。旧时迷信星象者，谓生平行事常遇挫折者为遭逢磨蝎。

③慈航：佛教语。谓佛、菩萨以慈悲心度人，如航船之济众，使脱离生死苦海。倏：忽然，疾速。

④揽：采摘。芷：香草名，白芷。搴：通“褰”，揭起，撩起。

⑤骚魄：指屈原。珠官：龙宫。

⑥《水经》：据《新唐书·艺文志》记载，桑钦著，该书简述了全国一百多条主要河流的水道情况。现以郦道元的《水经注》最为有名。

译文

程鱼门的《覆舟诗》原稿，写眼前惊悸的情景最逼真。后来的修改本有意修饰，反不如从前。今特地录他的原作，说：“扬州西去一宵程，小艇无端夜忽倾。制命不烦沧海阔，澡身先试暮流清。诗书失后无余本，戚友来时话再生。莫叹遭逢磨蝎重，世间风浪几曾平？”“客舟猛疾势如风，南北相持力不同。绝叫已惊身在水，举头犹见月如弓。慈航倏至关天幸，只履飘然悟大空。揽芷搴裳平日愿，险随骚魄葬珠宫。”我赋诗调侃他说：“《水经》注疏河渠考，此后输君阅历深。”

七三　风水之险

善写风水之险者，吾乡粮道程公光钜有《华阳行》云[①]："滔滔汩汩长江水[②]，扁舟一叶天涯子。船头船尾白浪高，片云黑处狂风起。舟子喧呼语未终，布帆半曳浪浇篷。桅竿百尺横斜立，欲卧不卧奔涛中。涛涌如山高莫比，青山头落江心里。一倾一仄强撑风[③]，欲上船舷见船底。小儿无知向母啼，大儿解事欲登堤。面面相看心胆折，男号女哭一齐欷。翻身挣立唤邻舟，邻舟早向潮头没。须臾岸回风势顺，回首惊魂才一瞬。电掣雷轰万马驱，举头已到华阳镇。华阳已到惊未平，老妻尚有念佛声。"

注释

①粮道：即督粮道的简称，掌督运漕粮。

②汩汩：象声词。形容水或其他液体流动的声音。

③仄：倾斜，偏斜。

译文

善于写风水之险的，我同乡程光钜督粮道有《华阳行》说："滔滔汩汩长江水，扁舟一叶天涯子。船头船尾白浪高，片云黑处狂风起。舟子喧呼语未终，布帆半曳浪浇篷。桅竿百尺横斜立，欲卧不卧奔涛中。涛涌如山高莫比，青山头落江心里。一倾一仄强撑风，欲上船舷见船底。小儿无知向母啼，大儿解事欲登堤。面面相看心胆折，男号女哭一齐歇。翻身挣立唤邻舟，邻舟早向潮头没。须臾岸回风势顺，回首惊魂才一瞬。电掣雷轰万马驱，举头已到华阳镇。华阳已到惊未平，老妻尚有念佛声。”

七四　老眼昏花

金陵张秀才培饶有风貌。正月间，与画师邹若泉来。余心识之。亡何，又与常君得禄来。余转问：“可认张某乎？”已而知即前人，自惭老眼之昏。乃诵刘悔庵诗曰：“闲行那可忘携杖，欲揖还愁错认人①。”

注释

① 揖：指作揖。

译文

金陵的张培饶秀才，风流倜傥、相貌俊美。正月间，与画师邹若泉来。我十分欣赏他。不多久，又与常得禄一起来。我却问他："认识张某人吗？"后来才知道就是眼前之人，自惭老眼昏花。于是诵刘悔庵的诗说："闲行那可忘携杖，欲揖还愁错认人。"

七六　妙在起句

近人起句之妙者：新安张节《夜坐》云："雨霁月忽满，墙阴树影摇。"陈月泉《舟中》云："独起对江月，满船闻睡声。"某《春早》云："不待清明近，莺花已自忙。"三起俱超。结句之妙者："月中无事立，草上一萤飞。""殷勤语江岭，归梦莫相妨。""远山深树里，钟断有余声。"三结俱超。惜忘题目及作者姓名。

译文

近人作诗起句很妙的有：新安人张节的《夜坐》说："雨霁月忽满，墙阴树影摇。"陈月泉的《舟中》说："独起对江月，满船闻睡声。"某人的《春早》说："不待清明近，莺花已自忙。"这三个起句都超乎寻常。结句很妙的有："月中无事立，草上一萤飞。""殷勤语江岭，归梦莫相妨。”“远山深树里，钟断有余声。”这三个结句都很好。可惜忘了题目及作者姓名。

七七　乡人陆莹若

丁未，余游武夷，夜泊江山，闻邻舟有客说鬼，口杭音。余喜语怪，乃揖而进之。其人姓陆，名梦熊，字莹若，乃吾乡诗人也。别后蒙寄《晚香堂诗》二十余卷。《晓起见雪》云：“夜静无风冷莫支，檐前冻雀早应知。关心喜见头番雪，扫径先扶竹树枝。红友有情还爱我①，绿梅无梦亦相思。断桥久废冲泥屐，欲踏琼瑶访莫迟②。”《鹅湖寺》云：“地寒花未放，僧朴语无多。”皆妙。

注释

① 红友：酒的别称。

② 琼瑶：雪的别称。

译文

丁未年，我去武夷山游玩，晚上停泊在江山，听邻船有客人在说鬼，是杭州口音。我喜欢谈论怪异的事，于是作揖而进。这人姓陆，名梦熊，字莹若，是我家乡的诗人。分别后承蒙陆氏寄来《晚香堂诗》二十多卷。《晓起见雪》说："夜静无风冷莫支，檐前冻雀早应知。关心喜见头番雪，扫径先扶竹树枝。红友有情还爱我，绿梅无梦亦相思。断桥久废冲泥屐，欲踏琼瑶访莫迟。"《鹅湖寺》说："地寒花未放，僧朴语无多。"都写得绝妙。

七八　读诗与读史

读诗不读史，便不知作者事何所指。李焘《长编》载[①]：宋真宗为李沆还债三十万。故宋人诗云："新祠民祭祀，旧债帝偿还。"《唐书》载：王毛仲奏明皇：愿得宋璟为客。帝许之。故徐骑省《赠陈侍郎花烛》云[②]："坐客亦从天子赐，更筹须为主人留[③]。"

注释

①李焘：字仁甫，号巽岩，唐朝宗室曹王李明之后。著有《续资治通鉴长编》《六朝制敌得失通鉴博议》《说文解字五音韵谱》等。

②徐骑省：指徐铉，五代、宋初时人。

③更筹：古时夜间报更用的计时的竹签。

译文

读诗不读史，便不知作者所指何事。李焘《长编》记载：宋真宗为李沆还债三十万。因此宋人作诗说："新祠民祭祀，旧债帝偿还。"《唐书》记载：王毛仲启奏明皇：愿得宋璟为客。明皇同意了。因此徐铉《赠陈侍郎花烛》说："坐客亦从天子赐，更筹须为主人留。"

八〇　雅谑自佳

雅谑自佳[①]。或以诗示仲小海。仲曰："诗佳矣，可惜太甜。"其人愕然问故。曰："有唐气，焉得不甜？"蔡芷衫好自称"蔡子"，以诗示汪用敷。汪曰："打油诗也。"蔡怒曰："此《文选》正体，何名打油？"曰："菜子不打油，何物打油？"

注释

①雅谑：谓趣味高雅的戏谑。

译文

文雅的戏谑自有妙处。某人拿诗给仲小海看。仲说："诗很好，可惜太甜。"那人惊讶地问是何缘故，仲回答说："有唐气，怎么能不甜？"蔡芷衫喜欢自称"蔡子"，拿诗给汪用敷看。汪说："打油诗啊。"蔡生气地说："这是《文选》中的正体，为什么说是打油？"汪说："菜子不打油，那什么东西打油？"

八五　以禁体咏梅

海宁陈心田寅，与诸友以禁体《咏梅》云[①]："已看无不忆，未见必先探。"汪秋白云："一枝怀故宅，几度忆前生。"陈谷湖云："交枝香不断，一白树难分。"顾竹坡《咏绿梅》云："窥春自怯荷衣薄，倚竹谁怜翠袖寒？"俱妙。又有梅花宜称诸咏[②]：《夕阳》云："残香漠漠山家暝，犹作宫人半额黄。"《疏篱》云："有客来探门未启，先从麂眼认琼枝[③]。"《微雪》云："料峭寒凝天半黄，霏烟漠漠集池塘。是梅是雪两三点，飞絮因风想谢娘[④]。"《枰下》云："花底消闲对弈时，棱棱石角拥寒枝。微风吹堕两三朵，绝似山人落子时。"

注释

①禁体：指禁体诗，是一种遵守特定禁例所写的诗。参见赵翼《陔馀丛考·禁体诗》。

②宜称：指适当，相宜。

③麂jǐ眼：即麂眼篱。一种竹篱，篱格斜方如麂眼。

④谢娘：指东晋才女谢道韫，有“未若柳絮因风起”之句，见《世说新语·言语》。

译文

海宁人陈寅，字心田，与众朋友用禁体诗作《咏梅》，说：“已看无不忆，未见必先探。”汪秋白说：“一枝怀故宅，几度忆前生。”陈谷湖说：“交枝香不断，一白树难分。”顾竹坡《咏绿梅》说：“窥春自怯荷衣薄，倚竹谁怜翠袖寒？”都很妙。又有适当点出梅花的数首：《夕阳》说：“残香漠漠山家暝，犹作宫人半额黄。”《疏篱》说：“有客来探门未启，先从麂眼认琼枝。”《微雪》说：“料峭寒凝天半黄，霏烟漠漠集池塘。是梅是雪两三点，飞絮因风想谢娘。”《枰下》说：“花底消闲对弈时，棱棱石角拥寒枝。微风吹堕两三朵，绝似山人落子时。”

八六　一片性灵

戊寅二月，过僧寺，见壁上小幅诗云："花下人归喧女儿，老妻买酒索题诗。为言昨日花才放，又比去年多几枝。夜里香光如更好，晓来风雨可能支？巾车归若先三日，饱看还从欲吐时。"诗尾但书"与内子看牡丹"；不书名姓。或笑其浅率。余曰："一片性灵，恐是名手。"乃录稿问人，无知者。后二年，王孟亭太守来看牡丹，谈及此诗，方知是国初逸老顾与治所作[①]。余自负赏识之不误。王因云："国初前辈，不登仕途，与老妻相对，往往有此清妙之作。"因诵吴野人《寿内》云："潦倒丘园二十秋，亲炊葵藿慰余愁[②]。绝无暇日临青镜[③]，频过荒年到白头。海气荒凉门有燕，溪光摇荡屋如舟。不能沽酒持相祝[④]，依旧归来向尔谋。"觉风趣更出顾诗之上。

注释

① 逸老：指遁世隐居的老人。

② 葵藿：指葵与藿，均为菜名。

③ 暇日：空闲的日子。青镜：青铜铸成的镜子。

④ 沽：买。

译文

戊寅年二月，我路过寺院，见墙壁上题诗说："花下人归喧女儿，老妻买酒索题诗。为言昨日花才放，又比去年多几枝。夜里香光如更好，晓来风雨可能支？巾车归若先三日，饱看还从欲吐时。"诗尾只写"与内子看牡丹"，没有写姓名。有人笑这首诗浅显草率。我说："诗中充满真情灵气，恐怕是出自名人之手。"于是把诗摘抄下来问人，都没知道的。过了两年，王孟亭太守来看牡丹，谈到这首诗，才知是国初逸老顾与治所作。我自负品鉴不差。王因此说："国初前辈，不做官，与老妻相对，往往有这样清妙的好作品。"又诵吴野人《寿内》说："潦倒丘园二十秋，亲炊葵藿慰余愁。绝无暇日临青镜，频过荒年到白头。海气荒凉门有燕，溪光摇荡屋如舟。不能沽酒持相祝，依旧归来向尔谋。"感觉比顾诗更有风趣。

八七　言者心声

尹文端公曰："言者，心之声也。古今来未有心不善而诗能佳者。《三百篇》，大半贤人君子之作。溯自西汉苏、李五言，下至魏、晋、六朝、唐、宋、元、明，所谓大家、名家者，不一而足[①]。何一非有心胸、有性情之君子哉？即其人稍涉诡激[②]，亦不过不矜细行[③]，自损名位而已。从未有阴贼险狠，妨民病国之人。至若唐之苏涣作贼[④]，刘叉攫金[⑤]，罗虬杀妓：须知此种无赖，诗本不佳，不过附他人以传耳。圣人教人学诗，其效可睹矣。”余笑问：“曹操何如？”公曰：“使操生治世，原是能臣。观其祭乔太尉，赎文姬，颇有性情：宜其诗之佳也。”

注释

① 不一而足：指同类的情况很多，不止一种或一次。

② 诡激：怪异偏激，异于常情。

③ 不矜细行：指不注重小事小节。

④ 苏涣：唐代诗人，年少时为盗，后折节读书，成为进士。

⑤ 刘叉攫金：指唐朝诗人刘叉因不满韩愈作谀墓之文，便攫取韩愈作墓铭所得之金而去。

译文

尹文端公说：“言语，是发自内心的声音。从古至今没有心不善而诗能写得好的。《三百篇》，大半是贤人君子所作。上自西汉苏武、李陵的五言诗，下至魏、晋、六朝、唐、宋、元、明，所谓的大家、名家，都是如此，不能一一列举。没有一个不是有心胸、有性情的君子，即使这人稍微怪异偏激些，也不过是不注重小细节，自损名声地位而已。从没有阴险狠毒、祸国殃民的人。至于唐朝的苏涣做贼，刘叉攫金，罗虬杀妓：要知道此种无赖，诗本来就写得不好，不过凭借他人而流传罢了。圣人教人学诗，这效果都是可看见的。”我笑问：“曹操怎么样？”尹公说：“假使曹操生在和平盛世，应该是能臣。看他祭奠乔太尉、赎回蔡文姬等举动，颇有性情：该他的诗写得好啊。”

八八　重赴鹿鸣

余以雍正丁未年入泮。今又丁未矣，戏仿重赴鹿鸣故事[①]，作《重赴泮宫诗》，云：“记得垂髫泮水游[②]，一时佳话遍杭州。青衿乍著心虽喜[③]，红粉争看脸尚羞。梦里荣华如顷刻，人间花甲已重周。诸公可当同年看，替采芹香插白头[④]。”杭州同入学者，只钱玙沙方伯一人。和云：“岁岁黉门文运开[⑤]，刘郎老去又重来。壶中日转前丁未，册上名存旧秀才。两领青衫真法物，一头白发笑于髫。平生几枕邯郸梦，屈指黄粱第一回。”此外，和者百余人。如毛俟园广文云：“久于馆阁推前辈，又向宫墙领后生。”梅衷源云：“锦袍笑赴青衿会，似把灵光照泮宫。”卢元珩云：“子衿一赋年周甲，圣阙重来岁又丁。”

注释

① 重赴鹿鸣：清制，举人于乡试考中后满六十周年，重逢原科（同一干支年）开考，经奏准，与新科举人同赴鹿鸣筵宴，称为“重赴鹿鸣”。

② 垂髫：指三四岁至八九岁的儿童。

③ 青衿：青色交领的长衫，古代学子和明清秀才的常服。

④ 采芹香：即采芹，出自《诗经·泮水》。古时学校有泮水，入学可采水中芹为菜，故称入学为“采芹”或“入泮”。

⑤ 黉 hóng 门：古代学校的门，借指学校。

译文

我雍正丁未年入学。如今又是丁未年，戏仿重赴鹿鸣的先例，作《重赴泮宫诗》，说：“记得垂髫泮水游，一时佳话遍杭州。青衿乍著心虽喜，红粉争看脸尚羞。

梦里荣华如顷刻，人间花甲已重周。诸公可当同年看，替采芹香插白头。”同入学的杭州人，只有钱玙沙方伯。钱和诗说：“岁岁黉门文运开，刘郎老去又重来。壶中日转前丁未，册上名存旧秀才。两领青衫真法物，一头白发笑于鬔。平生几枕邯郸梦，屈指黄粱第一回。”除此之外，相和的有上百人。如毛广文说：“久于馆阁推前辈，又向宫墙领后生。”梅衷源说：“锦袍笑赴青衿会，似把灵光照泮宫。”卢元珩说：“子衿一赋年周甲，圣阙重来岁又丁。”

八九　得力于时文

余不喜时文，而平生颇得其力。壬寅游天台，渡钱塘江，到客店，无舟可雇；遇查广文耕经有赴任船，用名纸借之，欣然来见，曰：“向读先生文登第，让船所以报也。”余赠诗云：“一只孝廉船肯让，期君还作后来人。”到新昌，邑令苏公曜，素不相识，遣车远迎，供张甚饰[①]。余骇然，询其故，如查所语。余赠诗云：“羁旅忽逢倾盖客，文章曾是受知人。”苏宣化孝廉[②]，作官有惠政，解饷入都[③]，后任反其所为，民苦之。余到时，适苏回任，邑人争迎，上匾云“还我使君”，对联云：“三春花雨重携鹤；百里笙歌早入云。”不料新昌僻县，竟有文人颂扬甚雅。

注释

① 供张：同“供帐”，陈设供宴会用的帷帐、用具、饮食等。也指举行宴会。

② 孝廉：对举人的雅称。

③ 解饷：运送银粮。

译文

我不喜欢应试文章，而平生却颇得它的帮助。壬寅年游天台山，要渡钱塘江，到客店后却无船可雇；恰逢查耕经（字广文）有赴任船，便用名帖去借船，查欣然来见，说：“曾因读先生文章而登第，今让船以作报答。”我赠诗说：“一只孝廉船肯让，期君还作后来人。”到新昌后，县令苏公曜，素不相识，派车来远迎，并精心安排宴会。我很惊讶，问是何缘故，回答类似查氏所说。我赠诗说：“羁旅忽逢倾盖客，文章曾是受知人。”苏宣化孝廉，做官很有政绩，他运送银粮去都城，后一任官与他做法相反，百姓深受其苦。我到时，恰逢苏公回任，县人争先恐后地去迎接，送匾说“还我使君”，对联是：“三春花雨重携鹤；百里笙歌早入云。”不料新昌这样一个地处偏僻的县，竟有文人作出如此雅丽的颂扬之词。

九〇　公然宿桃源

余过处州[①]，想游仙都峰，以路远中止。出县城，到黄碧塘，将止宿矣；望前村瓦屋睪如[②]，随缓步焉。与主人虞姓者，略通数语，即还寓；将弛衣眠，闻户外人声嗷嗷；询之，则虞氏见余名纸，兄弟六七人来问：“先生可即袁太史耶？”曰：“然。”乃手烛上下照，诧曰：“我辈读《太史稿》，以为国初人。今年仅花甲，是古人复生矣，岂容遽去？愿作地主，陪游仙都。”于是少者解帐，长者卷席，诸奴肩行李，相与舁至其家[③]。余留诗谢云：“我是渔郎无介绍，公然三夜宿桃源。”

注释

①处州：地名，今浙江省丽水市。

②睪：通“皋”，高。

③舁 yú：抬。

译文

我路过处州，想游仙都峰，因路远而中止。出了县城，来到黄碧塘，将停下来过夜；望见前村瓦屋高大，随意踱步过去。和姓虞的主人，略说了几句话，便回到住处，将要宽衣睡下，听到窗外人声喧哗；问是什么事，原来是虞氏见我名帖后，兄弟六七人来问："先生就是袁太史吗？"我回答："是。"他们于是手把烛火上下打量，惊异地说："我辈读《太史稿》，以为是国初人所作。不料今年仅花甲，是古人复生啊，怎能容您这么快就离开？愿尽地主之谊，陪您游仙都。"于是年少的解帐，年长的卷席，众奴仆扛行李，一起抬到他们家。我留诗作谢说："我是渔郎无介绍，公然三夜宿桃源。"

九一　斑竹胜境

游仙之梦，斑竹最佳。离天台五十里，四面高山乱滩，青楼二十余家，压山而建。中多女郎，簪山花，浣衣溪口，坐溪石上。与语，了无惊猜，亦不作态，楚楚可人；钗钏之色[①]，耀入烟云，雅有仙意。霞裳悦蒋校书，为留一宿。次日，天未明，披衣而至，云："被四面滩声惊醒。"余赋诗云："茅屋背山起，山峰枕上看。饭香人弛担，梦醒客闻澜。花野得真意，竹多生暮寒。青溪蒋家妹，欢喜遇刘安[②]。"

注释

①钗：即钗子，由两股簪子交叉组成的一种首饰。钏：臂镯的古称。

②刘安：即淮南王，汉高祖刘邦之孙。集宾客编写《淮南子》。

译文

要实现游览仙境的夙愿，以斑竹最佳。离天台山五十里处，四面高山险滩，有青楼二十多家，依山而建。其中有很多女郎，戴山花，在溪口洗衣，坐在溪石上。同她们说话，毫不惊恐，也不故作姿态，楚楚可人；钗钏的色泽，闪耀在烟雨云雾之中，很有几分仙意。霞裳心仪蒋校书，为此留下来住了一宿。第二日，天未亮，就披衣而来，说："被四面滩声惊醒。"我赋诗说："茅屋背山起，山峰枕上看。饭香人弛担，梦醒客闻澜。花野得真意，竹多生暮寒。青溪蒋家妹，欢喜遇刘安。"

九三　温州风俗

温州风俗：新婚有坐筵之礼[1]。余久闻其说。壬寅四月，到永嘉。次日，有王氏娶妇，余往观焉。新妇南面坐，旁设四席，珠翠照耀[2]，分已嫁、未嫁为东西班。重门洞开，虽素不识面者，听人平视，了无嫌猜。心羡其美，则直前劝酒。女亦答礼。饮毕，回敬来客。其时向西坐第三位者，貌最佳。余不能饮，不敢前。霞裳欣然揖而釂焉。女起立俠拜[3]，饮毕，斟酒回敬霞裳；一时忘却，将酒自饮。傧相呼曰[4]：“此敬客酒也。”女大惭，嫣然而笑，即手授霞裳。霞裳得沾美人余沥以为荣。大抵所延，皆乡城粲者，不美不请；请亦不肯来也。太守郑公以为非礼，将出示禁之。余曰：“礼从宜，事从俗：此亦亡于礼者之礼也。”乃赋《竹枝词》六章，有句云：“不是月宫无界限，嫦娥原许万人看。”太守笑曰：“且留此陋俗，作先生诗料可也。”诗载集中。

注释

①筵：原指以竹篾、枝条和蒲苇等编织成的席子。也指宴席。

②珠翠：珍珠、翡翠，此代指盛装女子。

③侠拜：古代妇女与男子为礼，女先拜，男子答拜，女又拜，谓之侠拜。

④傧相：替主人接引宾客和赞礼的人。

译文

温州风俗：新婚之人有坐筵之礼。我很早前就有所耳闻。壬寅年四月，我来到永嘉。第二天，有王氏娶妻，我前去观看。新娘面朝南向坐，身旁铺设四席，盛装出席的女子们光彩耀人，按已嫁、未嫁分东西两边坐着。门一扇扇打开，虽是素不相识的人，也任他打量，毫无疑忌。宾客心生爱慕，可直接上前劝酒。女子也答礼。饮完，又回敬来客。当时向西坐的第三位，容貌最美。我不能喝酒，不敢上前。霞裳欢欣地上前作揖并劝酒。女子起立侠拜，饮完，斟酒回敬霞裳，不想一时忘情，竟自己把酒喝了。傧相大声说："这是敬客酒。"女子很害羞，嫣然而笑，顺手把酒杯递给霞裳。霞裳以得沾美人余酒为荣。大抵所请的，都是乡城中长得美的，不美不请，请也不肯来。太守郑公认为这种风俗不合礼数，想要贴出告示禁止。我说："礼数要合时宜，办事要随风俗：这也是不合礼数的礼数啊。"于是赋《竹枝词》六章，有句说："不是月宫无界限，嫦娥原许万人看。”太守笑着说：“暂且留此陋俗，可作先生的诗料。”这几首诗收在我的集子里。

九四　雁宕观音洞

雁宕观音洞最高敞[1]，可容千人；石坡共三百七十七级，余贾勇登焉[2]。相传嘉靖三十年，按察使刘允升偕二女，成仙于此。塑像甚美。余低徊久之，下坡留恋，口号云：“垂老出仙洞，一步一踌躇。自知去路有，断然来时无。”

注释

①雁宕：即雁荡山，坐落于浙江省温州市乐清境内。

②贾勇：指鼓足勇气。

译文

雁荡山的观音洞最为高敞，可容纳上千人；石坡共三百七十七级，我鼓足勇气去登山。相传明朝嘉靖三十年，按察使刘允升带着两个女儿，在此成仙。塑像很美。我久久徘徊其下。下坡后仍舍不得走，当即作诗说："垂老出仙洞，一步一踌躇。自知去路有，断然来时无。"

九五　手录佳句

余游览久，得人佳句，必手录之。过安庆，见司狱许健庵扇上自题云："权支薄俸初成阁，自爱闲曹好种花[①]。"到黄公垆杏花村，见陈省斋太守有对云："至今村酿黄公酒，依旧花开杜牧诗[②]。"庐山开先寺见程巨山有对云："树里月光才露影，山中云气不分层。"小姑山有俞楚江对句云："入寺恍疑雨，终宵只觉寒。"（巨山姓程名岩，余己巳同年，官至少宰。）

注释

①闲曹：指闲散的官职。

②杜牧：字牧之，号樊川居士，唐朝诗人。诗有"借问酒家何处有，牧童遥指杏花村"之句。

译文

我游历久了，看到他人的好诗句，一定亲手抄录。

路过安庆时，见司狱许健庵扇上的自题诗说："权支薄俸初成阁，自爱闲曹好种花。"到黄公垆杏花村，见陈省斋太守有对联说："至今村酿黄公酒，依旧花开杜牧诗。"在庐山开先寺，见程巨山有对联说："树里月光才露影，山中云气不分层。"小姑山有俞楚江对句说："入寺恍疑雨，终宵只觉寒。"（巨山姓程名岩，是我己巳年科考的同年，官至少宰。）

卷十三

三　乌程凌云

乌程凌云，字香坪，少有《吴门纪事诗》，极酒场花径之乐。晚年就馆李参戎家，郁郁不得志而卒。《胥门感旧》云："金阊曾度五清明[①]，选胜携朋取次行。杨柳堤边调细马，杏花村里听娇莺。春风久负青山约，旧雨难寻白鹭盟。今日胥江重舣棹，斜阳芳草不胜情。"《过分水龙王庙》云："汶河西注水汪洋，南北中分界两行。从此空弹游子泪，随波流不到家乡。"他如："雨积山多瀑，烟收树满村。""鱼跳惊烛影，鸡唱乱挐音。"俱有风味。

注释

① 金阊：苏州有金门、阊门两城门，故以"金阊"借指苏州。

译文

乌程人凌云，字香坪，年少时作《吴门纪事诗》，写尽酒场花径之乐。晚年寄居在李参戎家，郁郁不得志而亡。《胥门感旧》说："金阊曾度五清明，选胜携朋取次行。杨柳堤边调细马，杏花村里听娇莺。春风久负青山约，旧雨难寻白鹭盟。今日胥江重舣棹，斜阳芳草不胜情。"《过分水龙王庙》说："汶河西注水汪洋，南北中分界两行。从此空弹游子泪，随波流不到家乡。"其他如："雨积山多瀑，烟收树满村。""鱼跳惊烛影，鸡唱乱挐音。"都有风味。

四　表弟章臒斋

表弟章臒斋秀才，名袁梓，性迂碎，有洁癖，好神仙吐纳之术[1]；自谓可长生，而卒不验。《睢阳客兴》云："几度飘蓬动客嗟[2]，况逢迟日感韶华[3]。阶前杖响谁看竹，月下烟飞自煮茶。游骑踏残零露草，幽禽含过隔墙花。寻芳孺子知时节，也着新衣到酒家。"《对雪》云："素光灿烂映檐楹，未许疏狂叹独清。隔夜江山都改色，连朝猿鸟并无声。风飘堕瓦寒冰响，鼠灭残灯外户明。画帐香茵初睡起，举头错认是天晴。”其他佳句云：“有梅人坐静，踏雪鹤行徐。”“风枝挑瓦堕，石笋引藤缠。”“宵柝暗惊孤客梦[4]，寒鸡时作故乡声。”“蜂能负子应知老，燕屡升堂若贺贫。”“花香夹路人归缓，水影摇天月上迟。”“投杖惊逃穿屋鼠，围棋引进过门人。”俱妙。

注释

① 吐纳：即呼吸，属气功中的练气技法。

② 飘蓬：比喻漂泊无定。

③ 韶华：美好的青春年华。

④ 宵柝：巡夜的梆声。

译文

表弟章臒斋秀才，名袁梓，生性迂腐、爱絮叨，有洁癖，喜好神仙吐纳之术；自认为可以长生，而最终没有应验。《睢阳客兴》说：“几度飘蓬动客嗟，况逢迟日感韶华。阶前杖响谁看竹，月下烟飞自煮茶。游骑踏残零露草，幽禽含过隔墙花。寻芳孺子知时节，也着新衣到酒家。”《对雪》说：“素光灿烂映檐楹，未许疏狂叹独清。隔夜江山都改色，连朝猿鸟并无声。风飘堕瓦寒冰响，鼠灭残灯外户明。画帐香茵初睡起，举头错认是天晴。”其他佳句如：“有梅人坐静，踏雪鹤行徐。”“风枝挑瓦堕，石笋引藤缠。”“宵柝暗惊孤客梦，寒鸡时作故乡声。”“蜂能负子应知老，燕屡升堂若贺贫。”“花香夹路人归缓，水影摇天月上迟。”“投杖惊逃穿屋鼠，围棋引进过门人。”都写得很妙。

五　高东井赠诗

高文照字东井，少年韶秀，嶷嶷自立[①]。父植，宰德化[②]，有贤声。所得俸，尽为东井买书。年未二十，诗已千首。目空一世，于前辈中所心折者，随园与心馀而已。举甲午乡试，后卒于京师。诗稿不知流落何处。见赠云：“万壑千峰裹一门，仙家住老百花村。重开朱户楼台出，未改青山面目存。执手各探新得句，惊心难定旧离魂。怜才谁似先生切，替拭襟前积泪痕。”“宏奖何人得到斯，文章风义一身持。眼无后起偏怜我，座有先生敢论诗？转柁风看收柁候，在山泉话出山时。才名官职谁多少？未要区区世上知。”“此身几肯受人怜？低首为公拜榻前。不朽文章传郭泰[③]，得闻丝竹许彭宣[④]。女媭詈予申申日[⑤]，邓禹嗤人寂寂年[⑥]。想到平生知己报，商量只有祖生鞭[⑦]。”其他佳句如：《过衢州》云：“水回双碓落[8]，滩急一篙争。”《寿山庵》云：“一磬隔花出，片幡当殿阴。”《送人》云：“且将一点思乡泪，洒向君衣好寄归。”《赠方子云》云：“门外市声三日雨，帘前风色一床书。”《过阮怀宁故宅》云：“鸟语尚疑偷法曲，池波无复照明妆。”

注释

① 嶷嶷：幼小聪慧的样子。

② 德化：县名，位于福建省泉州市北部。

③ 郭泰：字林宗，东汉末山西介休人。

④ 彭宣：字子佩，号玉征，精通《易经》，西汉时人。

⑤ 女嬃：也作“女须”，相传为屈原的姐姐。

⑥ 邓禹：字仲华。东汉初年，南阳新野人。协助汉光武帝建立东汉，是“云台二十八将”之首。

⑦ 祖生鞭：出自《晋书·刘琨列传》，指勉励人努力进取。

⑧ 碓：木石做成的舂米器具。

译文

高文照字东井，年少时俊美秀丽，聪慧自立。父亲植，治理德化，有贤良的名声。所得俸禄，全用来给东井买书。不到二十岁，东井已作诗千首。他目空一世，所敬佩的前辈，只有随园与心馀。考中甲午年乡试，后在京城去世。诗稿不知散落何处。他曾赠我诗说："万壑千峰裹一门，仙家住老百花村。重开朱户楼台出，未改青山面目存。执手各探新得句，惊心难定旧离魂。怜才谁似先生切，替拭襟前积泪痕。""宏奖何人得到斯，文章风义一身持。眼无后起偏怜我，座有先生敢论诗？转柁风看收柁候，在山泉话出山时。才名官职谁多少？未要区区世上知。""此身几肯受人怜？低首为公拜榻前。不朽文章传郭泰，得闻丝竹许彭宣。女媭詈予申申日，邓禹嗤人寂寂年。想到平生知己报，商量只有祖生鞭。"其他佳句如：《过衢州》说："水回双碓落，滩急一篙争。"《寿山庵》说："一磬隔花出，片幡当殿阴。"《送人》说："且将一点思乡泪，洒向君衣好寄归。"《赠方子云》说："门外市声三日雨，帘前风色一床书。"《过阮怀宁故宅》说："鸟语尚疑偷法曲，池波无复照明妆。"

六　昆山徐柱臣

昆山徐柱臣，字题客，健庵尚书之孙，余亲家也。《饮外舅张氏青山庄》云："东风报花信，春色来南枝。辍棹风渐细，到门香已知。绿野占胜迹，青山似昔时。登楼俯林杪[①]，雪影何离离。”《舟中晚眺》云：“天垂余霭横，船在镜中行。拍手沙禽起，回头明月生。向南寒气减，入夜酒怀清。不有兰陵酿[②]，衔杯空复情。”题客性耽词曲，晚年落魄扬州，为洪氏司音乐以终，惜哉！又有句云：“看惯旧书多脱线，移来新树少开花。”

注释

① 林杪 miǎo：树梢，林外。

② 兰陵：地名，山东省苍山县兰陵镇，盛产美酒。

译文

昆山的徐柱臣，字题客，是健庵尚书之孙，也是我的亲家。他的《饮外舅张氏青山庄》说：“东风报花信，春色来南枝。辍棹风渐细，到门香已知。绿野占胜迹，青山似昔时。登楼俯林杪，雪影何离离。”《舟中晚眺》说：“天垂余霭横，船在镜中行。拍手沙禽起，回头明月生。向南寒气减，入夜酒怀清。不有兰陵酿，衔杯空复情。”题客一生酷爱词曲，晚年穷困失意去了扬州，为洪氏管理音乐直至去世，可惜啊！又有句说：“看惯旧书多脱线，移来新树少开花。”

七　徐徵园遗诗

徐绪字徵园，苏州人，貌短小，为李守备炯记室[1]。终日以酒一壶、杜诗一卷自娱。此外，不知有人间事。余题其小像云：“吴市布衣大，杜陵诗骨尊。”卒贫死。诗稿散失。余录其《雨阻胥江》云：“击柝严城闭，相依再宿舟。一天惟是雨，六月竟如秋。渐觉江湖满，能无稼穑忧？萍踪怜乞食，华发早盈头。”《移居》云：“剥啄衡门启，时过话老农。却欣环泮水，不厌此萍踪。对酒东邻树，催诗南寺钟。隔城山色好，落日见芙蓉。”《归舟至盘溪》云：“漂泊仍长铗[2]，归来买钓艖[3]。顺流风势缓，近岸雨声多。小鸟冲烟起，低桥拨棹过。家人应识我，篷底远闻歌。”《盆菊》云：“束瓦为花盎，无须金屋藏。带霜移牖下，就日列阶旁。种细开儿晚，名多记辄忘。到残应匝月[4]，不限举壶觞。”《寒檐》云：“寒檐短景如风驰，迢迢长夜占八时。弱女刺绣补不足，一灯豆大燃残脂。呼儿剧论千古事，老妻来聒明朝炊。掩耳疾走且相避，隔屋吾弟能吟诗。不图转落乃嫂笑，小郎亦有儿啼饥。”《西邻哭》云：“夜闻西邻哭，哭声一何悲！云是母哭儿，声声哭入老夫耳。老夫亦有丈夫子，同日辞家分路死。死弗及见哭凭棺，三月到今泪未干。伤心有口那能言；君不见，乌生八九子，一一飞上青林端。”《新竹》云：“森森碧玉已成行，一雨长梢尽过墙。微露粉痕初解箨[⑤]，疑君已带九秋霜。”

注释

①守备：官名，是管理军队总务、军饷、军粮职务的正五品官。

②长铗：长剑。铗，剑。

③艖 chā：小船。

④匝月：满月。

⑤箨 tuò：竹笋皮。包在新竹外面的皮叶，竹长成则逐渐脱落。俗称笋壳。

译文

徐绪字徵园，苏州人，身材矮小，做李炯守备的记室。整日以酒一壶、杜诗一卷自娱。此外，不问世事。我给他的画像题诗说：“吴市布衣大，杜陵诗骨尊。”徐最终穷困而死，诗稿也散失。我抄录他的《雨阻胥江》说：“击柝严城闭，相依再宿舟。一天惟是雨，六月竟如秋。渐觉江湖满，能无稼穑忧？萍踪怜乞食，华发早盈头。”《移居》说：“剥啄衡门启，时过话老农。却欣环泮水，不厌此萍踪。对酒东邻树，催诗南寺钟。隔城山色好，落日见芙蓉。”《归舟至盘溪》说：“漂泊仍长铗，归来买钓艖。顺流风势缓，近岸雨声多。小鸟冲烟起，低桥拨棹过。家人应识我，篷底远闻歌。”《盆菊》说：“束瓦为花盎，无须金屋藏。带霜移牖下，就日列阶旁。种细开尤晚，名多记辄忘。到残应匝月，不限举壶觞。”《寒檐》说：“寒檐短景如风驰，迢迢长夜占八时。弱女刺绣补不足，一灯豆大燃残脂。呼儿剧论千古事，老妻来聒明朝炊。掩耳疾走且相避，隔屋吾弟能吟诗。不图转落乃嫂笑，小郎亦有儿啼饥。”《西邻哭》说：“夜闻西邻哭，哭声一何悲！云是母哭儿，声声哭入老夫耳。老夫亦有丈夫子，同日辞家分路死。死弗及见哭凭棺，三月到今泪未干。伤心有口那能言；君不见，乌生八九子，一一飞上青林端。”《新竹》说：“森森碧玉已成行，一雨长梢尽过墙。微露粉痕初解箨，疑君已带九秋霜。”

十二　常州储学坡

丙辰在都，诗人大会。有常州储君师轼、字学坡者，年最长，为坐中祭酒①。后三十年，会试出余门生李英名下，选作校官[2]，监钟山书院。久不来见。余与庄君念农先往，大呼而入，曰："太老师来捉小门生矣。"彼此大笑。招饮随园。见赠云："廿年名姓达安昌，应许彭宣到后堂。问字久辞松径杳，传觞重嗅竹林香。楼台近水千层曲，草木连山一带长。只恐征书来北郭，未容老住白云乡。""高筑天风百尺楼，凭栏怀古意悠悠。声诗不堕开元后，法物还从宣政收[3]。借箸风生磨盾鼻[4]，登山云起遂菟裘[5]。中林猿鹤无猜忌，绕树银灯蜡屐游[6]。"卒，无子。诗多散失。

注释

①祭酒：古代飨宴时酹酒祭神的长者。后泛称年长或位尊者。

②校官：古代掌管学校的官员。

③宣政：宋徽宗年号政和、宣和的并称。

④盾鼻：盾牌的把手。

⑤菟裘：出自《春秋·隐公十一年》，后世称士大夫告老退隐之处为"菟裘"。

⑥蜡屐：以蜡涂的木屐。

译文

丙辰年在京城，举行诗人大会。有位常州人储师轼，字学坡，年龄最长，为席上的祭酒。过了三十年，参加会试，出自我的门生李英名下，被选作校官，监察钟山书院。许久不见他来相见。我和庄念农就先去看望他，大喊着进入他家，说："太老师来捉小门生了。"彼此大笑。招他去随园饮酒，赠我诗说："廿年名姓达安昌，应许彭宣到后堂。问字久辞松径杳，传觞重嗅竹林香。楼台近水千层曲，草木连山一带长。只恐征书来北郭，未容老住白云乡。""高筑天风百尺楼，凭栏怀古意悠悠。声诗不堕开元后，法物还从宣政收。借箸风生磨盾鼻，登山云起遂菟裘。中林猿鹤无猜忌，绕树银灯蜡屐游。"他去世后没留下子女。诗也大多散佚。

十三 《随园小集》

杭州潘涵，字宇情，宰六合，以循吏称[①]。两子早卒，家竟绝嗣；甚矣，天道之难知也！仅录其《随园小集》云："安住林亭远放舟，境随人转水随鸥。好山刚近长江口，老屋深藏大树头。叱驭原同招隐别[2]，买园先为种花愁。解还墨绶铜章贵[3]，换得繁英与素秋。”“香名弱冠饮都城，壮志空山踽踽行。陶令获田偿酒债，敬姜操绩伴书声[4]。渔童歌好垂丝听，长者车来拂袖迎。一片仓山梅影水，回头还比玉堂清。”“西亭北榭斗阑干，阁引天风猎猎寒。旧约飞鱼传去杳，新诗走马借来看。风生咳吐追唐调，礼失威仪谢汉官。笑我热中心未死，偷闲来弄钓鱼竿。”

注释

①循吏：始见于《史记》，指清正廉洁的官吏。

②叱驭：借喻不再奔波于仕途。

③墨绶：结在印钮上的黑色丝带。铜章：古代铜制的官印。

④敬姜：春秋时期齐侯之女，姜姓，谥号敬。作《劳逸论》。

译文

杭州人潘涵，字宇情，做六合县令，以循吏著称。他的两个儿子早亡，家中竟断了子嗣；唉，天意如此难测！仅收录他的《随园小集》说：“安住林亭远放舟，境随人转水随鸥。好山刚近长江口，老屋深藏大树头。叱驭原同招隐别，买园先为种花愁。解还墨绶铜章贵，换得繁英与素秋。”“香名弱冠饮都城，壮志空山踽踽行。陶令获田偿酒债，敬姜操绩伴书声。渔童歌好垂丝听，长者车来拂袖迎。一片仓山梅影水，回头还比玉堂清。”“西亭北榭斗阑干，阁引天风猎猎寒。旧约飞鱼传去杳，新诗走马借来看。风生咳吐追唐调，礼失威仪谢汉官。笑我热中心未死，偷闲来弄钓鱼竿。”

一四　许朝佳句

同年许朝，字光庭，常熟人。诗似放翁[①]，殁后家无继起者。录其佳句云："泉碍石流无意曲，草经霜陨不须芟[②]。”“倚床爱就肱边枕，揽镜贪看背后山。”“得月便佳还值望[③]，是山都好不须名。”“预思煮雪垆先办[④]，不会裁花谱借抄。”五言如：《病骡》云："眠沙深有印，啮草嫩无声。”《山村》云："峰乱向人涌，泉分界石流。”又，“舟隔堤撑半露篙”，七字亦佳。

注释

① 放翁：陆游，字务观，号放翁，南宋诗人。著有《剑南诗稿》《渭南文集》《老学庵笔记》等。

② 芟：铲除杂草。

③ 望：指农历每月十五，月圆之日。

④ 垆：通“炉”。

译文

同年许朝，字光庭，常熟人。诗风像陆放翁，去世后家中无承继的人。收录他的佳句，说：“泉碍石流无意曲，草经霜陨不须芟。”“倚床爱就肱边枕，揽镜贪看背后山。”“得月便佳还值望，是山都好不须名。”“预思煮雪垆先办，不会栽花谱借抄。”五言如：《病骡》说：“眠沙深有印，啮草懒无声。”《山村》说：“峰乱向人涌，泉分界石流。”又有“舟隔堤撑半露篙”，这七字也好。

一五　周钰赠诗

苏州周钰，字其相，相遇于江雨峰家。蒙一见倾心。每过苏州，必主其家[①]。家道甚丰，而性啬且傲，卒无子；以葬亲故，坠水死。见赠云：“零乱花飞又一年，思君时间北来船。随园清夜三更月，应照幽人独自眠。”“空吟场藿《白驹》诗[②]，往事伤心不可思。南国至今悲贾谊，为他偏值圣明时。”《咏落花》云：“莺从此日空啼树，人到明朝懒上楼。”

注释

①主：寓居。

②《白驹》：出自《诗经·小雅》，原文有“皎皎白驹，食我场藿”之句。《白驹》是留客惜别之诗。

译文

苏州人周钰，字其相，与我在江雨峰家相识。承蒙他一见倾心。我每次路过苏州，必定暂住他家。周家家境富裕，而为人吝啬傲慢，最终无子；因葬亲友的缘故，落水而死。曾赠我诗说：“零乱花飞又一年，思君时间北来船。随园清夜三更月，应照幽人独自眠。”“空吟场藿《白驹》诗，往事伤心不可思。南国至今悲贾谊，为他偏值圣明时。”《咏落花》说：“莺从此日空啼树，人到明朝懒上楼。”

一七　梧冈喜佛

史梧冈进士，名震林，湛深禅理，半世长斋[①]。知余不喜佛，而爱与余谈，以为颇得佛家奥旨。余亦终不解也。记其《观荷》云："露折朱霞裹旭开，凄凉心付蓼花猜。银河正晒天孙锦，风雨欺香禁早来。""蕊绽华峰斗锦年，序班宜在牡丹先。携琴笑坐如船藕，去访蓬莱海外天。"梧冈言："修行无他慕，只求免入轮回，少认世间无数爷娘耳！"

注释

①长斋：遵守过午不食戒者为持斋，长时间如此则称为持长斋。而民间多谓终年食素者为吃长斋。

译文

史梧冈进士，名震林，精通禅理，持了半辈子斋。知道我不喜欢佛学，却爱和我交谈，自认为深得佛家的奥义要旨。我却终是不明白。记得他的《观荷》说："露折朱霞裹旭开，凄凉心付蓼花猜。银河正晒天孙锦，风雨欺香禁早来。""蕊绽华峰斗锦年，序班宜在牡丹先。携琴笑坐如船藕，去访蓬莱海外天。"梧冈说："修行不为别的，只求免受轮回之苦，少到世间拜认无数爹娘罢了！"

一八　闽人刘南庐

闽人刘南庐，名芳，貌若枯僧[①]，以布衣云游；所到必栖深山古刹，受群僧供养。问何不还乡，笑而不答。晚年卒于通州之狼山。群僧为葬于骆右丞墓侧，置石碣焉。丁丑九月宿随园，见赠七律，仅记中二联云："安仁尚有栽花兴[②]，孟博全无揽辔心[③]。水影到窗知月上，松风搅枕信秋深。"《焦山避暑》云："千丈洪涛一小舠，乘危逃暑到僧寮。衣沾湿翠晴犹滴，榻拂凉云午不消。压槛有天连水阁，开门无路入尘嚣。浊醪我欲酬高隐[④]，千古幽魂未可招。"《瓦官寺》云："瓦官瓦破佛庐荒，三绝空怀旧讲堂。曲径云深僧笠重，闲门花落客鞋香。行经河畔闻箫鼓，坐近台边想凤凰。吊古一尊沽未至[⑤]，烟钟风磬立斜阳。"《军山夜坐》云："星辰夜影窗间落，江海秋潮枕上生。"

注释

①枯僧：老僧，孤僧。

②安仁：即潘岳，字安仁。曾在做河阳县令时，命全县种桃花，文中"栽花兴"即指此事。

③孟博：东汉人范滂，字孟博。曾以清诏使巡察

冀州。登车揽辔，有澄清天下之志。见《后汉书·党锢传·范滂》。诗中“揽辔心”，即指治世的志向。

④高隐：隐居的高士。

⑤一尊：一杯。

译文

福建人刘南庐，名芳，看上去像个老僧人，穿布衣云游天下；所到之处必定暂住在深山古刹，由群僧供养。问他为何不还乡，他笑而不答。晚年在通州的狼山去世。群僧将他葬在骆右丞的墓旁，立了石碑。他曾在丁丑年九月暂住随园，赠我七律一首，仅记得中间二联说：“安仁尚有栽花兴，孟博全无揽辔心。水影到窗知月上，松风搅枕信秋深。”《焦山避暑》说：“千丈洪涛一小舠，乘危逃暑到僧寮。衣沾湿翠晴犹滴，榻拂凉云午不消。压槛有天连水阁，开门无路入尘嚣。浊醪我欲酬高隐，千古幽魂未可招。”《瓦官寺》说：“瓦官瓦破佛庐荒，三绝空怀旧讲堂。曲径云深僧笠重，闲门花落客鞋香。行经河畔闻箫鼓，坐近台边想凤凰。吊古一尊沽未至，烟钟风磬立斜阳。”《军山夜坐》说：“星辰夜影窗间落，江海秋潮枕上生。”

二二　布衣俞楚江

绍兴布衣俞楚江，名瀚，久客京师；金少司农辉，荐与望山相公。公称其诗有新意，卒无所遇，卖药虎丘而亡。《登九龙山遇雨》云："浮生徒碌碌，冒雨渡寒津。策马山头过，云横不让人。"《偶成》云："安贫求自寡，书剑漫相从。且筑数椽屋，将为一老农。亭空云可贮，院小树还容。居近开元寺，卧听清夜钟。""戒饮原因病，村旗莫浪招。忙酬花事毕，闲养睡魔骄。霜色归蓬鬓，秋声上柳条。竹炉茶未熟，一缕细烟飘。"他如："谁与吾来往？西山一片云。""柳倦欲眠风劝舞，鸟歌未和雨催归。"俱有意趣。

译文

绍兴平民俞楚江，名瀚，长久客居在京城；金农辉少司，将他推荐给望山相公。公称赞他的诗有新意，但最终俞也没有得到重用，在虎丘卖药为生，直到离世。作《登九龙山遇雨》说："浮生徒碌碌，冒雨渡寒津。策马山头过，云横不让人。"《偶成》说："安贫求自寡，书剑漫相从。且筑数椽屋，将为一老农。亭空云可贮，院小树还容。居近开元寺，卧听清夜钟。""戒饮原因病，村旗莫浪招。忙酬花事毕，闲养睡魔骄。霜色归蓬鬓，秋声上柳条。竹炉茶未熟，一缕细烟飘。”其他如：“谁与吾来往？西山一片云。”“柳倦欲眠风劝舞，鸟歌未和雨催归。”都很有意趣。

二八　追骑唤王孙

苏州汪缙，诗学七子。《游穹隆》云：“星满天坛河泻影，月离海峤树生烟。”《栖霞》云：“云埋大壑封秦树，雷劈阴崖见禹碑。”乙酉秋闱[①]，遗才不录[②]，遽登舟归。余闻之，急往见学使彭公芸楣。公谦云：“某在此衡文三年[③]，得毋有人怨我乎？”答曰：“有。”彭骇然变色。余笑曰：“公毋惊也。诗人汪大绅，公不许其入场。何也？”彭更骇云：“此某所拔岁考案首也[④]，岂有遗才不取之理？”余云：“渠已买舟归矣。”乃手书其名，补付提调[⑤]，而遣人追之；时已八月初七日矣。傍晚，汪到。见谢诗云：“业已湛卢归越国，忽蒙追骑唤王孙。”

注释

①秋闱：科举考试中的乡试。

②遗才：秀才参加乡试，先要经过学道的科考录送，临时添补核准的，称为“遗才”。

③衡文：品评文章，特指主持科举考试。

④岁考：学政每年对所属府、州、县的生员、廪生所举行的考试。案首：参加县试、府试、院试，凡名列第一者，称为案首。

⑤提调：官名，含提举调度之义。清末各新设机构常置此职。

译文

苏州人汪缙，作诗学明七子。其《游穹隆》诗说：“星满天坛河泻影，月离海峤树生烟。”《栖霞》说：“云埋大壑封秦树，雷劈阴崖见禹碑。”乙酉年参加乡试，却因为是临时添补的人而不被允许入场考试，便立即坐船回乡。我听说后，急忙去见学使彭芸楣。彭公自谦说：“我在此主持科考三年，莫非有人怨我？”答：“有。”彭公很震惊，变了脸色。我笑着说：“您不要惊讶。诗人汪大绅，您不许他入场，是为何？”彭公更加惊讶，说：“这是我所提拔的岁考第一名，岂有因为临时添补考试资格不准入场的道理？”我说：“他已经雇舟回去了。”彭公于是亲手写下他的名字，补交给提调，并派人去追；当时已是八月初七，傍晚时汪回来参加考试了。作诗谢我说:“业已湛卢归越国，忽蒙追骑唤王孙。”

二九　考据与论诗

考据家不可与论诗。或訾余《马嵬》诗，曰:“‘石壕村里夫妻别，泪比长生殿上多。’当日贵妃不死于长生殿。”余笑曰:“白香山《长恨歌》‘峨嵋山下少人行’，明皇幸蜀[①]，何曾路过峨嵋耶？”其人语塞。然太不知考据者，亦不可与论诗。余《钱塘江怀古》云:“劝王妙选三千弩，不射江潮射汴河[②]。”或訾之曰:“宋室都汴，不可射也。”余笑曰:“钱镠射潮时[③]，宋太祖未知生否。其时都汴者何人，何不一考？”

注释

①幸：指帝王亲临某地。

②汴：常称汴梁，或汴京。即河南开封市。

③钱镠：字具美，杭州临安人。五代时吴越国的建立者，相传有射潮筑塘之事。

译文

同考据家不可论诗。有人非议我的《马嵬》诗，说："'石壕村里夫妻别，泪比长生殿上多。'当年杨贵妃不是死在长生殿。"我笑说："白香山《长恨歌》说'峨嵋山下少人行'，唐明皇驾临蜀地，何曾路过峨嵋山呢？"此人无语相对。然而太不知道考据的，也不可与其论诗。我的《钱塘江怀古》说："劝王妙选三千弩，不射江潮射汴河。"有人非议说："宋王朝以汴京为都城，不可射。"我笑说："钱镠射潮时，宋太祖不知出生没。当时以汴京为都城的是何人，何不考证一下？"

三四　尹似村佳句

尹似村诗，虽经付梓，而非其全集也。集外佳句云："鹊非报喜何妨少，雨纵浇花也怕多。""欲穿竹笋泥先破，才放春花蝶便忙。""水去砚池防夜冻，春生布被藉炉温。""买将花种分儿女，试验谁栽出最多。"《接尚方伯书》云："惹得妻孥来笑我，柴门那说没人敲。"数联可谓专写性情，独近剑南矣[①]。

注释

① 剑南：即陆游。

译文

尹似村的诗，虽已刊刻，但并非他的全集。集之外的佳句，有："鹊非报喜何妨少，雨纵浇花也怕多。""欲穿竹笋泥先破，才放春花蝶便忙。""水去砚池防夜冻，春生布被藉炉温。""买将花种分儿女，试验谁栽出最多。"《接尚方伯书》说："惹得妻孥来笑我，柴门那说没人敲。"这几联可谓专写性情，诗风接近陆游啊。

三七　舅氏佳诗

杨蓉裳金陵乡试，偕舅氏顾公斗光来。顾长不满四尺，而诗笔特佳。仿铁崖《咏史乐府》[①]，《伏生女》云[②]："坑不得阃内儒[③]，烧不得腹中书。伏生父女皆口授，典谟训诰如其初[④]。吁嗟伏生女！强记人不如。"《漂母》云[⑤]："哀王孙，在淮阴，一饭之恩如海深。哀王孙，不求报，千金之赠不可少。千金容易一饭难，沛公家有轹釜嫂[⑥]。"

注释

①铁崖：即杨维桢，元末明初人。字廉夫，号铁崖、铁笛道人等，著有《东维子文集》《铁崖先生古乐府》。

②伏生：秦朝博士。始皇焚书时，他于壁中藏《尚书》。汉初在齐、鲁间教授。汉文帝派晁错跟其学《书》。后称《今文尚书》。

③阃内儒：指晁错。阃，城门的门槛。

④典谟训诰：代指《尚书》。《尚书》有典、谟、训、诰、誓、命六种体例。

⑤漂母：指“漂母饭信”的典故。见《史记·淮阴侯列传》。

⑥轹釜嫂：汉高祖刘邦的嫂子。轹，刮。釜，锅。见《史记·楚元王世家》。

译文

杨蓉裳参加金陵乡试，同舅舅顾斗光一起来拜访我。顾氏身长不满四尺，而诗笔极好。仿照铁崖的《咏史乐府》，作《伏生女》说：“坑不得阃内儒，烧不得腹中书。伏生父女皆口授，典谟训诰如其初。吁嗟伏生女！强记人不如。”《漂母》说：“哀王孙，在淮阴，一饭之恩如海深。哀王孙，不求报，千金之赠不可少。千金容易一饭难，沛公家有轹釜嫂。”

四二　吕守曾之乐府

己未年，余乞假归娶，见吕观察守曾于完颜臬使署中。读其《松坪集》，乐府最佳。如云："雨雪思见晛，欢去泪如霰。来时笑相迎，啼时欢不见。夏日冬之夜，犹有旦暮时。与郎情难满，如醑酾漏卮[①]。"《登云山》云："石径巉岩花气纷[②]，偶乘余兴送斜曛[③]。不知绝壑何人啸，遥带钟声入暮云。"未二年，署布政使，以卢案受内臣周内[④]，愤而雉经[⑤]；非其罪也。

注释

① 醑酾：指过滤后的美酒。卮：盛酒的器皿。

② 巉岩：高而险的山岩。

③ 斜曛：落日的余晖。

④ 卢案：指乾隆六年，左都御史刘吴龙弹劾卢焯营私受贿一案。吕守曾等人受牵连。周内：指罗织罪状，陷人于罪。

⑤ 经：指自缢。

译文

己未年，我乞假回家娶亲，在完颜臬使的府中遇见吕守曾观察使。读他的《松坪集》，觉得乐府写得最好。比如说："雨雪思见晛，欢去泪如霰。来时笑相迎，啼时欢不见。夏日冬之夜，犹有旦暮时。与郎情难满，如醑醽漏卮。"《登云山》说："石径巉岩花气纷，偶乘余兴送斜曛。不知绝壑何人啸，遥带钟声入暮云。"过了两年，守曾做布政使，因卢焯案受内臣陷害，一气之下，上吊而死；实际上并非他的罪过。

四三　洞庭山人

洞庭山人蒋愚谷喜吟诗，致贫其家，以瘵疾亡。其《成仁庵》云："心安静看闲云过，地僻浑忘夏日长。"《虎丘》云："鸟栖深树斜阳影，风过虚堂贝叶声[①]。"愚谷每来随园，往往有匆遽之色。死后，予挽联云："生为谁忙，学业未成家已破；死亏君忍，高堂垂老子初啼。"

注释

①贝叶：贝叶棕（又名贝多罗树）的叶片，经特殊加工后可用于书写。佛教存有贝叶经文。

译文

洞庭山人蒋愚谷喜欢吟诗，耗尽家财，因痨病而亡。他的《成仁庵》诗说："心安静看闲云过，地僻浑忘夏日长。"《虎丘》说："鸟栖深树斜阳影，风过虚堂贝叶声。"愚谷每次来随园，总是很匆忙的样子。死后，我作挽联说："生为谁忙，学业未成家已破；死亏君忍，高堂垂老子初啼。"

四四 豪兴夏培叔

余知江宁，过观象台，见有题壁者云："草色荒台过雨迟，短墙古柏暮云垂。桃花红引游人去，独自斜阳读断碑。"问之僧人，乃嘉兴夏培叔名复森者所题。因聘修志书。耳聋兴豪。一日，从嘉兴还金陵，告余曰："家中手植老梅一本，去冬为僮所伐，乃吊之云：'老梅移植廿余载，客里归看已作薪。无复横斜旧时影，负他多少后来春。'"《秦淮夏集》云："傍晚纷纷载酒卮，有筝琶处过船迟。一河风月无人管，都付桥南杨柳枝。"亡何，归里卒。相隔三十余年，闻其子鼎，中庚子副车[①]。余感诗人有后，为之狂喜。

注释

① 副车：清代称乡试的副榜贡生为“副车”。

译文

我到江宁做知县，途中路过观象台，见有题壁诗说：“草色荒台过雨迟，短墙古柏暮云垂。桃花红引游人去，独自斜阳读断碑。”问僧人是何人所作，答是嘉兴的夏培叔名复森。我因此聘他编修县志。这人耳朵有些聋，但性情很豪放。一天，他从嘉兴回到金陵，告诉我说：“家中有亲手种的一棵老梅，去年冬天被僮仆砍了，于是作诗凭吊说：‘老梅移植廿余载，客里归看已作薪。无复横斜旧时影，负他多少后来春。’”作《秦淮夏集》说：“傍晚纷纷载酒卮，有筝琶处过船迟。一河风月无人管，都付桥南杨柳枝。”没多久，夏回到家乡便去世了。时隔三十多年，听说他的儿子夏鼎，考中庚子年副车。我感慨诗人有后，为他感到高兴。

四五　几有遗珠

沈归愚选本朝诗，不知杭州王百朋，几有遗珠之叹[①]。余告之曰：“百朋，诸生[②]，名锡，毛西河高弟子也。有《啸竹轩集》。"《无题》云："灯暗频疑虚室响，衾多不敌半床寒。""金针入处心俱痛，素线添时恨共牵。"皆余幼时所熟诵句。其子厚斋与余邻居交好，和余《落花》云："乍惊彼美从天降，直觉斯文扫地来。"余觉不祥，果一第而卒。厚斋名风淳。

注释

①遗珠：指丢失的宝珠，用来比喻隐藏的人才或失散的亲人（多指女儿）。

②诸生：古代经考试录取而进入中央、府、州、县各级学校的生员，统称"诸生"。

译文

沈归愚选编本朝诗，却不知道杭州的王百朋，差点有遗珠之憾。我告诉他说："百朋，是诸生，名锡，是毛西河的得意门生。著有《啸竹轩集》。"他的《无题》说："灯暗频疑虚室响，衾多不敌半床寒。""金针入处心俱痛，素线添时恨共牵。"都是我年幼时熟读的诗句。他的儿子厚斋和我是邻居，关系很好，曾和我的《落花》说："乍惊彼美从天降，直觉斯文扫地来。"我觉得不吉利，果然他一登第就去世了。厚斋名叫风淳。

四六　商宝意之弟

人但知商宝意先生以诗名海内，而不知其弟名书、字响意者，亦诗人也。作贵州吏目[1]。有《消夏吟》云："雨后甃全响，日中崖半阴。壤檐蛛网结，嘉树雀巢深。永日无公事，闲居有道心。短衣随意着，凉意满衣襟。"又："六月无三伏，一朝有四时[2]。""蜂巢当午闹，蚓壤趁凉歌。"真能写黔中风景。

注释

① 吏目：官名，帮助知府断刑狱并管理文书。

② 四时：指一天朝、昼、夕、夜四个时刻。

译文

人们只知道商宝意先生以诗闻名全国，而不知道他的弟弟高书字响意，也是诗人。在贵州做吏目。有《消夏吟》说："雨后甃全响，日中崖半阴。壤檐蛛网结，嘉树雀巢深。永日无公事，闲居有道心。短衣随意着，凉意满衣襟。"又有诗句说："六月无三伏，一朝有四时。""蜂巢当午闹，蚓壤趁凉歌。"将贵州等地的风景描绘得形象生动。

四七　方言入诗

唐人诗中，往往用方言。杜诗："一昨陪锡杖。""一昨"者，犹言昨日也。王逸少帖[1]："一昨得安西六日书。"晋人已用之矣。太白诗："遮莫枝根长百尺。""遮莫"者，犹言尽教也。干宝《搜神记》："张华以猎犬试狐。狐曰：'遮莫千试万虑，其能为患乎？'"晋人亦用之矣。孟浩然诗："更道明朝不当作，相期共斗管弦来。""不当作"者，犹言先道个不该也。元稹诗："隔是身如梦，频来不为名。""隔是"者，犹云已如此也。杜牧诗："至竟薛亡为底事？""至竟"者，犹云究竟也。

注释

① 王逸少：即王羲之。

译文

唐人诗中，往往用方言。杜甫诗："一昨陪锡杖。""一昨"，即昨日。王逸少帖："一昨得安西六日书。"说明晋人已开始用"一昨"这个方言。太白诗："遮莫枝根长百尺。""遮莫"，即尽教。干宝《搜神记》："张华用猎犬试探狐。狐说：'遮莫千试万虑，这能为患吗？'" 可见晋人也在用"遮莫"这个词。孟浩然诗："更道明朝不当作，相期共斗管弦来。""不当作"，即先道个不该。元稹诗："隔是身如梦，频来不为名。""隔是"，即已经如此。杜牧诗："至竟薛亡为底事？""至竟"，即究竟。

四八　以解诗惑

《古乐府》："碧玉破瓜时。"或解以为月事初来，如瓜破则见红潮者，非也。盖将瓜纵横破之，成二"八"字，作十六岁解也。段成式诗："犹怜最小分瓜日。"李群玉诗："碧玉初分瓜字年。"此其证矣。又诗中用"所由"者，盖本《南史·沈炯传》。文帝留炯曰："当敕所由，相迎尊累[①]。"一解以为州县官，一解以为里保。又，和凝诗："蝤蛴领上诃梨子[②]。"人多不解。朱竹垞曰："诃梨，妇女之云肩也[③]。"吕种玉《言鲭》云："禄山爪伤杨妃乳，乃为金诃子以掩之。或云即今之抹胸。"

注释

① 尊累：对他人家属的敬称。

②蛸蛴领：出自《诗经·硕人》。喻女子洁白丰润的颈项。

③云肩：即披肩。

译文

《古乐府》："碧玉破瓜时。"有人解作月事初来，就像瓜破则见红潮，这不对。应是将瓜纵横划破，成两个"八"字，作十六岁解。段成式诗："犹怜最小分瓜日。"李群玉诗："碧玉初分瓜字年。"即是证据。另外，诗中用"所由"一词，应是本自《南史·沈炯传》。文帝留炯说："当敕所由，相迎尊累。"一种解释是州县官，一种解释是里保。此外，和凝诗说："蝤蛴领上诃梨子。"世人大多不理解。朱竹垞说："诃梨，妇女的披肩。"吕种玉《言鲭》说："禄山抓伤杨妃之乳，于是用金诃子来遮掩。有人说即今之抹胸。"

五三　独爱南塘

桐城二诗人，方扶南与方南塘齐名。鱼门爱扶南。余独爱南塘；何也？以其诗骨清故也。扶南苦学玉溪[1]、少陵两家，反为所累，夭阏性灵[2]。南塘如:“风定孤烟直，天遥独鸟沉。”“因潮通估客，隔苇见渔灯。”“闰年入夏花犹在，积雨逢晴草怒生。”皆扶南所不能。至于“无意怀人偏入梦，未报恩门羞再入”，其妙在真。又:“清风时一来，悠然复徐歇。”真陶诗之佳者。

注释

① 玉溪:唐朝诗人李商隐号“玉溪生”，简称“玉溪”。

② 夭阏:遏阻，阻拦。

译文

桐城的两位诗人，方扶南与方南塘齐名。程鱼门欣赏扶南，我却偏爱南塘，为什么?因为他的诗格调清雅。扶南刻苦学习玉溪、少陵两家，反而被牵累，遏阻了真性情，缺少灵气。南塘诗如:“风定孤烟直，天遥独鸟沉。”“因潮通估客，隔苇见渔灯。”“闰年入夏花犹在，积雨逢晴草怒生。”都是扶南所不能作的。至于“无意怀人偏入梦，未报恩门羞再入”，其妙在情真。又如“清风时一来，悠然复徐歇”，真是堪比陶渊明的好诗。

五五　咏险峻山川

凡咏险峻山川，不宜近体。余游黄山，携曹震亭、江鹤亭两诗本作印证。以为江乃巨商，曹故宿学[①]；以故置江而观曹。读之，不甚慊意，乃撷江诗，大为叹赏。如:《雨行许村》云:“昨朝方戒途，雨阻欲无路。今晨思启行，开门满晴煦。雨若拒客来，晴若招客赴。山灵本无心，招拒讵有故[②]？”又曰:“非是山行刚遇雨，实因自入雨中来。”皆有妙境。《云海》云:“白云倒海忽平铺，三十六峰遭吞屠。风帆烟艇虽不见，点点螺髻时有无[③]。一笑看尘中[④]，局缩辕下驹，曷不来此登斯须？垣遮瓦压胡为乎？”《云谷》云:“领妙如悟禅，搜秘等居雠[⑤]。看山得是法，善刃无全牛[⑥]。”其心胸笔力，迥异寻常。宜其隐于禺荚[⑦]，而能势倾公侯，晋爵方伯也。卒无子，年逾六十而终。呜呼！非余与交四十年，又谁知其能诗哉？

注释

① 宿学：指学识渊博、修养有素的学者。

② 讵：岂，难道。

③ 螺髻：古代妇女发式，形似螺壳的发髻。

④ 看：据民国本加。

⑤ 雠：仇敌。

⑥ 善刃无全牛：引庖丁解牛的典故，指技术高超便目无全牛。

⑦ 禺荚：即榆荚，榆树种子，酷似古代串起来的麻钱儿，也名榆钱儿。此处借指钱财。

译文

凡是歌咏险峻山川，都不宜用近体。我游黄山时，曾携带曹震亭、江鹤亭两人的诗集来作印证。认为江是大商人，曹乃博学者；因此弃江诗而看曹诗。读后，不大满意，于是又摘取江诗来读，竟大为叹赏。如：《雨行许村》说："昨朝方戒途，雨阻欲无路。今晨思启行，开门满晴煦。雨若拒客来，晴若招客赴。山灵本无心，招拒讵有故？"又说："非是山行刚遇雨，实因自入雨中来。"意境都很美妙。《云海》说："白云倒海忽平铺，三十六峰遭吞屠。风帆烟艇虽不见，点点螺髻时有无。一笑看尘中，局缩辕下驹，曷不来此登斯须？垣遮瓦压胡为乎？"《云谷》说："领妙如悟禅，搜秘等居雠。看山得是法，善刃无全牛。"他的心胸笔力，都与常人迥异，也怪不得他隐身在钱串里，而能势倾公侯、晋爵方伯啊。他一生无子，年过六十而亡。哎呀！若不是我和他相交了四十年，又有谁能知道他会作诗呢？

五八　才女许燕珍

合肥才女许燕珍《元夜竹枝》云："鳌山烟火照楼台[①]，都把临街格子开。椒眼竹篮呼卖藕[②]，金钱抛出绣帘来。"题余三妹素文遗稿云："彩凤随鸦已自惭，终风且暴更何堪[③]？不须更道参军好[④]，得嫁王郎死亦甘[⑤]。"呜呼！班氏《人物表》，原有九等。王凝之不过庸才中下之资，若妹所适高某者，真下下也。燕珍此诗，可谓"实获我心"。

注释

①鳌山：位于秦岭西段宝鸡太白县境内，属于秦岭的主脉。

②椒眼：如椒实大小的洞孔。

③终风且暴：出自《诗经·终风》。

④参军：指鲍照，字明远，曾任前军参军，故世称"鲍参军"，有《鲍参军集》。

⑤王郎：王羲之次子王凝之。东晋才女谢道韫嫁王

凝之为妻，文中诗句即指此事。实获我心：出自《诗经·绿衣》。

译文

合肥才女许燕珍的《元夜竹枝》说："鳌山烟火照楼台，都把临街格子开。椒眼竹篮呼卖藕，金钱抛出绣帘来。"她为我三妹素文的遗稿题诗说："彩凤随鸦已自惭，终风且暴更何堪？不须更道参军好，得嫁王郎死亦甘。"唉！班固的《人物表》，原有九等。王凝之不过是个庸才，中下等的资质，而像三妹所嫁的高某，真是下下等啊。燕珍这首诗，可谓"实获我心"。

五九　浣青诗

同年钱文敏公维城[①]，在都时所居绿云书屋，陈乾斋相国之故宅也。公女浣青，有诗才，与婿崔君龙见、弟维乔、戚里庄君炘[②]、管君世铭五人倡和。宅有古桑，绿阴毵毵[③]，映一亩许；视其影将逾屋，则公必退朝。各呈诗请政，公欣然为甲乙之。有《鸣秋合籁集》两卷，真公卿佳话也。余尝戏之曰："唐、虞之际，于斯为盛；有妇人焉，四人而已。"诸君诗不能备录，惟摘浣青《通天台》云[4]："当途代汉逾百年，铜人之泪流作铅。移经灞水亦伤别，回头立尽东关烟。"《华清宫故址》云："新台之水古所耻[5]，老奴遂为良娣死。盛衰转眼五十年，始知李峤真才子[6]。"

注释

①维城：即钱维城，字宗磐，号纫庵，江苏武进人。乾隆十年状元，官至刑部侍郎，谥文敏。著有《茶山集》。

②戚里：泛指亲戚邻里。

③毵 sān 毵：散乱的样子。

④通天台：台名，在今陕西淳化县西北故甘泉宫中，汉武帝元封二年冬十月建。

⑤新台：出自《诗经》。《诗序》："《新台》，刺卫宣公也。纳伋之妻，作新台于河上而要之。"伋是宣公之子。此处讽刺玄宗纳杨贵妃一事。

⑥李峤：字巨山，唐代诗人。相传安史之乱爆发时，唐玄宗在逃离长安前，登花萼楼，听到歌者唱李峤《汾阴行》的末四句，叹为"天才"。

译文

同年钱文敏公，名维城，在京城时所住的绿云书屋，是陈乾斋相国的故宅。他的女儿浣青，有诗才，与夫婿崔龙见、弟弟钱维乔、友邻庄忻和管世铭五人作诗唱和。宅子里有棵老桑树，绿荫斑驳，覆盖周围一亩多地；看此树影将越过屋去，那么必是钱公退朝之时。他们几人各自呈上诗作请钱公指正，钱公很欢欣地判出甲乙等。有《鸣秋合籁集》两卷，真是公卿佳话啊。我曾调侃说："唐尧、虞舜的时代，可谓盛世；有一位人才是贤妇人，男子中的才士只有四个而已。"诸位君子的诗无法全部摘录，只摘录浣青的《通天台》说："当途代汉逾百年，铜人之泪流作铅。移经灞水亦伤别，回头立尽东关烟。"《华清宫故址》说："新台之水古所耻，老奴遂为良娣死。盛衰转眼五十年，始知李峤真才子。"

六一　回头似梦

徐园高会时[①]，余首唱一绝，诸生和者十九人。龚孙枝绘图以记其胜。挂冠后[②]，诗画俱遗失，园亦荒圮。越四十年，有邢秀才作主人，葺而新之，求亭上对联。余题曰："旧地怕重经，记当年丝竹宴诸生，回头似梦；名园须得主，看此日楼台逢哲匠，著手成春。"

注释

① 高会：盛会。

② 挂冠：辞官。

译文

在徐园参加宴会时，我领头作了一首绝句，众人相和者十九人。龚孙枝绘图来记下当时的胜况。辞官后，诗画都遗失，园也荒废了。过了四十年，有位邢秀才成为园子的主人，园子经修缮后焕然一新，邢秀才求亭上对联。我便题："旧地怕重经，记当年丝竹宴诸生，回头似梦；名园须得主，看此日楼台逢哲匠，著手成春。"

六二　梁仙来太史

庚申在京，余与裘叔度同年同车遇雨。裘诵其师梁仙来太史一联云："飞雨不到地，轻烟吹若尘。"太史名机，雍正癸卯翰林，外出为令；高安相公荐鸿博，入都，与余相遇于琉璃厂书肆中。《咏桃花》云："浑疑人面隐，下马误题门。"《赠妓》云："欲作歌声畏花落，选词先唱《锁南枝》。"《蹙策》云："老去还嗟耳力退，自吹羌管不闻声。”《沙丘》云：“荆卿匕首渐离筑[1]，可惜不逢祖龙三十六[2]。”

注释

① 荆卿匕首：指荆轲刺秦王而图穷匕见一事。见《史记·刺客列传》。渐离筑：指高渐离以铅置筑中，行刺秦始皇一事。见《史记·刺客列传》。

② 祖龙：即秦始皇。据《史记·秦始皇本纪》载，有人预言始皇三十六年死。

译文

庚申年在京城，我与同年裘叔度同乘一辆马车时遇上下雨。裘诵其老师梁仙来太史的一联诗说：“飞雨不到地，轻烟吹若尘。”太史名机，雍正癸卯年入翰林，后外出做县令；被高安相公举荐博学鸿词科，梁公回到京城，和我在琉璃厂书店中相遇。他的《咏桃花》诗说：“浑疑人面隐，下马误题门。”《赠妓》说：“欲作歌声畏花落，选词先唱《锁南枝》。”《鹭篥》说：“老去还嗟耳力退，自吹羌管不闻声。”《沙丘》说：“荆卿匕首渐离筑，可惜不逢祖龙三十六。”

六三　扬州江宾谷

扬州江宾谷白首名场[1]。余每过邗江，宾谷必呼子侄出见，曰："余少时得见前辈某某，至今夸说于人。汝等不可与随园先生当面错过。"余感其意，录其《与弟蔗畦夜坐》云："宵中更警严城柝，暑退人亲小室灯。"《冬晴》云："剩菊尚支苔径赏，冻蝇微触纸窗闻。"《咏古梅》云："乍见根疑石，旋惊雪作香。"

蔗畦名恂。《咏穹庐雪》云："穹庐雪，嚼复咽。毡毛已尽雪不歇，雪能冷骨不冷心，十九年来觉长热。风沙大地惨无春，只有手中之节冻不折。君节臣执臣不辞，臣节君薨君不知。泪零红雪吞不得，洒在茂陵松柏枝。"蔗畦刺亳州，守徽州，俱有善政。所藏金石文字最多。

注释

①名场：指科举的考场。

译文

扬州人江宾谷在考场上考白了头。我每次经过邗江，宾谷必定呼子侄出来相见，说："我年幼时得见前辈某某，至今仍在人前夸说。你们不可错过与随园先生当面拜识的机会。”我被他的诚意感动，录他的《与弟蔗畦夜坐》说：“宵中更警严城柝，暑退人亲小室灯。”《冬晴》说：“剩菊尚支苔径赏，冻蝇微触纸窗闻。”《咏古梅》说：“乍见根疑石，旋惊雪作香。”

（宾谷的弟弟）蔗畦名恂。有《咏穹庐雪》说：“穹庐雪，嚼复咽。毡毛已尽雪不歇，雪能冷骨不冷心，十九年来觉长热。风沙大地惨无春，只有手中之节冻不折。君节臣执臣不辞，臣节君薨君不知。泪零红雪吞不得，洒在茂陵松柏枝。”蔗畦曾做过亳州刺史、徽州太守，都很有政绩。所藏金石文字最多。

七二　读破万卷

余尝谓鱼门云：“世人所以不如古人者，为其胸中书太少。我辈所以不如古人者，为其胸中书太多。昌黎云：‘非三代、两汉之书不敢观。’亦即此意。东坡云：‘孟襄阳诗非不佳，可惜作料少。’施愚山驳之云：‘东坡诗非不佳，可惜作料多。诗如人之眸子，一道灵光，此中着不得金屑；作料岂可在诗中求乎？’予颇是其言。或问：‘诗不贵典，何以少陵有读破万卷之说？’不知‘破’字与‘有神’三字，全是教人读书作文之法。盖破其卷，取其神；非囫囵用其糟粕也。蚕食桑而所吐者丝，非桑也；蜂采花而所酿者蜜，非花也。读书如吃饭，善吃者长精神，不善吃者生痰瘤[①]。”

注释

①痰瘤：病名。指生于腮下或肋腹等处的脂肪瘤。

译文

我曾对程鱼门说：“今世之人之所以不如古人，是因为胸中书太少。我们之所以不如古人，是因为胸中书太多。韩愈说：‘夏商周三代和两汉以外的书我都不敢去看。’也是这个意思。苏东坡说：‘孟浩然的诗并非不好，可惜典故太少。’施愚山反驳说：‘东坡的诗并非不佳，可惜典故太多。诗就如同人的眸子，一道灵光，这里面夹杂不得金屑；典故怎可在诗中求呢？’我很认同他的说法。有人问：‘诗不贵在用典，为何杜少陵有读破万卷之说？’殊不知‘破’与‘有神’这三个字，全是教人读书作文的方法。大概是说读透书卷，汲取其中的精神，并非囫囵吞枣地用其糟粕。蚕吃桑叶而所吐的是丝，不是桑叶；蜂采花粉而所酿的是蜜，不是花。读书如同吃饭，会吃的人长精神，不会吃的人生痰瘤。”

卷十四

二七　写景之句

写景有句同而意不同者：元人云："石压笋斜出。"宋人云："断桥斜取路。"近人刘春池云："鸟喧晴树乐于人。"鲁星村云："炎天几席热于人。"啸村云："雪中无陋巷。"星村云："远岸无高树。"皆句同而意不同也。亦有句不同而意同者，如："岸阔树难高"，"远树浪头生"，与"远岸无高树"意思相同，皆不害其为佳也。

译文

写景有句式相同而意思不同的：元人说："石压笋斜出。"宋人说："断桥斜取路。"近人刘春池说："鸟喧晴树乐于人。"鲁星村说："炎天几席热于人。"啸村说："雪中无陋巷。"星村说："远岸无高树。"都是句式相同而意思不同。也有句式不同而意思相同的，如："岸阔树难高"，"远树浪头生"，与"远岸无高树"意思相同，却不妨碍它们都是好诗。

三九　近人怀古诗

近人怀古诗，有绝佳者，不能全录。如：光禄沈子大《赤壁》云：“漫讶东风烧北岸[①]，可知赤帝在南军[②]？”太史杜紫纶《戏马台》云：“尽教宿土归刘氏，剩有斯台与项王。”王麟照侍郎《平原村》云[③]：“八王兵甲无臣主，两晋文章有弟兄。晚节不堪思鹤唳[④]，旧交闻已赋莼羹[⑤]。”姜西溟《乌江诗》云：“《虞歌》曲尽怨天亡，潮落沙平旧战场。千里江东羞不渡，六朝曾此作金汤。”

注释

①讶：迎接。

②赤帝：火神祝融。

③平原：即陆机，与弟陆云合称“二陆”。曾历任平原内史、祭酒、著作郎等职，世称“陆平原”。后死于“八王之乱”。

④思鹤唳：即陆机临终时叹道：“欲闻华亭鹤唳，可复得乎！”

⑤莼羹：即蓴羹。据《晋书·陆机传》载：“陆机尝诣侍中王济，济指羊酪谓机曰：‘卿吴中何以敌此？’答云：‘千里蓴羹，未下盐豉。’”此即“赋莼羹”。

译文

近人所作的怀古诗，有绝佳的，此处不能全录。如：光禄大夫沈子大的《赤壁》说："漫讶东风烧北岸，可知赤帝在南军？"太史杜紫纶《戏马台》说："尽教宿土归刘氏，剩有斯台与项王。"王麟照侍郎《平原村》说："八王兵甲无臣主，两晋文章有弟兄。晚节不堪思鹤唳，旧交闻已赋莼羹。"姜西溟《乌江诗》说："《虞歌》曲尽怨天亡，潮落沙平旧战场。千里江东羞不渡，六朝曾此作金汤。"

四八　莫轻作七古

余常劝作诗者，莫轻作七古。何也？恐力小而任重，如秦武王举鼎[①]，有绝膑之患故也。七古中，长短句尤不可轻作。何也？古乐府音节无定而恰有定，恐康昆仑弹琴[②]，三分琵琶，七分筝弦，全无琴韵故也。初学诗，当先学古风，次学近体，则其势易。倘先学近体，再学古风，则其势难。犹之学字者，先学楷书，后学行草，亦是一定之法。杭堇浦先生教人多作五排，曰："五排要对仗，不得不用心思。要典雅，不得不观书史。但专作五言八韵之赋得体[③]，则终身无进境矣。”

注释

①秦武王：名荡，秦惠文王之子。公元前310年即位。武王四年，亲与孟贲比赛举“龙文赤鼎”，结果两目出血，绝膑（折断胫骨），到晚上，即气绝而亡。

②康昆仑：唐代宫廷乐师。活动在唐德宗至宪宗时期，善弹琵琶。

③赋得体：是一类按来源进行分类的诗体。凡摘取古人成句为题的诗，题首多冠以“赋得”二字。

译文

我常劝作诗的人，不要轻易作七言古诗。为何？担心能力小而难度大，如秦武王举鼎，有折断胫骨的危险。七言古诗中，长短句尤其不可轻易作。为何？因为古乐府看似音节没有规律而恰恰是有规律的，轻易去写作恐怕会像康昆仑弹琴，三分像琵琶，七分像筝弦，而全无琴韵。初学作诗，应当先学古风，再学近体，这样就会比较容易。倘若先学近体，再学古风，这就会比较难。就如学写字，先学楷书，后学行草，这是一定的方法。杭堇浦先生教导学生要多作五言排律，说：“五言排律讲究对仗，因此不得不用心思。要典雅，因此不得不学习书史。但专作五言八韵这样的赋得体，则会终身无长进啊。”

五一　王次回诗

王次回诗[①]，往往入人心脾。余年衰无子，宾朋来者，动以此事相询，貌为关切。余深厌之，有诗云：“厌听人询得子无，些些小事不关渠。逍遥公有儿孙累，未必云烟得自如。”后见次回句云：“最是厌人当面问：凤凰何日却将雏？”余评女以肤如凝脂为主[②]。次回亦有句曰：“从来国色玉光寒，昼视常疑月下看。”

注释

①王次回：即王彦泓，字次回，明末诗人，著有《疑雨集》。

②肤如凝脂：出自《诗经·硕人》。皮肤像凝固的油脂，形容皮肤洁白而细嫩。

译文

王次回的诗，往往能沁人心脾，打动人心。我年老无子，来访的宾朋，动不动就问及此事，好像很关切的样子。我很讨厌这样，作诗说："厌听人询得子无，些些小事不关渠。逍遥公有儿孙累，未必云烟得自如。"后来见次回的诗说："最是厌人当面问：凤凰何日却将雏？"我评论女子以肤如凝脂为主。次回也有句说："从来国色玉光寒，昼视常疑月下看。"

五四　才人之病

作诗能速不能迟，亦是才人一病。心馀《贺熊涤斋重赴琼林》云："昔着官袍夸美秀，今披鹤氅见精神[①]。"余曰："熊公美秀时，君未生，何由知之？赴琼林不披鹤氅也。"心馀曰："我明知率笔，然不能再构思。先生何不作以示我？"余唯唯。迟半月，成七绝句，心馀以为佳。余乃出簏中废纸示之，曰："已七易稿矣。"心馀叹曰："吾今日方知先生吟诗刻苦如是；果然第七回稿胜五六次之稿也。"余因有句云："事从知悔方征学，诗到能迟转是才。"

注释

①鹤氅：又叫“神仙道士服”，就是斗篷、披风之类的御寒长外衣。

译文

作诗能快不能慢，也是有才之人的一种毛病。心馀的《贺熊涤斋重赴琼林》说：“昔着宫袍夸美秀，今披鹤氅见精神。”我说：“熊公美秀时，你还没出生，怎么会知道？赴琼林也不用披鹤氅。”心馀说：“我知道，但下笔太快，而不能再构思。先生何不作诗来教我？”我应声答应。过了半月，作成一首七言绝句，心馀认为很妙。我于是拿出竹筐中的废纸给他看，说：“已经修改了七次。”心馀感叹说：“我今日才知先生吟诗如此刻苦；果然第七回的稿子胜过第五、第六回的。”我因此作诗说：“事从知悔方征学，诗到能迟转是才。”

七三　富贵好诗

唐荆川云[1]：“诗文带富贵气者，便不佳。”余道不然。金桧门总宪《郊西柳枝》云：“西直门边柳万枝，含烟带露拂旌旗。长是至尊临幸地，世间离别不曾知。”程午桥太史《菊屏》云：“低枝芬馥当书幌，细蕊离披近笔床。六曲屏风花万叠，人间何处五更霜？”两绝句俱富贵，何尝不佳？又记宋人富贵诗曰：“踏青驸马未还家，公主传宣赐早茶。十二阑干春似海，隔窗闲杀碧桃花。”“画烛烧阑暖复迷[②]，殿帷深锁下银泥。开门欲作侵晨散[③]，已是明朝日向西。”“千官已醉犹教坐，百戏皆呈未放休。共看拜恩侵晓出，金吾不敢问来由[④]。”

注释

① 唐荆川：即唐顺之，字应德，号荆川。明嘉靖八年中进士，礼部会试第一，入翰林院任编修。著有《荆川集》《勾股容方圆论》等。

② 阑：残，将尽。

③ 侵晨：黎明。

④ 金吾：即金吾卫，掌管皇帝禁卫、扈从等事的亲军。

译文

唐荆川说：“诗文带富贵气的，便不好。”我认为不是这样。金桧门总宪的《郊西柳枝》说：“西直门边柳万枝，含烟带露拂旌旗。长是至尊临幸地，世间离别不曾知。”程午桥太史的《菊屏》说：“低枝芬馥当书幌，细蕊离披近笔床。六曲屏风花万叠，人间何处五更霜？”这两首绝句都写得富贵，哪里不好？又记得宋人有富贵诗说：“踏青驸马未还家，公主传宣赐早茶。十二阑干春似海，隔窗闲杀碧桃花。”“画烛烧阑暖复迷，殿帷深锁下银泥。开门欲作侵晨散，已是明朝日向西。”“千官已醉犹教坐，百戏皆呈未放休。共看拜恩侵晓出，金吾不敢问来由。”

八三　诗以进一步为佳

诗以进一步为佳：杜门悬车[①]，高尚也；而张宝臣《致仕》云：“门为看山宁用杜？车还驾鹿不须悬。”别离，苦事也；而黄石牧《送别册子》云：“一度送行传一画，人生那厌别离多。”《寄衣》，古曲也；而盛青嵝《出门》云：“检点箧中裘葛具，早知别后寄衣难。”“打起黄莺儿”[②]，惧惊梦也；而朱受新《春莺》云：“任尔楼头啼晓雨，美人梦已到渔阳。”

注释

①杜门：闭门。

②“打起黄莺儿”：出自唐朝诗人金昌绪的《春怨》，

原诗："打起黄莺儿，莫教枝上啼。啼时惊妾梦，不得到辽西。"

译文

诗以能写得深入一步为佳：辞官隐居，杜门悬车，本是高尚之举；而张宝臣《致仕》说："门为看山宁用杜？车还驾鹿不须悬。"别离，是件令人痛苦的事；而黄石牧《送别册子》说："一度送行传一画，人生那厌别离多。"《寄衣》，是古曲；而盛青嵝《出门》说："检点箧中裘葛具，早知别后寄衣难。""打起黄莺儿"，是怕惊醒美梦；而朱受新《春莺》说："任尔楼头啼晓雨，美人梦已到渔阳。"

八八　不忘断句

断句入耳，有终身不能忘者。言情，则周兰坡《送别》云："临行一把相思泪，当作珍珠赠故人。"写景，则周起渭《西湖》云："若把西湖比明月，湖心亭是广寒宫。"寄托，则朱赞皇《咏牡丹》云："漫道此花真富贵，有谁来看未开时？"感慨，则徐方虎《赠冒辟疆》云[①]："人逢沧海遗民少，语听开元旧事多。"

注释

①冒辟疆：即冒襄，明末清初人。以明朝遗民自居，淡泊明志，终不仕清。

译文

有一些好的诗句片语，只要听过一次就终生不会忘记。抒发感情的，如周兰坡的《送别》说："临行一把相思泪，当作珍珠赠故人。"写景的，如周起渭的《西湖》说："若把西湖比明月，湖心亭是广寒宫。"寄托情怀的，如朱赞皇的《咏牡丹》说："漫道此花真富贵，有谁来看未开时？"抒发感慨的，如徐方虎的《赠冒辟疆》说："人逢沧海遗民少，语听开元旧事多。"

卷十五

一〇 莺迁

今称人迁官曰“莺迁”，本《诗经》“迁于乔木”之义。按《伐木》章：“鸟鸣嘤嘤，出自幽谷，迁于乔木。”是“嘤”字，不是“莺”字。“嘤”乃鸟之鸣声耳。“绵蛮黄鸟”，当是莺，而又无“迁乔”字样。然唐人有《莺出谷》诗题，《卢正道碑》有“鸿渐于磐，莺迁于木”之文：则以“嘤”为“莺”，自唐已然。

译文

今称人升官为“莺迁”，出自《诗经》“迁于乔木”之义。考察《伐木》章说：“鸟鸣嘤嘤，出自幽谷，迁于乔木。”是“嘤”字，不是“莺”字。“嘤”是鸟的鸣叫声。“绵蛮黄鸟”，应是莺，并且没有“迁乔”字样。然而唐人有《莺出谷》这样的诗题，《卢正道碑》有“鸿渐于磐，莺迁于木”的文字：那么以“嘤”为“莺”，从唐代就已这样了。

一二　萱草

《珍珠船》言："萱草，妓女也。人以比母，误矣。"此说盖本魏人吴普《本草》。按《毛诗》："焉得萱草，言树之背。"注云："背，北堂也[①]。"人盖因"北堂"而傅会于母也。《风土记》云："妇人有妊，佩萱则生男。故谓之宜男草。"《西溪丛语》言："今人多用'北堂、萱堂'于鳏居之人[②]，以其花未尝双开故也。"似与比母之义尚远。

注释

① 北堂：是古代士大夫家主妇的居室，后代称母亲。

② 鳏 guān 居：指独身无妻室。

译文

《珍珠船》中说："萱草，喻指妓女。人们用来比作母亲，不对。"这样的说法大概是源自魏人吴普的《本草》。考察《毛诗》："焉得萱草，言树之背。"注说："背，指北堂。"人们大概是因"北堂"而附会为母亲。《风土记》说："妇人有孕，佩带萱草则生男。因此称作宜男草。"《西溪丛语》说："今人多用'北堂、萱堂'

称鳏居之人，因为萱草的花不曾双开的缘故。”似乎与比作母亲之义相差很远。

一六　花旦

今人称伶人女妆者为“花旦”①，误也。黄雪槎《青楼集》曰：“凡妓以墨点面者号花旦。”盖是女妓之名，非今之伶人也。《盐铁论》有“胡虫奇妲”之语②。方密之以“奇妲”为小旦。余按：《汉郊祀志》：“乐人有饰女妓者。”此乃今之小旦、花旦。“奇妲”二字，亦未必作小旦解。

注释

①伶人：即优伶，指具有身段本事突出的演艺人员。

②《盐铁论》：西汉桓宽著，记述了汉昭帝时期组织的对武帝政治、经济、军事等方面成就、得失进行评议的一场大辩论。共分六十篇。

译文

今人把化女妆的伶人称为“花旦”，这不对。黄雪槎《青楼集》说：“凡是以墨点面的妓女都叫花旦。”那么花旦应是称呼妓女的，而不是称今天的伶人。《盐铁论》中有“胡虫奇姐”之语。方密之认为“奇姐”是指小旦。我考证：《汉书·郊祀志》：“乐人有扮演女妓者。”这才是今天的小旦、花旦。“奇姐”二字，也未必解释成小旦。

一九　结发与敛衽

今称夫妻为“结发”，女拜曰“敛衽”，皆误也。按《李广传》：“广自结发与匈奴战。”苏武诗：“结发为夫妻。”泛称自幼束发之意，非指称结两人之发也。成婚之夕，男左女右，合其髻曰“结发”，始于刘岳《书仪》。《战国策》：“江乙谓安陵君曰：‘国人见君，莫不敛衽而拜。’”《留侯世家》曰：“陛下南面称霸，楚君必敛衽而朝。”皆指男子也。今称女拜为“敛衽”，不知始于何时。

译文

今称夫妻为“结发”，女子行礼为“敛衽”，都不对。考察《李广传》：“广从结发起，与匈奴战。”苏武诗：“结发为夫妻。”都是泛指从小束发的意思，并非指束两人之发。成婚那晚，男左女右，将两人的发髻束在一起叫“结发”，这始于刘岳的《书仪》。《战国策》载：“江乙对安陵君说：‘国人见您，没有不敛衽而拜的。’”《留侯世家》说：“陛下南面称霸，楚王一定会敛衽而朝。”都是指男子。今称女子行礼为“敛衽”，不知是从何时开始的。

二三　红绫喜帖

江南俗例：登科报捷者①，例用红绫书喜帖。方近雯方伯家本寒素，举京兆，报到②，夫人仓猝无力买绫，不得已，截衫袖付之。家婢戏云：“留取一半，待明年中进士作赏。”先生闻之，在长安寄诗云：“朔风寒到柔荑手，忆杀麟衫两袖红。”次年，果宴琼林③。先生又寄诗云：“榜下忆来常欲泣，朝中说去半能知。”

注释

① 登科：也称“登第”，指科举考中进士。

② 报：报子，给得官、升官、考试得中的人家报喜的人。

③ 宴琼林：指高中进士。琼林，指琼林苑，是宋太祖宴登科进士之处。

译文

江南风俗：登科报捷的人，按例要用红绫写喜帖。布政使方近雯家境清贫，在京兆考中举人，报子到，夫人仓猝之间无钱买绫，不得已，截了衫袖来用。家中婢女调侃说："留取一半，待明年中进士作赏。"先生听说后，在长安寄诗说："朔风寒到柔荑手，忆杀麟衫两袖红。"第二年，果然高中进士。先生又寄诗说："榜下忆来常欲泣，朝中说去半能知。"

三九　何谓佳诗

诗能令人笑者必佳。云松《咏眼镜》云："长绳双目系，横桥一鼻跨。"古渔《客邸》云："近来翻厌梦，夜夜到家乡。"张文端公云："姑作欺人语，报国在文章。"尹似村《咏贫》云："笥能有几衣频典，钱值无多画幸存。"刘春池《立春》云："门前久已无车马，尚有人来送土牛。"古渔《哭陈楚筠》云："才可闭门身便死，书生强健要饥寒。"蒋心馀《咏京师鸡毛炕》云："天明出街寒虫号，自恨不如鸡有毛。"香亭和余《咏帐》云："垂处便宜人语细。"余乍读便笑。香亭问故。余曰："纵粗豪客，断无在帐中喊叫之理。”又《咏杖》曰：“隔户声先步履来。”皆真得妙。

译文

能令人发笑的诗必定好。云松《咏眼镜》说：“长绳双目系，横桥一鼻跨。”古渔《客邸》说：“近来翻厌梦，夜夜到家乡。”张文端公说：“姑作欺人语，报国在文章。”尹似村《咏贫》说：“笥能有几衣频典，钱值无多画幸存。”刘春池《立春》说：“门前久已无车马，尚有人来送土牛。”古渔《哭陈楚筠》说：“才可闭门身便死，书生强健要饥寒。”蒋心馀《咏京师鸡毛炕》说：“天明出街寒虫号，自恨不如鸡有毛。”香亭和我的《咏帐》说：“垂处便宜人语细。”我刚一读便笑。香亭问是何缘故。我说：“即使是粗犷豪放的人，也绝无在帐中喊叫的道理。”又有《咏杖》说：“隔户声先步履来。”都写得很妙。

五三　进士之荣

唐人争取新进士衣裳以为吉利。张文昌诗曰：“归去惟将新诰命，后来争取旧衣裳。”唐宣宗自称“乡贡进士李道隆”。进士之荣，至于天子慕之。宋时尤重出身；无出身者，不得入相。故欲相此人，必先赐“同进士出身”[①]，而后许其入相。其重如此。然亦有时而贱。李赞皇不中进士，故不喜科目，曰：“好骡马不入行。”金卫绍王喜吏员[②]，不喜进士，曰：“高廷玉人才非不佳，可惜出身不正。”嫌其中进士故也。

注释

①“同进士出身”：是科举时代按照考中的等第赐予的一种资历称号。

②吏员：指地方官府中的小官。

译文

唐人都争着索要新进士的衣裳，认为这样吉利。张义昌的诗说：“归去惟将新诰命，后来争取旧衣裳。”唐宣宗自称是“乡贡进士李道隆”。进士的荣耀，以至于天子都羡慕。宋朝时尤其注重出身；没有进士出身的人，不能入朝为宰相。因此要想让某人做宰相，必先赐“同进士出身”，然后才允许入朝为相。出身是如此重要。然而有的时候也很轻贱。李赞皇没有考中进士，因此不喜欢科考，说：“好骡马不入行。”金代的卫绍王喜欢吏员，不喜欢进士，说：“高廷玉的资质并不是不好，可惜出身不正。”嫌弃他中进士的缘故。

卷十六

四八　钱注杜诗

余读钱注杜诗，而知钱之为小人也。少陵“鄜州月”一首[①]，所云“儿女”者，自己之儿女也。钱以为指肃宗与张后而言，则不特心术不端，而且与下文“双照泪痕干”之句，亦不连贯。善乎黄山谷之言曰：“少陵之诗，所以独绝千古者，为其即景言情，存心忠厚故也。若寸寸节节，皆以为有所刺；则少陵之诗扫地矣！”

注释

①“鄜州月”：指杜甫的《月夜》诗：“今夜鄜州月，闺中只独看。遥怜小儿女，未解忆长安。香雾云鬟湿，清辉玉臂寒。何时倚虚幌，双照泪痕干？”

译文

我读钱谦益的杜诗注，才知钱是小人。少陵有一首“鄜州月”，所说的“儿女”，是指自己的儿女。钱以为指肃宗与张后而言，这样解释的话，那么不仅显得他心术不端，而且与下文“双照泪痕干”之句，也不连贯。黄山谷的话说得好啊：“少陵的诗，之所以独绝千古，是因为他即景言情，存心忠厚的缘故。如果字字句句，都以为有所讽刺；那么少陵的诗就毫无价值了！”

六三　珠娘之丽

久闻广东珠娘之丽[①]。余至广州，诸戚友招饮花船，所见绝无佳者，故有“青唇吹火拖鞋出，难近多如鬼手馨”之句。相传潮州六篷船人物殊胜[②]，犹未信也。后见毗陵太守李宁圃《程江竹枝词》云：“程江几曲接韩江，水腻风微荡小艭[③]。为恐晨曦惊晓梦，四围黄篾悄无窗[④]。”“江上萧萧暮雨时，家家篷底理哀丝。怪他楚调兼潮调，半唱消魂绝妙词。”读之，方悔潮阳之未到也。太守尤多佳句：《潞河舟行》云：“远能招客汀洲树，艳不求名野径花。”《姑苏怀古》云：“松柏才封埋剑地，河山已付浣纱人。”皆古人所未有也。又《弋阳苦雨》云：“水驿萧骚百感生[5]，维舟野戍听鸡鸣。愁时最怯芭蕉雨，夜夜孤篷作此声。”《珠梅闸竹枝词》云：“野花和露上钗头，贫女临风亦识愁。欲向舵楼行复止，似闻夫婿在邻舟。”

注释

① 珠娘：闽粤对妓女的称呼。

② 六篷船：是潮州韩江载妓女的花艇。

③ 小艭 shuāng：小船。

④ 黄篾：即黄篾舫，船的一种。

⑤ 萧骚：萧条凄凉。

译文

早就听说广东妓女很漂亮。我到广州，众位亲戚朋友招呼去花船饮酒，所见的妓女都不怎么样，因此有“青唇吹火拖鞋出，难近多如鬼手馨”之句。相传潮州六篷船上的女子姿色不错，我仍不信。后来见毗陵太守李宁圃的《程江竹枝词》说：“程江几曲接韩江，水腻风微荡小艭。为恐晨曦惊晓梦，四围黄篾悄无窗。”“江上萧萧暮雨时，家家篷底理哀丝。怪他楚调兼潮调，半唱消魂绝妙词。”读后，才后悔没有去潮阳。李太守有很多佳句：《潞河舟行》说：“远能招客汀洲树，艳不求名野径花。”《姑苏怀古》说：“松柏才封埋剑地，河山已付浣纱人。”都是古人所没有写过的。又有《弋阳苦雨》说：“水驿萧骚百感生，维舟野戍听鸡鸣。愁时最怯芭蕉雨，夜夜孤篷作此声。”《珠梅闸竹枝词》说：“野花和露上钗头，贫女临风亦识愁。欲向舵楼行复止，似闻夫婿在邻舟。”

图书在版编目（CIP）数据

随园诗话译注 /（清）袁枚著；唐婷译注. —北京：北京联合出版公司，2015.7（2023.8重印）
ISBN 978-7-5502-3943-2

Ⅰ.①随… Ⅱ.①袁… ②唐… Ⅲ.①诗话－中国－古代②《随园诗话》－译文③《随园诗话》－注释 Ⅳ.①I207.22

中国版本图书馆CIP数据核字（2015）第143126号

随园诗话译注

作　　者：（清）袁枚
译　　注：唐　婷
出 品 人：赵红仕
选题策划：梁明德　邵鹏军
责任编辑：王　巍
特约编辑：周止朗
封面设计：格林文化
版式设计：格林文化

北京联合出版公司出版
（北京市西城区德外大街83号楼9层　100088）
天津丰富彩艺印刷有限公司　新华书店经销
字数136千字　960毫米×640毫米　1/16　印张23.75
2015年9月第1版　2023年8月第3次印刷
ISBN 978-7-5502-3943-2
定价：55.00元